Texto de acordo com as normas do novo acordo ortográfico da língua portuguesa (Decreto Legislativo Nº54 de 1995).

Editora – Catia Mourão
Capa – Joice Dias
Diagramação – Catia Mourão
Revisão – Halice FRS

CIP-BRASIL. CATALOGAÇÃO NA PUBLICAÇÃO
SINDICATO NACIONAL DOS EDITORES DE LIVROS, RJ

R299f

Reis, Carina
Fora do meu destino / Carina Reis. - 1. ed. - Rio de Janeiro : Ler, 2023.
220 p. ; 23 cm.

ISBN 978-65-5055-034-9

1. Romance brasileiro. I. Título.

23-85478 CDD: 869.3
CDU: 82-31(81)

Meri Gleice Rodrigues de Souza - Bibliotecária - CRB-7/6439
07/08/2023 09/08/2023

Foi feito o depósito legal.
Direitos de edição:

Ler Editorial

FORA do meu DESTINO

SPIN-OFF DE FORA DO MEU ALCANCE

CARINA REIS

1ª edição
Rio de Janeiro – Brasil

SUMÁRIO

A alguém que me ensinou que podemos
encontrar um motivo para ser feliz todos os dias.
Sempre amarei você.

AVISO

Este livro possui os seguintes gatilhos:
Luto; gaslighting (manipulação), violência, ansiedade, menção ao suicídio, transtorno de estresse pós-traumático e transtorno de pânico.

NOTA DA AUTORA

Olá!

Esse livro mexeu comigo de muitas formas.

Para mim, particularmente, é a história de como a Lily se liberta e se encontra, dando um novo sentido à vida dela e à de Mason enquanto trilha esse novo caminho.

Não é uma comédia romântica. Está mais para um drama que deixa o coração quentinho, apesar de tudo. Mas também mostra a importância de ter uma rede de apoio, o famoso "*found family*".

Alguns temas sensíveis foram retratados e tentei ser o mais responsável e cuidadosa possível com cada um deles, desde a ansiedade até a desesperança que faz alguém pensar em acabar com a própria vida.

Leia atentamente os gatilhos antes de continuar, ok?

Em tempo: são mencionados fatos históricos como a Guerra do Afeganistão. Apesar da vasta pesquisa feita para a execução do livro, alguns pontos foram modificados para se adequar ao enredo do livro.

No mais, sugiro a leitura de "Fora do Meu Alcance" para a melhor compreensão de todos os personagens citados. Contudo, é possível ler "Fora do Meu Destino" de forma independente.

Um beijo,

Cá R.

@autoracarinareis

PLAYLIST

PRÓLOGO

Mason Reed

Meu corpo todo dói como nunca antes. Já levei alguns tiros, apanhei, sofri acidentes, mas nada me preparou para a dor que eu estou sentindo agora. As lembranças vêm em *flashes*: nosso piloto, Wyatt, gritando que seríamos atingidos; a explosão na traseira do avião; eu ordenando que todos vestissem o equipamento de paraquedas; a discussão com Wyatt, que se recusou a pular.

Tentei trocar de lugar com ele. Nosso piloto era um tenente de apenas vinte e nove anos, com esposa e duas crianças. Eles tiveram de me enganar para que eu pulasse. Um dos soldados me chamou até a porta com a desculpa de que não conseguia ajustar o colete e o maldito cabeça-dura girou o avião, basicamente nos atirando céu abaixo.

Lembro de cair em um rochedo, que rasgou a bandeira do meu paraquedas e me fez despencar. Lembro da dor e do sangue escorrendo pelo meu peito. Encontrei dois dos soldados a alguns metros de distância de mim, ambos inconscientes. Eu os carreguei para o mais longe possível.

Nenhum dos meus aparelhos de comunicação funcionava, mas só parei de andar quando encontrei um lugar seguro, onde poderíamos nos esconder por um tempo.

Era para ser apenas uma missão de pacificação no Oriente Médio. Não éramos alvos ali. Ainda assim, alguém não gostou da presença de militares americanos em solo estrangeiro.

Eu sei quem: Sheik Al'Sabir. Um dia ele me pagará por todos que morreram sob o meu comando naquele ataque. O que eu não sei, é o como.

Uma batida à porta me puxa das lembranças amargas.

— Ainda remoendo o que aconteceu, tenente-coronel? — Ouço a voz que conheço desde que me entendo por gente.

— Era minha função perceber os sinais, general — respondo a pergunta de Gail Frazier, minha comandante.

— Não. Era *minha* função saber que aquela missão estava comprometida. Os grupos rebeldes ainda estavam muito fortes no território. A culpa está longe de ter sido sua, Mason.

— Não vou aceitar que assuma a culpa por mim.

— Não pedi permissão. O assunto já foi tratado em uma reunião na Casa Branca. Triplicaremos os cuidados antes de envolver outros homens no que pode vir a ser uma missão suicida.

Aceno.

— Quando posso voltar à ativa?

Dessa vez, a mulher realmente ri. É algo especial, já que em quase quarenta anos, posso contar nos dedos as vezes em que a vi sorrir.

— Tudo ao seu tempo, Mason.

Trinco o maxilar, ciente de que essa resposta significa que está cogitando me reformar. Vou ter que conversar com meus médicos para deixar claro meus objetivos. Se assinarem algo que me impossibilite de estar em campo...

— A garota praticamente acampou no hospital no último mês.

— A garota tem nome. Hailey.

— Ela não saiu daqui, nem mesmo quando o namorado jogador de futebol foi competir — continua, ignorando-me completamente.

Sorrio com sarcasmo.

— Há um pedido de desculpa escondido aí, tia Gail? — chamo-a pelo título que detesta, ganhando um olhar de desaprovação.

— Não nessa vida, moleque. Mas, sim, a garota me surpreendeu.

— Faz mais de cinco anos que eu digo o quanto ela é especial...

— E agora provou seu valor.

— Ela provou seu valor há muito tempo, general.

Frazier me observa com a expressão severa. Ela é a única parente viva que eu tenho. Meu pai e ela são filhos do mesmo pai, mas com mães diferentes. Ambos seguiram os passos dele no Exército, mas meu genitor morreu na Guerra do Golfo, em 1990, quando ainda era capitão.

Tia Gail continuou subindo na hierarquia até se tornar general, comandante da 3ª Divisão de Infantaria do Exército dos Estados Unidos. Ela é uma grande mulher e uma comandante aclamada, mas nunca foi uma tia presente.

Eu tinha oito anos quando meu pai morreu e não me lembro de voltar a vê-la antes dos dezoito, quando me alistei usando o sobrenome da minha mãe, Reed.

Não que ela me devesse algo, mas teria sido legal ouvir histórias sobre a minha família e talvez tentar enxergar um lado do meu pai que eu nunca conheci, um lado bom.

Também teria sido legal não ter de ir para um lar adotivo aos dezesseis anos, quando minha mãe descansou, após anos lutando contra o câncer e todos os abusos que sofreu enquanto estava casada com ele.

Depois que ingressei na carreira militar, acabei entendendo o porquê da ausência. Ou você dedica cada gota de energia para se destacar ou você é apenas mais um em milhares. Eu também não queria ser só mais um, então me tornei a versão masculina de Gail Frazier.

Verdade seja dita, se tivesse mantido o sobrenome Frazier as coisas teriam sido mais fáceis, mas não o fiz. Por isso, tive de batalhar dia após dia por cada pequena conquista, promoção ou reconhecimento. Doei vinte e dois anos da minha vida para ser quem sou e ter o que tenho hoje.

Além disso, aprendi cedo demais sobre o lado mais duro da carreira: a incerteza de que conseguirá voltar para casa no final de um turno. Como submeter alguém a partilhar uma vida assim comigo? Uma vida em que um "até logo" poderia se tornar "adeus" em uma fração de segundo.

Por isso, não me envolvi com ninguém a ponto de criar vínculos, casar, ter filhos. Não estava pronto para nada disso. Nem achava que tivesse capacidade de amar e cuidar de um ser humano no âmbito familiar.

A única pessoa que me fez quebrar a minha própria regra foi Hailey, mas confesso que até no caso dela não foi puramente uma escolha. Foi mais uma reação.

Eu vi a jovem de dezoito anos encolhida naquele beco, apanhando do filho da puta que deveria protegê-la do mundo, e reagi. Agi como queria ter tido tamanho o suficiente para agir todas as vezes em que vi a minha mãe ser agredida pelo marido.

Quase matei o pai dela naquele dia, depois estendi a mão em sua direção e a levei para casa.

Isso foi há mais de cinco anos. Desde então, meu Raio de Sol tem sido minha melhor amiga, minha companhia e, de certa forma, a filha que eu nunca tive. Uma alma quebrada que se uniu à minha e fez de nós dois uma família.

— Vou deixar você descansar, tenente-coronel — Gail afirma, levantando-se.

Sua farda é impecável, sem nem um pequeno amassado.

— Obrigado pela preocupação, general — murmuro, algo a faz virar na minha direção e, de repente, enxergo uma emoção nos olhos severos.

— Cuide-se, Mason. Por favor!

Sorrio de lado.

— Não foi dessa vez que me derrubaram, tia Gail.

Mas quem tentou vai pagar caro pela ousadia.

CAPÍTULO 1

Lily Nevill

Junho de 2022...

Sento na terceira fileira da arquibancada e fico observando as líderes de torcida em um ensaio qualquer. Estamos no começo de junho, mas quem vive em Augusta, no Maine, já sabe que não pode sonhar com dias quentes durante a primavera.

As garotas gargalham quando uma delas se desequilibra ao subir nos ombros de outra. São tão jovens e leves, como se não houvesse problema algum no mundo.

Eu já fui igual a elas.

Nem faz tanto tempo assim, inclusive.

No mês passado, tudo ainda parecia perfeito na minha vida. Tinha completado vinte e três anos, estava me formando em dança e um amigo fofoqueiro do meu namorado deixou escapar que ele me pediria em casamento no dia da formatura.

Ele também era veterano na Universidade do Maine, um dos astros do time de Hóquei, e provavelmente seria escalado para a liga profissional ainda esse ano.

A brisa primaveril toca meu rosto, deixando gelado o caminho percorrido pelas lágrimas.

As líderes de torcida voltam a ligar o som e tentam terminar a coreografia. Fui a capitã do time há pouco mais de cinco anos, neste colégio.

Nem preciso fechar os olhos para enxergar o dia em que Jason Porter me convidou para o baile de formatura, aqui mesmo no campo, depois de um ensaio.

Estava sozinha há algum tempo, depois de ter saído algumas vezes com Chase Heyes, o melhor amigo do Jay. Gostava dele, mas nunca tivemos uma conexão real. Éramos mais amigos do que *ficantes*. Por isso, consegui enxergar perfeitamente quando se apaixonou pela irmã postiça, Hailey McKinsey. Eles formavam um casal perfeito.

Depois disso, decidi focar na dança e nas minhas amizades. Até Jay tirar uma pequena flor de trás da minha orelha, em um truque de mágica bem fajuto, e me convidar para a formatura.

Aceitei imediatamente, pois o conhecia desde a infância e sabia que nos divertiríamos muito. Não esperava que, durante uma música romântica, ele fosse ajeitar os fios soltos da minha franja para trás e me beijar.

Começamos a namorar naquela noite e fomos juntos para a universidade. Não me lembro de termos brigado uma vez sequer em cinco anos de relacionamento. Não sei se porque éramos um casal perfeito, como todos diziam, ou se porque não tínhamos fogo. O que eu sei é que Jay era a minha paz.

Quem precisava de uma grande paixão quando seu futuro marido seria seu melhor amigo, seu porto seguro, a pessoa que nunca te deixaria desabar?

Mais importante ainda, o que fazer quando o chão é tirado de debaixo dos seus pés?

As garotas riem mais uma vez e isso parece doloroso demais. Apressada, desço as escadas e, quando dou por mim, estou quase correndo em direção ao meu carro.

— Lily? Lily Nevill?

Uma voz conhecida me faz virar em direção à entrada principal do colégio.

— Diretora Traley. Como vai? — Forço-me a ser educada.

— Oh, querida. Eu... Eu sinto muito... — A mulher de meia-idade me encara com olhos repletos de uma piedade que eu simplesmente não quero receber. — Nós soubemos.

— Obrigada, senhora! — Tento encerrar o assunto, mas ela não percebe meu tom.

— Programamos uma homenagem para o senhor Porter neste final de semana. Seria um prazer se você viesse, querida.

— Eu... tenho certeza de que Jay ficaria muito emocionado, diretora Traley. Ele gostava muito de todos aqui.

— E nós dele, querida.

— Preciso ir... — Aceno sem-graça, mas saio antes que ela possa insistir no convite. — Obrigada! — grito antes de entrar no carro e dar partida.

Ainda estava colocando o cinto de segurança, a apenas alguns metros de distância, quando o som grotesco escapa da minha garganta. É um grito de desespero, tanto de dor, quanto de medo por estar atrás do volante. Nem estaria dirigindo se não fosse o fato de querer fugir para o mais longe possível dos outros seres humanos.

Como disse, há um mês eu era só uma garota comum, prestes a ficar noiva de meu amor da adolescência. Agora, sou algo indefinido, tratada como uma viúva, mas eu só consigo me sentir vazia, sem um pedaço de mim. Minha melhor parte, meu melhor amigo, meu Jay.

CAPÍTULO 2

Lily Nevill

Dezembro de 2014
Quase oito anos atrás...

Jay sempre soube dar festas.

Nós nos conhecemos desde que somos pirralhos, nesse grande universo chamado Augusta, no Maine, e o atleta sempre foi o dono da diversão. Melhor amigo de todo mundo, jogador mais famoso do time, queridinho das garotas.

Apesar disso, não somos particularmente íntimos. É mais uma amizade por proximidade.

Minhas amigas do grupo de *cheerleaders* dançam, espalhadas pela sala pouco iluminada, bebendo direto das garrafas dos caras da nossa idade.

Enquanto isso, eu tento me encaixar. Balanço os quadris e chacoalho os cabelos, faço poses sensuais só por saber que é o que esperam de mim.

A cena é quase toda montada. Lily Nevill sendo a rainha do baile, como manda o figurino, distribuindo risadas que não chegam aos olhos.

Até que vejo Chase Heyes, um aluno novo, passar pela porta. Ele chegou esse semestre à cidade e já é um dos jogadores do time de Hóquei da escola.

Saímos algumas vezes, mas sei que seu interesse em mim é só fachada. Não que ele seja como aqueles caras babacas que querem ficar comigo apenas por ser loira, bonita, líder de torcida e popular. Muitos me trataram como objeto ao longo dos anos. Muitos mesmo.

Sempre fui a garota que eles pensam que é burrinha e que aceita qualquer tipo de coisa. Uma dica para os otários: eu sou virgem.

Por mais que eles pensem que vão tirar a sorte grande e fazer o que quiserem comigo quando me chamam para sair, no final da noite voltam para casa com as bolas azuis.

Como dizia, Chase não foi assim. Ele não tentou ir além, nem me desrespeitou de nenhuma forma possível.

Ainda assim, eu sempre soube que seu interesse não era real.

Consigo enxergar a forma como ele observa Hailey McKinsey, sua "irmã-postiça", a filha do padrasto dele. Chase é completamente apaixonado pela garota e nem faz ideia disso.

— Já volto — digo para minha colega, Ashley, que está ao meu lado, mas ela não liga a mínima.

Ando até o garoto, cujo olhar sombrio se destaca até mesmo na sala escura.

— Chase? —

— Oi, Lily. De boa?

— Sentindo sua falta. Faz várias semanas que você anda estranho — comento.

Tarde demais percebo que devo ter soado como uma boba iludida, quando, na verdade, sinto falta de sua companhia por não ser idiota como os outros caras de sua idade. Jay e ele são os melhores.

— Muita coisa na cabeça — responde, sem me encarar.

— Muita coisa ou alguém em especial? — sugiro, sorrindo de lado.

Isso capta a atenção do jogador, que começa a tentar bolar alguma desculpa. Balanço a cabeça, interrompendo-o antes que possa falar.

— Se o consola, bonitão, acho que ela sente o mesmo.

— E por isso ela veio com Drew? — Admite o ciúme.

Então, é por isso que ele está todo bravinho?

Rio com sinceridade pela primeira vez desde que cheguei aqui.

— Qual é a graça, Lily?

— Não acho que a Hailey tenha tido a maldade de pensar em fazer ciúmes em você propositalmente, mas se fosse isso seria ainda mais divertido ver o *bad boy* da Califórnia desesperado. Não, bonitão. Ela só não queria vir sozinha e você não deve ter tido coragem de se aproximar o suficiente para convidá-la, não é?

Ele franze o cenho, pensativo.

— Sabe o que falta, bonitão?

— O quê?

— Assumir sua garota para o mundo. Na maioria das vezes, basta a certeza de que ela é a única para você.

Ele arregala os olhos diante da informação, como se nunca tivesse sequer cogitado algo assim.

— Valeu, Lily. De coração.

— Vai lá, bonitão.

Fico mais um tempo no canto, observando-o tomar uma atitude.

— Então foi você? — Uma voz arrepia meu pescoço ao soar bem perto do meu ouvido.

Dou um pulo, virando para trás e quase trombo com o peito largo de Jason Porter, o dono da festa, e um dos caras mais bonitos que já vi. Jay tem esse porte atlético, a pele negra e um sorriso que deveria valer barras de ouro.

— Que susto, garoto!

— Assustadinha, é? — provoca, fazendo-me cócegas.

— Ei! — resmungo, esquivando-me, ainda com um sorriso no rosto.

— Me conta. Falou o que o cabeça-dura precisava ouvir?

Meu sorriso se alarga ainda mais.

— Com certeza! Ninguém mais aguenta esses dois trocando olhares apaixonados às escondidas.

Jay ri, balançando a cabeça, então se inclina e beija meu rosto.

— Você é uma garota legal, Lily.

Pisco para ele, jogando charme involuntariamente.

— Você também.

Três meses depois...

— É realmente uma escolha muito difícil, senhorita. Entendo sua indecisão.

Reconheço a voz do Jay imediatamente, logo atrás de mim, e viro para encará-lo.

— Ei! Não deboche. É mesmo uma escolha difícil. Tem tantos sabores... — Aponto o cardápio eletrônico na parede em frente de nós.

Vim tomar um *milk-shake* com as meninas, o que é desculpa para tomarem água enquanto paqueram. Imaginei que o time de Hóquei estaria por aqui e acabaria trombando com o capitão.

Nos últimos meses, esses pequenos encontros casuais têm sido o ponto alto da minha vida. Jason é divertido, sempre me faz rir e, com ele, não sinto que preciso ser a Lily perfeita. Não preciso de um personagem.

— Cá entre nós, acho que nunca vi uma das meninas do time de líderes de torcida tomar *milk-shake* — sussurra, fazendo-me rir de novo.

— É meio que um crime, mas decidi viver perigosamente hoje — brinco, sussurrando também.

Ele sorri ainda mais largamente e passa um braço pelo meu ombro.

— Sendo assim, precisamos fazer o crime valer a pena. Qual seu sabor favorito?

Penso por um momento, observando o telão, mas não consigo me lembrar de ter tomado nenhuma dessas bebidas nos últimos anos. Entre a equipe de torcida e a minha professora de balé, que é uma verdadeira carrasca, eu era quase forçada a passar os dias tomando água e comendo ovo cozido. Um terror!

— Na verdade, eu não tenho um sabor favorito — confesso.

— Como não? — pergunta, franzindo a testa, provavelmente achando graça da minha falta de vivência.

Dou de ombros, sem cruzar nossos olhares, mas ele dá uma pequena risadinha, como se tivesse entendido tudo.

— Nem todo mundo sabe o quão sacrificante é a nossa vida de atletas — diz.

O fato de respeitar bailarinas e torcedoras como atletas me faz admirá-lo um pouco mais. Esse cara é quase perfeito!

— Acho que temos uma missão importante aqui, Lils — chama a minha atenção, dando-me um apelido, o que me faz sentir um quentinho no coração.

— Qual missão?

— Oras, não é óbvio?

— Não mesmo — digo, já rindo.

— Temos que provar todos os sabores mais absurdos de milk-shake para conseguirmos encontrar o seu favorito.

— Sério? — gargalho.

— Com certeza! É uma missão muito, muito importante.

Balanço a cabeça, mas por dentro estou dando pulos de alegria, como boa adolescente.

Então me dou conta de uma coisa...

— Como assim sabores absurdos? — pergunto, desconfiada.

Jay me olha com a expressão mais diabólica do mundo.

— Você não perde por esperar, Lils.

— Ei! Nada de sabores nojentos!

— OK, prometo não mandar fazer *milk-shake* de sardinha.

— Que nojo, Jay!

— Mas não posso prometer nada sobre sabor couve ou pizza. Acho que precisamos provar essas iguarias.

Resmungo um pouco, mas o sigo quando me empurra para o caixa, pede um *milk-shake* de *blueberry* para mim e o paga.

— Vamos começar de leve. Um *blueberry* inocente. Mas da próxima vez seremos mais ousados, mocinha.

— Da próxima vez, é? — questiono, levantando a sobrancelha.

— Claro! Temos milhares de sabores estranhos para experimentar.

— Milhares... É muita coisa.

— E pode ser até umas dezenas de milhares!

— Como faremos isso até o final do ano letivo? — pergunto, rindo, já que estamos a menos de três meses da formatura.

— Essa é a graça, Lils.

— Qual graça?

— Temos o resto das nossas vidas para compartilhar nossa experiência gastronômica esquisita.

Sorrio como boba, tentando imaginar se ele quis mesmo dizer o que pareceu.

Será que Jay gosta de verdade de mim?

Um mês e meio depois...

— Do início! Mais uma vez! — digo, pedindo para as meninas repetirem a coreografia.

Em breve teremos o último jogo da temporada e será a nossa despedida da *High School*[1], o que significa que nada pode sair errado.

Treinamos por horas, até estarmos todas tão cansadas que algumas das minhas colegas se jogam na grama, fazendo pirraça.

— Ok, ok. Por hoje chega! Vão descansar — afirmo, dispensando o grupo.

Ser líder de torcida foi meio que uma obrigação para o meu currículo invejável e impecável durante muitos anos. Mas agora que a escola está mesmo chegando ao fim, sinto certa nostalgia. Acho que eu deveria ter aproveitado mais essa fase, ter me cercado de pessoas mais divertidas, mais sinceras, mais reais. Como Jay. Talvez eu até tivesse conseguido curtir mais a função por trás dos pompons.

Por falar no atleta, temos experimentado um *milk-shake* por semana e já passamos por alguns sabores tenebrosos, mas é tão divertido que eu nem ligo.

Ficamos horas conversando e rindo, o que é uma delícia. Sinto que podemos nos tornar melhores amigos e talvez até algo mais. Só que até agora ele não tentou nada de diferente... Como me beijar, sabe?

Eu gostaria disso. Gostaria de beijá-lo, talvez até deixasse que fosse meu primeiro...

— Lils? — Sua voz me faz engasgar com a água, receosa de que tivesse pensado em voz alta a parte de deixar que tirasse minha virgindade.

— Minha santinha! — exclamo, tentando parar de tossir.

Jay faz carinho nas minhas costas pacientemente, até que eu me recupero.

— Você me assustou — acuso.

— Foi mal, você estava distraída.

— É... — disfarço, ciente de que não posso comentar no que pensava.

Ele me observa com um sorriso confiante, então coloca a mão atrás da minha orelha e tira de lá uma flor, que provavelmente estava escondida entre seus dedos.

— Adorei o truque! — exclamo, aceitando o presente. — E a flor!

— Gostou mesmo?

— Sim, muito!

— Que tal então retribuir a gentileza, aceitando ir ao baile de formatura comigo, Lils?

E, com aquela frase tão boba, ele mudou tudo.

Nada me preparou para o dia que o destino decidiu mudar novamente o vento.

---

[1]*High School* é como o ensino médio dos Brasil.

CAPÍTULO 3

Lily Nevill

Julho de 2022...

Já perdi a conta de quantas pessoas me ofereceram suas condolências nos últimos quarenta minutos. Para todos, minha resposta tem sido a mesma: obrigada! Tenho certeza de que Jay está recebendo seu carinho de onde quer que esteja.

A frase é tão automática que profiro sem querer para uma senhora que me pediu licença para entrar no banheiro. A mulher levanta as sobrancelhas, intrigada e eu murmuro um pedido de desculpas.

— Tudo bem, querida — diz com um sorriso solidário, provavelmente instigado pelos meus olhos inchados e vermelhos.

Dou um passo para o lado e vou até a pia do toalete, umedecendo minhas mãos na água fria. Passo-as pela nuca, tentando me recuperar. Quero poder mergulhar meu rosto nela para tentar sentir algo, mas isso arruinaria a maquiagem que fiz cuidadosamente para esconder as olheiras e tentar disfarçar, mesmo que um pouco, o inchaço.

Quem olha para mim, deve imaginar que venho me debulhando em lágrimas dia após dia.

Não.

Desde aquele dia não derramo uma lágrima sequer. Talvez tenha chorado tanto de uma só vez que meu corpo se recuse a continuar a fazê-lo. Talvez seja um mecanismo de defesa.

A verdade é que, chorando ou não, continuo parecendo miserável pelas noites passadas em claro, apenas apertando o *replay* do último áudio que o Jay enviou para mim.

A porta do banheiro se escancara e dois rostos conhecidos surgem. Meu coração parece entalar na minha garganta ao vê-las. Ambas cruzaram o país para estarem aqui.

— Lily... — Hailey Reed, uma colega de infância que se tornou amiga, dá um passo em minha direção.

Fecho os olhos, imaginando o próximo passo da cena, quando ela me abraçará e murmurará palavras de entendimento. Um, dois, cinco segundos se passam e nada disso acontece. Reabro os olhos e a encontro parada no mesmo lugar, observando-me com respeito e amor.

Gosto do fato de não ter invadido meu espaço pessoal e me abraçado sem permissão, como a maioria das pessoas vem fazendo a manhã toda.

Não que eu não queira desesperadamente o consolo de um abraço dela, mas estou tão desgastada por ter que parecer agradecida pelo fato das pessoas terem vindo ao memorial de um mês da morte de Jay, que o excesso de contato físico está me despertando gatilhos.

Minha garganta solta um som quebrado, quase como um prenúncio de lágrimas que, novamente, não chegam a cair. É só um gemido de dor mesmo.

— Ah, Lily... — Cathy murmura, aproximando-se também.

Diferente de Hailey, que é muito boa em respeitar o espaço alheio, a morena não resiste a segurar pelo menos as minhas mãos. Aperto de volta. Sei que tudo isso também é difícil para ela.

Cathy era a "segunda melhor amiga do Jay", palavras dele.

A amizade entre os dois surgiu quando se uniram para ajudar Hailey no último ano do colégio. Ela vinha sofrendo agressões constantes de seu pai. Dentre tudo o que o homem fez a ela, o pior foi ameaçar prender seu namorado, Chase. Para protegê-lo, bolaram um plano que o obrigou a ir embora para a Califórnia.

Por meses, Hailey sofreu calada. Até que finalmente, ao terminar o período letivo e completar dezoito anos, ela foi embora. Isso foi há quase seis anos. No ano passado, Chase e ela se reencontraram e agora estão juntos e felizes.

Jay e eu fomos até a Califórnia de carro há alguns meses para rever nossos amigos e levar a mudança da Cathy, que começou uma pós-graduação em *Stanford*.

Parece ter sido há uma eternidade.

Voltamos juntas para o salão, onde mais uma sequência de homenagens acontece. É tudo tão sufocante e doloroso, que só consigo sentir uma angústia crescente no peito.

Desligo o cérebro e paro de prestar atenção às belas palavras ditas por cada um dos presentes. Não olho para ninguém em específico, não ouço nada, nem me distraio da minha própria respiração. Até que alguém toca meu braço.

Olho para a mão da minha irmã mais nova, Jackie, apertando de leve o meu cotovelo, então presto atenção aos seus lábios, que se movem como se já falasse há um bom tempo.

— Lily, acorda. Está todo mundo olhando.

Passo os olhos pelo local e realmente todo mundo parece estar focado em mim.

— O que... — balbucio, mas ela me corta.

— A senhora Porter a chamou. Vai logo! — a adolescente diz, entredentes, e me empurra em direção ao pequeno palco improvisado.

Sorrio, sem-graça, e cumprimento a mãe do meu... Do meu ex... De Jay.

— Querida, não consigo pensar em alguém melhor do que você para relembrar algumas histórias sobre o nosso menino.

O comentário é gentil e ela usa um tom caloroso. O mesmo tom que usa em cada uma das ligações que me faz, duas ou três vezes ao dia, desde o acidente.

— Eu... — balbucio, querendo negar, mas um microfone é colocado em minhas mãos.

Vejo-me sem saída, de frente para centenas de pessoas, que me encaram com expectativa, como se eu pudesse dizer algo especial e único.

Respiro fundo, tentando me acalmar o suficiente para falar algo. Abro a boca e o som rouco parece abafado e gaguejante. Então engulo em seco e recomeço.

— A última coisa que fizemos foi tomar *milk-shake* — murmuro, imediatamente mergulhando em um doloroso *flashback*.

Maio de 2022

Cinquenta e sete dias atrás...

— Lils! — Escuto a voz do Jay me chamando pela janela do meu dormitório, que fica no térreo da residência estudantil. — Corre aqui!

Rio antes mesmo de saber do que se trata. Meu namorado é a pessoa mais alto-astral que eu conheço. Ele é o melhor amigo de todo mundo, o cara que só tem coisas boas para falar e que nunca arranja confusão por nada.

Abro a porta do prédio e ele está em frente a um Jeep quase novo, de braços abertos. O sol reluz na pele negra, deixando-o ainda mais bonito do que já é.

Corro até ele, que me abraça apertado, curvando-se sobre meu corpo, que é tão pequeno perto do dele. Ele deposita um beijo na minha testa e me mantém acolhida em seu peito largo. Corpo de jogador de Hóquei, não é? Ombros muito largos, peito estruturado, muitos músculos e coxas fortes fazem parte do pacote, assim como várias lesões e algumas cicatrizes.

— E esse carrão aí?

— Finalmente consegui, Lils! — comemora, parecendo uma criança que ganhou um brinquedo incrível.

Jay não vem de uma família rica. Seus pais estão longe de passar necessidades, mas nunca tiveram dinheiro para dar carro do ano e coisas assim para os filhos. Quando viemos estudar em Orono, ganhou do senhor e senhora Porter uma caminhonete bem velha, que sobreviveu por cinco longos anos.

Meu namorado tem bolsa de estudos de atleta, que custeia a faculdade, moradia e alimentação, mas os extras ficam por conta da família. Pensando nisso, ele aceitou todo tipo de bico possível ao longo dos anos para juntar dinheiro suficiente para o carro dos sonhos, um Jeep vermelho.

— Uau! — exclamo, dando pulinhos em comemoração.

Ele se une a mim e logo parecemos dois bobos no meio da rua, em pleno Campus.

— Vou levar minha bela dama para um passeio — diz, estendendo a mão com uma mesura exagerada.

— Bobo! — Mostro a língua e aceito sua ajuda para subir no carro altíssimo. — Caramba, Jay!

— Demais, né, Lils?!

O garoto liga o som no último volume e passeamos pela cidade, balançando as cabeças no ritmo da música. Quem vê de longe, pensa que somos dois adolescentes loucos.

— Quer tomar um *milk-shake*, Lils?

— Com certeza! — grito por cima do som.

Passamos a tarde toda juntos, rindo e nos empanturrando de *milk-shake*. À noite, nós nos despedimos, pois ele viajaria bem cedinho para Portland, onde o time de hóquei jogaria uma partida.

Como Augusta, nossa cidade natal, fica a caminho de Portland, Jay decidiu dirigir até lá para poder dar uma passada em casa e mostrar o Jeep para seus pais.

O que eu não sabia era que aquele passeio despretensioso para tomar *milk-shake* tinha sido a nossa despedida.

Julho de 2022...

Pisco mais uma vez, sentindo-me zonza com toda a atenção. Meus pais fazem um gesto com as mãos, de longe, me dizendo para continuar o que dizia.

Onde eu estava mesmo?

Ah, no *milk-shake*...

Devo parecer uma boba falando sobre algo tão banal, quando eu poderia estar descrevendo o quão maravilhoso ele era.

O jogador de hóquei com mais chances de se tornar profissional de toda a universidade. O melhor amigo de um montão de gente. Bom filho, bom genro, bom cunhado.

Mas nesse momento eu só quero falar sobre a sobremesa.

— Banana com acerola e granulado colorido — conto. — Ele escolheu esse sabor para mim. Ele sempre escolhia sabores inusitados. Dizia que eu não podia aceitar um simples chocolate. Então ele observava meu humor e escolhia um sabor.

As pessoas permanecem mudas, como se quisessem ver até onde meu devaneio me levaria, mas já percebia alguns olhares de crítica.

— Já tomaram *milk-shake* de laranja? É horrível!

As feições de cada um endurecem ainda mais, mas eu simplesmente não consigo parar.

— Uma vez ele pediu *milk-shake* de bacon para mim.

— Querida... — A senhora Porter toca em meu ombro.

O tom continua caloroso, mas reconheço a crítica em seu olhar.

— Eu nunca tive um sabor favorito — declaro e ninguém parece compreender. A senhora Porter aperta mais o meu ombro, mas suaviza quando eu finalizo: — Agora acho que será banana com acerola e granulado colorido. O meu favorito.

As expressões duras se transformam em olhares de pena. Como se todo o meu devaneio tivesse feito sentido. Pelo menos para eles.

O senhor Porter me salva das garras da esposa ao subir e me dar um abraço. Aceito mais alguns cumprimentos, até finalmente conseguir voltar a me esconder no banheiro.

Jogo água gelada no rosto, para tentar acordar, mas não consigo resistir ao impulso de ouvir aquele áudio mais uma vez. A última vez em que ouvi a risada da pessoa que eu mais adorava...

CAPÍTULO 4

Lily Nevill

Maio de 2022
Cinquenta e seis dias atrás...

Acordo com o toque insistente do meu celular. Devo ter demorado, pois a chamada caiu na caixa postal. Espio o relógio; 6h52.

Esfrego os olhos, sonolenta, e me sento na cama. Meu primeiro instinto é abrir o aplicativo de mensagens instantâneas. Jay disse que sairia às 5h de casa, então provavelmente deve ter me mandado um áudio nesse horário.

Sorrio com carinho ao ver a notificação dele, cujo contato fica fixado no topo das minhas conversas, e clico direto ali, ignorando as outras mensagens.

— *"Bom dia, Lillls! Caraca, o sol nem nasceu ainda e está frio pra caramba, mas tudo indica que será um dia lindo. Mandei mensagem para os seus pais ontem à noite e eles estarão em casa, então vou dar uma passadinha lá para dar um beijo na Jackie e nos meus sogrinhos antes de voltar para Orono."*

O áudio continua, mas ele para de falar comigo para responder alguém. Reconheço a voz do Drew.

— *"Desculpa, gatinha. O mala do Drew chegou aqui agora para me fazer companhia na estrada. Ahhhh! O jogo é às 10h, mas talvez eu durma lá em Augusta para deixar minha mãe contente. Vejo você amanhã, Lils. Não fica enfurnada no quarto estudando o dia todo, hein! Vai pegar um solzinho."*

Ele para de novo quando Drew grita "isso, gatinha, vai pegar um solzinho", zoando com a gente. Gargalho com o "cala a boca, babaca" que meu namorado responde.

— *"É isso. Eu te amo, Lils! Até amanhã!"*

Balanço a cabeça, achando graça da energia caótica daquele áudio, mas quando pressiono o botão de gravar uma mensagem de voz, meu celular volta a tocar. O número é o mesmo de antes, mas não o reconheço.

Quem ligaria tão cedo assim?

— Alô? — atendo a chamada, um pouco hesitante de que seja algum tipo de trote.

— *Quem fala?*

— Eu é quem pergunto, afinal foi você quem me ligou — respondo, com um toque de grosseria.

Na verdade, estava bem perto de desligar o telefone na cara do desconhecido.

— *Aqui é o xerife Armstrong, da Polícia de Freeport.*

— Xerife?

— *Sim. Com quem falo?*

— Lilian Nevill... — murmuro, entorpecida.

— *Senhorita Nevill.*

A formalidade com que o homem diz meu nome causa um arrepio estranho na minha coluna.

Freeport? O nome não me é estranho. Acho que é uma cidadezinha ao pé da montanha *Hedgehog*, passando por Augusta. Bem perto do Parque Estadual *Wolfe's Neck Woods*.

De repente, a ficha começa a cair. Freeport fica a caminho de Portland.

— O que houve?

— *Estou aqui com o senhor Drew Lavinski. Ele sofreu um acidente e está inconsciente...*

— E Jay? Onde ele está?

— *Jay? Não sei a quem se refere, senhorita.*

— Jason Porter. Ele é o dono de um Jeep...

— *Vermelho?*

— Sim. Ele e Drew estavam indo para Portland.

— *Um momento, senhorita.*

Consigo ouvir o policial gritar para o que parece ser uma equipe de socorro que "existe outra vítima". Nesse momento, meu corpo todo já está tremendo.

— *Senhorita Nevill?*

— Pelo amor de Deus, xerife. O que está acontecendo? Como Drew está? E cadê Jason?

O homem fica em silêncio por um momento e então arranha a garganta, como se tentasse ganhar tempo para avaliar as palavras.

— *Lamento, senhorita. Achamos que o senhor Lavinski estava viajando sozinho.*

— Não viram que ele estava no banco do passageiro?

Mais uma pausa longa demais para a minha sanidade mental.

— *O carro capotou no desfiladeiro e encontramos o senhor Lavinski a vários metros de distância. Ele foi arremessado pela janela.*

— Meu Deus! E-e-ele está...

— *Vivo. Sim, senhorita. Já está sendo transportado para o Hospital Geral de Augusta.*

— E o...

— *Vamos continuar procurando, senhorita* — o policial responde antes mesmo que eu termine a pergunta.

— Vou avisar os pais deles — murmuro, em um sopro de voz.

— *Encontro você e os familiares dos dois jovens no hospital em algumas horas*.

Sem mais uma palavra, o telefone volta a ficar mudo.

Permaneço por um tempo só olhando a parede branca do meu dormitório, chocada demais para reagir.

O celular havia caído das minhas mãos e me encarava do chão, em desafio. Reúno qualquer sombra de força que eu tenha, abaixo-me e pego o aparelho.

Sei que preciso ligar para o senhor e a senhora Porter e também para os pais do Drew. Na verdade, acho que seria melhor pedir que meu pai fosse até a casa deles do que avisar por telefone sobre algo assim.

Viro a tela do *smartphone* para ligar para o papai, mas a conversa com Jay ainda está aberta. Como se tivesse vontade própria, meu indicador aperta o *play* e eu escuto a mensagem com a voz alegre dele mais duas vezes antes de conseguir, finalmente, reagir.

— Lilian! — Escuto a voz da minha mãe e corro ao seu encontro.

Sinto o braço do meu pai às minhas costas e me permito ficar entre os dois, deixando que o carinho preencha um pouco do buraco que se formou no meu peito.

Entre nossa família, os Porters e os Lavinskis, nós ocupamos quase todo o corredor do Hospital Geral. Pelo menos até que os pais do Drew sejam chamados por uma enfermeira para entrar no quarto do filho.

Minha irmãzinha, Jackie, de onze anos, era a única ausente. Ela está na casa de uma amiga da escola e meus pais não quiseram assustá-la. Assim como todos lá em casa, ela é completamente apaixonada pelo Jay. Ele é o herói da baixinha.

Meu rosto esmorece um pouco mais ao fitar os olhos inchados e vermelhos da senhora Porter. Caminho em sua direção sem saber o que fazer, mas a mulher toma a frente por mim, puxando-me para um abraço.

Seu choro dolorido me deixa ainda mais destruída, mas as lágrimas não voltam a marejar meus olhos. Estou entorpecida demais para chorar.

— Lily, filha. Cadê nosso menino? — murmura ao meu ouvido.

Como se escolhesse a dedo o momento para aparecer, o xerife Armstrong chega com uma postura apreensiva.

— Boa tarde! — o homem diz.

Já é tarde? A última vez em que olhei no relógio era 6h52 da manhã. A lembrança da mensagem de áudio do Jay faz minhas pernas bambearem e, como se percebesse meu desequilíbrio, papai me segura por trás.

— Lamento muito o ocorrido...

— Mas o que aconteceu exatamente? — O senhor Porter interrompe o policial, demandando respostas.

— O senhor é...

— Jason Porter. Pai do Jay Jr.

— Certo. — A forma como ele coça a cabeça é uma dica da gravidade da situação. — Bem, durante a madrugada aquele trecho da estrada aos pés da montanha *Hedgehog* costuma ficar coberto de neblina. Não sabemos o que aconteceu exatamente, mas provavelmente a névoa atrapalhou a visão dos garotos.

Todos acenamos, mas ninguém faz a pergunta que flutua no ar à nossa frente e cuja resposta eu já sei muito bem só de olhar nos olhos do velho xerife.

— Não encontramos nenhum sinal do jovem. Ainda tenho duas equipes de busca no local, mas...

— Como assim? Como pode ser tão difícil encontrar um rapaz de 1,90m de altura?! — O pai dele parece prestes a explodir e meu pai abandona minhas costas para dar apoio a ele.

— É um desfiladeiro, senhor Porter. Uma montanha. — A compreensão de que talvez nunca encontremos Jay parece começar a recair sobre os ombros de todos. — Nossas equipes de busca têm escaladores e não vamos desistir até encontrar algum sinal do seu filho. Vocês têm a minha palavra.

Não o conheço, mas o homem se parece com uma versão anônima do *Clint Eastwood*[2] em algum desses filmes do Velho Oeste. Simplesmente sei que não costuma dar sua palavra sem pretender mantê-la.

— Tem alguma Lily aqui? — uma enfermeira chama meu nome. — O paciente acordou e está chamando você.

Mamãe aperta minha mão e sigo a mulher de uniforme verde-claro. Passo pelo senhor e senhora Lavinski à porta do quarto.

— Drew? — murmuro ao chegar ao lado da cama.

Ele está bastante machucado e tem gesso envolvendo uma das pernas, até a altura da coxa, e outro em um dos braços.

— Lily... — Meu amigo estende a mão na minha direção, tremendo. — Eu juro que tentei encontrá-lo...

O garoto solta um gemido dolorido ao tentar mover o tronco.

— *Shhh*. Não se mexa, Drew. — Seguro sua mão com cuidado. — Não é sua culpa. Não fica assim. Você tem que focar suas energias em se curar.

— A gente estava cantando um *rap* dos anos 2000 e rindo... Como sempre... — Seus lábios tremem, como se a lembrança fosse dolorosa demais. — E no minuto seguinte o carro estava capotando...

Fecho os olhos, sentindo as lágrimas voltarem a tocar meu rosto.

— A polícia vai encontrá-lo e ele estará bem. Vai rir da nossa cara por nos preocuparmos. — Forço-me a dizer, mesmo que lá no fundo eu não sinta que isso vá acontecer.

---

[2]Clinton Eastwood Jr. é um ator, cineasta, produtor e compositor dos Estados Unidos famoso pelos seus papéis típicos em filmes de ação como um cara durão

Drew acena, hesitante. Seus olhos começam a se fechar, como se mantê-los abertos fosse um sacrifício enorme. Olho na direção dos pais dele e a senhora Lavinski explica que a morfina deve estar começando a fazer efeito. Dou um beijo na mão do meu amigo e volto ao corredor.

Não fiquei nem vinte minutos lá dentro, mas ao voltar ao corredor, parece que tudo havia mudado.

Meu pai abraça minha mãe, que chora compulsivamente, só não tanto quanto a senhora Porter. Tanto ela quanto o marido parecem à beira de um colapso nervoso.

— O-o que... — Tento perguntar, mas as palavras ficam presas na minha garganta.

O velho xerife aperta os lábios antes de responder.

— Um dos escaladores encontrou um pedaço da jaqueta de hóquei do Jason.

Olho ao redor, sem entender nada. Eles não perceberam a minha chegada e, de repente, eu quero que continue assim. Não estou preparada para lidar com as emoções de todos. Mantenho a voz baixinha, apenas para o xerife ouvir.

— Mas isso não é uma coisa boa? Com essa pista você pode encontrá-lo, não?

O homem me encara com piedade.

— Havia sangue também.

— Significa que ele precisa de cuidados médicos urgentes. As equipes continuaram a busca?

— O tecido e o sangue foram encontrados em um dos pontos mais críticos do desfiladeiro, que culmina em uma das nascentes do *rio Harrasseket*.

— Não — murmuro, balançando a cabeça efusivamente.

— Nós vamos continuar as buscas, mas agora elas se expandiram para...

— Basicamente todo o oceano Pacífico — concluo, com desgosto.

Sei que o rio não é tão extenso e desemboca direto no oceano.

— Sinto muito, minha jovem.

Miro os olhos azuis claríssimos do velho policial e entendo que essa é a forma gentil de me dizer que não vou voltar a ver Jay.

E não vi mesmo.

Julho de 2022...

Alguém abre a porta, mas permaneço escondida na pequena cabine individual. Então, a pessoa decide invadir mesmo o meu espaço e força a portinha.

— Ei! — reclamo, quando quase levo com a madeira na minha testa.

— Levanta, Lily. Vamos embora.

O tom autoritário da Hailey combina com sua postura recém-adquirida de sargento do Exército. Minha amiga deixou de ser uma jovem amedrontada e tímida para se tornar uma das mulheres mais valentes que eu já vi.

Então, meu cérebro capta suas palavras.

— Embora?

— Sim. Embora. Você me tirou desse buraco quando eu precisei. É hora de devolver o favor.

— Não posso ir embora, Hailey. Eu tenho...

— O quê?

— Muita coisa a perder — murmuro, tentando me convencer.

Hailey é gentil suficiente para não jogar na minha cara que eu já terminei a faculdade, não tenho mais aulas, nem tenho um emprego, afinal, deveria ter me inscrito em processos seletivos, mas não o fiz. Não tenho mais nada.

Franzo o cenho, refletindo. Seria tão ruim assim recomeçar? Ir embora para onde eu não seja sufocada com o excesso de zelo dos meus pais, a fase adolescente da minha irmã ou a carência da minha sogra?

Será que eu tenho coragem?

— Tem sim — Hailey responde, fazendo-me perceber que pensei em voz alta.

Encaro-a por um instante, então me levanto.

— Eu tenho — afirmo, mais para mim mesma do que para a minha amiga.

CAPÍTULO 5

Dias atuais (agosto de 2022)

Esses foram os oito meses mais infernais de toda a minha vida.

Há quem possa pensar que ser designado para uma missão de pacificação ou mesmo para a guerra seja o pior cenário possível.

Não para mim.

O perigo iminente, o peso das armas nos ombros e as roupas quentes fizeram parte da minha vida por tanto tempo que sinto falta até do sol escaldante e dos coturnos desconfortáveis.

Mais do que isso, sinto falta de ser útil.

Nos primeiros meses após o acidente, eu realmente precisava de um tempo, pois estava me recuperando. Tive de passar por uma cirurgia de peito aberto e carrego cicatrizes que demoraram a se fechar. Algumas, como o luto pelas vidas que não consegui salvar naquele dia, ainda seguem abertas e sangrando.

O fato é que eu precisei me afastar do serviço militar naquela época. Mas, depois de um tempo, não tinha mais uma justificativa médica. Era só excesso de zelo da minha comandante, vulgo minha própria tia, que não queria que eu fosse caçar quem fez isso com a minha tropa.

O acordo é ficar um ano fora das Forças Armadas e ainda faltam quase seis meses.

Por isso aceitei um trabalho temporário como professor de relações internacionais em *Stanford*, onde lecionaria duas disciplinas, uma sobre conflitos externos e militarismo, outra sobre geopolítica. Pelo menos, manteria minha mente ocupada.

Agora, olhando a tropa mais desorganizada que já liderei, penso se não foi precipitado.

Cruzo os braços diante do grande auditório. Quase cem alunos permanecem conversando entre si, ignorando o fato de que eu havia chegado.

Para ser justo, usei a porta os fundos e fui silencioso como só a infantaria camuflada consegue. Quis observá-los enquanto ainda não notavam a minha presença, para saber exatamente o que tinha em mãos.

Um bando de arruaceiros de dezoito anos. Deveria ter solicitado uma turma de formandos, não de calouros.

Ouço a porta ranger e uma garota entra com o celular grudado ao ouvido. É a minha deixa.

— Espero que já tenham finalizado todas as conversas pendentes. Caso contrário, podem ir conversar lá fora — digo em tom áspero, conquistando imediatamente a atenção de cada um deles, exceto da recém-chegada, que segue descendo as escadas com o celular na orelha.

Observo-a atentamente. Todas as outras noventa e nove cabeças viram em direção a ela, que segue totalmente alheia ao que se passa ao seu redor.

— Estamos atrapalhando sua ligação, senhorita? — questiono, alto o suficiente para que minha voz a assuste como um trovão inesperado.

A loirinha me encara pela primeira vez, com os grandes olhos arregalados. Está longe de mim, mas o tom esverdeado se destaca mesmo à distância.

— E-eu...

— Deve desligar o telefone antes de entrar na minha sala — termino a frase por ela.

A garota treme ao abaixar o aparelho e guardá-lo no bolso.

— Qual o seu nome?

Sei que estou agindo como um filho da puta, expondo-a para toda a turma, mas quem mandou ela se atrasar para a minha aula no primeiro dia?

Consigo ouvir a crítica da Hailey dentro da minha própria cabeça. Ela diria que preciso tirar o que quer que esteja preso dentro do meu rabo e parar de ser um babaca.

— L-Lily...

— Lily? Esse é mesmo seu nome? — pergunto, erguendo a sobrancelha.

Ela abre e fecha a boca, então dá uma tossidela e responde um pouco mais firme, mas ainda mortificada pela vergonha.

— Não. É Lilian. Lilian Nevill.

— Pode se sentar, senhorita Nevill — retruco, apontando uma cadeira vazia bem na minha frente.

Ela desce os outros degraus e, assim que toma o lugar, volto a olhar ao redor.

— Eu sou o tenente-coronel Reed. Vocês podem me chamar de tenente-coronel Reed — reforço a patente. — Entendam que dentro da minha sala vocês são meus soldados e eu sou o comandante. Atrasos não serão tolerados, nem conversas paralelas, muito menos o uso de *smartphones*. Poupem-se do constrangimento.

Vejo vários deles corrigindo a postura em seus assentos e escondendo seus celulares nas mochilas.

— Sabem a origem de todos os conflitos? — pergunto, mas ninguém ousa dizer algo.

Viro de costas e escrevo uma única palavra na lousa: Poder.

— Tudo gira em torno de poder. Poder bélico, financeiro, domínio em cima de outras nações. Poder, pura e simplesmente. Aqui em sala de aula não teremos esse problema, pois não disputaremos nada. Eu tenho o poder e você obedecem. Simples assim. Ficou claro?

Ninguém ousa falar nada.

— Ficou claro? — reitero, um pouco mais alto.

Vários "sim" hesitantes soam ao redor, mas a loirinha de antes faz questão de ficar calada. Olho bem para ela e sorrio de lado.

— O que disse, senhorita Nevill?

Percebo a forma como suas narinas se dilatam de raiva, mas ela responde "sim".

— Sim, o quê?

— Sim, senhor.

Aceno, satisfeito. Todos parecem suficientemente assustados, então relaxo a postura.

— Alguém sabe até onde as pessoas estão dispostas a ir em nome de poder?

— Para a guerra? — um aluno sugere, então dá uma tossidela e complementa: — Senhor.

— Exatamente. Nessa disciplina, vamos começar estudando o que poderia ter sido feito para evitar que conflitos chegassem a esse ponto. Já ouviram falar da guerra do Golfo?

Pelas próximas duas horas mesclo minha vivência como militar com as técnicas de negociação ignoradas por governos dia após dia. Apesar do medo que aparentam sentir por mim, estão todos engajados e bem mais interessados na aula do que nos próprios celulares.

Missão dada, missão cumprida.

O alarme soa nos corredores e todos começam a recolher seus pertences, me fazendo cruzar os braços.

— Não me recordo de tê-los dispensado.

Vejo alguns deles pararem com a mão no ar e arregalarem os olhos. Por alguns segundos, ninguém se move.

— Ótimo! Agora sim, dispensados.

Dada a ordem, todos se levantam e saem tão rápido que poderia pensar que havia formigas em seus assentos.

Sorrio de lado e vou até a lousa apagar as poucas palavras que escrevi. Minha nuca imediatamente se arrepia, como se eu estivesse sendo observado, mas, quando viro de frente para confrontar a pessoa abusada, vejo a porta bater.

Seja quem for, precisa aprender uma lição.

— Fiquei sabendo que você decidiu ser odiado — Hailey comenta, jogando-se no sofá da minha casa e esticando a mão para fazer carinho em Atticus, meu *Pastor Alemão.*

— Se chegou a você, significa que consegui — respondo, evitando seus olhos.

— Qual o problema, Mase?

— Não preciso de um bando de adolescentes indisciplinados. Além disso, não os forcei a escolher a minha aula.

— Você não, mas a grade curricular, sim.

Olho de lado para a resposta abusada. Ela está certa, mas não estou disposto a dar o braço a torcer.

— De qualquer forma, se seu objetivo era assustá-los, preciso dizer que falhou miseravelmente. Já ouvi que você é o novo *crush* de 99% das calouras.

Ela pisca os olhos e se abana dramaticamente.

— Já disse que você é uma folgada?

— Sim. Mas você me ama de qualquer jeito.

Reviro os olhos.

— Qual o problema, Mase? — pergunta novamente.

Dessa vez, suspiro.

— Esse não é meu lugar, Raio de Sol. Preciso apenas tolerar mais alguns meses.

— Você já cumpriu seu dever cívico há muito tempo. — O comentário me faz encará-la.

— Sabe que eu vou voltar assim que os doze meses se encerrarem, certo?

— Você não precisa voltar, Mase. Você...

— Eu *quero* voltar, Hailey — corto-a.

Seu suspiro pesado me faz levantar da poltrona e sentar no sofá em que está deitada.

— O Exército é a minha vida há vinte e dois anos, Raio de Sol. Não sei viver de outra forma.

— Poderia aprender.

Ignoro o comentário. No fundo, ela sabe que é em vão.

— Além disso, ainda tenho uma missão.

— Está vendo, Mason? É por causa dessa merda que a general te suspendeu! Você precisa esquecer o que passou.

— A família de quem se foi não esquece, Hails. Nem eu.

— Que droga, cara...

— Ei! Olha a boca, sargento.

Ela revira os olhos tão rápido que não sei como não fica zonza.

Inclino-me para trás, esmagando-a com as costas.

— Sai *pra* lá, não quero papo.

Esmago um pouco mais.

— Sai fora, Mase!

E mais.

— Idiota — resmunga, mas finalmente ri.

— Também te amo, Raio de Sol.

— É exatamente por te amar que eu não quero correr o risco de perdê-lo de novo, Mase.

— Não vai, Hails — afirmo, ainda com as costas e o peso do corpo apoiado sobre ela. Então seguro sua mão e dou um beijo. — Eu prometo.

Ficamos um tempo em silêncio, cada um perdido em seus próprios pensamentos. No meu caso, sinto-me um pouco mal por mentir para a minha melhor amiga, a única pessoa além da minha mãe que eu já amei incondicionalmente.

Mas meu foco é a minha nova missão de vida: encontrar o maldito traidor que vazou informação sobre a nossa localização.

Quem encomendou o atentado eu já sei. E o filho da puta vai pagar caro por isso. Mas para conseguir nossa posição em tempo real, alguém o ajudou. Alguém de dentro da Infantaria das Forças Armadas.

Em quase oito meses de investigação, o Alto Comando do Exército não obteve nenhum resultado. Não descobriram o informante, ninguém foi punido por seus crimes.

Mas não permitirei que vidas sejam esquecidas. Nem que custe a minha própria.

Hailey terá de me perdoar.

Se fosse algum tempo atrás, eu pensaria duas vezes. Ela ainda dependia de mim, tanto para proteção, quanto para sobrevivência. Não mais. O maldito filho da puta do pai dela está preso e vai morrer atrás das grades, seu relacionamento com o *quarterback* está bem e agora tem amigas com quem divide a casa, praticamente uma segunda família.

Meu Raio de Sol ficará bem. E isso é tudo o que importa.

Beijo novamente sua mão e olho por cima do ombro, decidido a quebrar o clima tenso que paira no ar.

— O que você quer dizer com 99% das calouras têm um *crush* em mim? Por que não 100%? Quem ousa fazer parte desse 1%?

— Idiota! — responde, atacando-me com cócegas.

Atticus acorda com a bagunça e late ao pular sobre nós dois, abanando o rabo, todo empolgado.

Também não preciso me preocupar com ele. Se um dia eu não estiver aqui, a Hails o abrigará. Tenho certeza disso.

CAPÍTULO 6

Lily Nevill

Bom dia! Que tal ovos com bacon no café da manhã?

— Minha Deusa, que cheiro bom! — Cathy comenta, em meio a um bocejo.

— Senta aí, eu fiz ovos com bacon para todos — respondo, com um sorriso. — E tofu para você, Paige — acrescento, em voz alta, pois a vi descer as escadas.

— Obrigada, Deusa!

— Tem para mim, Lilizinha? — Brycen entra na sala vestindo a camiseta. Ele não perde uma oportunidade de mostrar o tanquinho.

Brycen e eu fomos acolhidos pelas meninas, Hailey, Paige Cho, Cathy e Emma. Juntas elas alugaram essa casa, que tem três quartos. Depois acabaram aceitando mais moradores.

Paige e Cathy dividem uma das suítes, Hailey, que a princípio ficaria sozinha, me acolheu, e Brycen chegou depois de ser "convidado a se retirar" da fraternidade onde morava. Ele dorme no enorme sofá da sala.

Desde que cheguei à Califórnia, todos me tratam como se fôssemos amigos de infância, o que aos poucos vem me deixando mais confortável. Ainda é estranho, no entanto.

O calor de julho-agosto em São Francisco não se parece nem um pouco com o verão no Maine, onde faz frio quase que o ano todo. As pessoas também são bem mais calorosas do que lá, embora ninguém realmente me conheça.

É como se o clima agradável os deixasse mais felizes e abertos.

— Não se preocupe, Bry, estou acostumada a cozinhar para um atleta. Jay não se contenta com um só prato nunca...

Assim que as palavras saem da minha boca, sinto o baque da realidade.

Eu nunca mais vou fazer ovos com bacon para ele.

Acho que meus colegas notam o "fora" e tentam disfarçar, fazendo comentários sobre atletas comerem muito, mas os olhos atentos da Cathy não saem do meu rosto. Dou um sorriso, que não chega aos meus olhos, para despreocupá-la, mas sei que não fui realmente convincente.

Poderia dar um beijo na Hailey, quando ela desce as escadas correndo e chamando a atenção, totalmente alheia ao fato de que falei sobre meu namorado morto como se ele fosse se sentar à mesa conosco.

— Oba! Café da manhã! — diz, servindo-se.

Fico aliviada por embarcarem em outro assunto qualquer, então me lembro do professor desagradável de ontem.

— Você tinha comentado que seu amigo era legal, Hailey.

— Qual amigo?

— O tal do Reed.

— Mase? Ele é demais!

— Quase um santo — Paige comenta.

— Além de muito gostoso! — Cathy acrescenta, enfiando mais uma garfada na boca.

— Preciso concordar — Emma, nossa última integrante, chega à sala já expondo sua opinião.

— Concordar com o que, Greenwood? — Brycen praticamente cospe as palavras.

Nas poucas semanas em que estou aqui, percebi que há alguma coisa rolando entre eles. Uma tensão. No começo eram muito amigos, agora parece que mal se suportam.

— Não é da sua conta.

— Vou perguntar para seu irmão se ele concorda com isso.

— Que tal perguntar para meu irmão com o que mais ele concorda, D'Angelini?

Ambos se encaram como se fossem disputar quem chega primeiro à faca de manteiga.

— Ei! Quando vão falar que droga está acontecendo? — Hailey questiona, encarando-os.

— Vocês são cansativos — Cathy diz, revirando os olhos.

— E muito óbvios. — É o comentário da Paige que chama a atenção da dupla, fazendo-os cortar contato visual para olhar na direção dela.

— Não sei do que você está falando — Emma responde, secamente.

— Está viajando, P? Eu *hein*, gatinha — Brycen alega, ficando de pé. — Preciso ir. O treinador pediu para chegar mais cedo.

Ele nem espera uma resposta, antes de avançar em direção à porta.

Percebo que as meninas querem insistir no assunto com a Emma, mas a garota, que é mais nova do que nós cinco anos, não me parece disposta a falar. Decido ajudá-la. Sei bem como é quando não queremos falar sobre algo e ninguém sai do nosso pé.

— Então, eu achei o tal do soldado bem sem-graça e velho.

— O quê?! — Três rostos chocados se voltam na minha direção e a mais jovem dá um microssorriso em agradecimento.

— Você está batizando o café com vodca? Mason sem-graça?

— Estou me sentindo pessoalmente ofendida com isso.

— Não sabia que vocês duas estavam arrastando as asas assim para meu melhor amigo — Hailey estreita o olhar.

— Arrastando a asa não, mana. Apenas aprecio a bela visão daqueles músculos — Paige-Cho se defende.

— Eu arrastaria as asas, a bunda, o corpo todo, mas ele me trata como amiga da irmãzinha dele. Triste fim para uma grande gostosa como eu — Cathy se lamenta, fazendo-nos rir.

— Vocês são impossíveis. Mas qual foi o problema com Mase, Lily?

— O problema é exatamente aquele grosso.

— Grosso?! — Novamente dizem em uníssono.

— Juro que nem parece a pessoa que vocês descrevem. Ele é meu professor e tratou todos nós como soldados que precisam ser humilhados. Eu cheguei uns minutos atrasada, pois a senhora Porter me ligou bem na hora da aula e...

— Ah, está explicado.

— O quê?

— Nunca são apenas uns minutos quando ela te liga, Lily. E Mase é um oficial das Forças Armadas. É claro que não tolera atrasos.

— Ali não é o regimento dele.

— O problema não é Mason... — Cathy cantarola.

— Do que você está falando?

— Quantas vezes a senhora Porter te ligou hoje? — Hailey pergunta.

— Nenhuma — respondo, erguendo o queixo.

— Ainda são 7h da manhã — Paige rebate.

— E ontem?

— Foram três — murmuro.

— Anteontem foram quatro ou cinco — Cathy aponta.

— Ela perdeu o único filho — justifico.

— Mas não pode despejar todas as frustrações em você, Lily.

— Fiquem tranquilas. Ela precisa conversar e é bom para mim também. Além disso, ela está diminuindo as chamadas. Hoje nem ligou...

Como se fosse um recado do Universo, meu telefone começa a tocar naquele instante e o nome da minha ex-sogra pisca na tela.

— Alguém acordou... — Cathy cantarola novamente.

Forço o meu melhor sorriso e pego o celular, aproveitando para buscar minha mochila e a jaqueta, enquanto ela me conta sobre o sonho que teve essa noite sobre o meu casamento com o Jay, descrevendo com detalhes o vestido de noiva que eu usava na cerimônia imaginária.

Já tomou um solzinho hoje?

Fecho os olhos, deixando os raios solares tocarem a minha pele. Se não me apressar, vou acabar atrasada mais uma vez, mas quis aproveitar alguns minutos no gramado da universidade.

É surreal estar aqui, não é?

Há pouco mais de um mês, eu estava do outro lado do país, vivendo cara a cara com o luto. Então a Hailey me convidou para me mudar.

Vim com uma mala de roupas e sapatos e mais nada. Minha irmã mais nova não fala comigo desde então. Meus pais me consideraram uma egoísta, embora nunca tenham dito com todas as letras. Minha sogra é a única que me liga diariamente, mas sempre para falar sobre Jay.

Quando cheguei à Califórnia, pensei em retomar a vida de onde eu parei. Dar aulas de balé ou tentar entrar em uma companhia. Não consegui nem ao menos calçar a sapatilha. Tudo na dança me faz lembrar uma vida e um futuro que não me pertencem mais.

Tudo é a Lily do passado, que tinha a vida toda esquematizada.

Tive que pensar no que fazer. Graças ao fundo que os meus pais criaram para mim e para a minha irmã, ao qual tenho acesso desde os vinte e um anos, trabalhar não é uma necessidade. Nunca foi, na verdade.

Em uma tarde, abri o panfleto de Stanford e me lembrei do quanto eu gostava de Geopolítica, mas, por ser a boa garota rainha do baile, nunca cheguei a entrar em clubes de debate ou coisas do tipo.

Acabei me inscrevendo para o curso de Relações Internacionais e aqui estou, sentindo-me um peixe fora d'água. Achei exagero quando a Hailey contou sobre o isolamento social que vivenciou como caloura aos vinte e três anos. É exatamente essa a minha situação. Por sorte, moro com cinco pessoas incríveis, mesmo que o lugar seja pequeno demais para todos nós.

O som do alarme, anunciando o início da aula, me desperta.

— Merda — murmuro antes de correr para a sala.

Alguém tinha acabado de fechar a porta quando bati a mão na maçaneta e a empurrei com tudo, fazendo mais barulho do que imaginava. Só esse ato já seria indiscreto e chamaria a atenção do professor, mas a situação toda foi muito pior.

A porta quase bateu nas costas de um homem alto, de cabelo bem curtinho, quase corte militar, e costas largas. Teria admirado os músculos desenhados embaixo do tecido, mas não tive tempo.

O estranho virou na minha direção, furioso.

Droga!

Mason Reed, que já não gostava de mim, agora provavelmente me odeia. O homem estreita os olhos, me fitando altivo.

— Problemas em chegar no horário, senhorita Nevill?

— D-desculpa, eu...

— Pelo menos não veio com o celular pendurado na orelha dessa vez — retruca rispidamente.

Antes que pudesse me justificar, o homem já havia virado de costas e descia os degraus.

— Sente-se, senhorita Nevill — diz, sem virar na minha direção, chamando a atenção de todos.

Engulo em seco e o sigo, envergonhada por, mais uma vez, todos os olhares estarem pousados em mim.

CAPÍTULO 7

Dois dias de aula e já tenho a certeza de que não nasci para isso. Detesto a insubordinação dos alunos que não me temem. Detesto mais ainda o quanto os demais parecem amedrontados pela minha presença, como se eu fosse tirar um dos fuzis *XM5*, que usamos no Exército, e alvejá-los.

Confesso que em alguns momentos até gostaria de poder fazê-lo. Eles são tão indisciplinados e inseguros.

Estou acostumado a ser respeitado, porém nenhum dos meus subordinados ficava assustado com a minha presença. Pelo contrário, eu sou o oficial que procuram quando precisam de algo.

Havia decidido que precisava pegar mais leve com a postura ameaçadora, quando quase fui atingido pela porta da sala. A mesma loirinha atrasada do outro dia, senhorita Nevill, acabou de entrar após o horário e tão estabanada quanto antes.

Virei em sua direção com fúria, preparado para dar uma bronca, mas fui desmontado pelos olhos mais tristes que já vi na vida. A garota me encarou com as duas íris verdes, assustada.

Tentei decifrar o luto em sua expressão. Afinal, o que pode ter acontecido para que ela chegasse a esse ponto?

Já vi semblantes parecidos antes, tanto em refugiados, se escondendo da tristeza da guerra, quanto em viúvas, após serem informadas da perda de seus companheiros. Sempre fiz questão de entregar pessoalmente a elas os pertences dos homens que partiram sob o meu comando. Seus olhos sempre expressavam uma dor semelhante à da jovem à minha frente.

Mas os dela parecem mais... vazios. Como se não soubesse seu lugar no mundo. Como se não tivesse um lugar no mundo.

Eu a repreendo e sei que isso a machuca. Vejo o quanto a feriu. Mas não foi nem 1% da forma como eu falaria com ela se não tivesse enxergado sua tristeza antes. Não acho que Lilian Nevill compreenda, mas a poupei. Do meu jeito, mas poupei.

Ao longo da aula, percebo que evita me encarar novamente. Passa as duas horas anotando em seu caderno e parecendo envergonhada.

Dessa vez, está sentada na segunda fileira, bem ao lado do corredor da escadaria e não exatamente de frente para mim. Eu me pego virando o pescoço para vê-la mais de uma vez e não consigo justificar essa atitude nem para mim mesmo.

Talvez seja a feição levemente conhecida? Onde a vi antes? Será conhecida da Hailey?

Em determinado momento, passo por ela e meus dedos se esticam involuntariamente, como se quisessem tocá-la.

Franzo o cenho, irritado comigo mesmo por essa reação, e saiode perto da tal garota dos olhos tristes.

É melhor manter distância.

Na quarta-feira, fingi que não notei a garota entrar no último minuto na sala de aula. Ela continuou a me evitar. Não me encarava em hipótese alguma e isso começou a me irritar.

E, na quinta, ganhei tempo lendo um documento para dar uns instantes a mais para que pudesse entrar sem ser alvo da minha atenção, puramente por um senso de consideração que desenvolvi por notar sua tristeza.

Arrependi-me da gentileza quando a questionei sobre tratados internacionais e ela fingiu não ter notado.

— Não sabe responder a pergunta, senhorita Nevill? Ou está com vergonha?

A loirinha de aparência frágil e delicada me encara soltando faíscas de seus grandes olhos verdes. A intensidade me capta de tal forma que me sinto ser arrastado para dentro da sua dor.

Mas quando fala, entrega algo bem mais irritante... e divertido.

— Na verdade, não quero responder.

Afrontosa.

Não deveria, mas gosto disso.

A sala ao redor parece um cemitério, tão pesado o silêncio que se instaura. Todos temendo minha reação.

Sorrio de lado e caminho em sua direção, relaxado, quase como um predador. Subo o degrau sem desviar o olhar do rosto pálido, que começa a adquirir uma cor rosada.

— Quer mesmo entrar em uma disputa comigo, senhorita Nevill?

Seu lábio treme de leve e sei que quer recuar, mas gosto de ver quando levanta um pouco mais o queixo e mantém sua posição, mesmo que sem responder em voz alta.

Parece um coelhinho assustado, mas tem mais coragem do que as aparências deixam transparecer.

Sorrio mais e retomo a aula.

— E você, senhor Woodson? O que me diz sobre os tratados internacionais?

O estudante desavisado se inspira na coragem da pequena garota dos olhos tristes e tenta soar engraçado.

— Acho que eu também não quero responder, *Prof*.

Encaro-o sem nenhuma diversão na minha face.

— Não lhe dei essa opção, senhor Woodson. E me chame de tenente-coronel Reed ou apenas senhor.

O ruivo engraçadinho gagueja em um pedido de desculpas e começa a responder.

Voltando à frente da sala, espio Lilian Nevill com o canto dos olhos, reconhecendo a ruga de dúvida em sua testa. Provavelmente está confusa por ter sido poupada, enquanto seu colega não.

Lamento, senhorita. A verdade é que também não sei a resposta.

Não tenho aulas na sexta-feira e, nesse dia em específico, viajei para *Fort Irwin*, a principal base de treinamento das Forças Armadas, onde está situado o 11º Regimento de Cavalaria Armada dos Estados Unidos, também conhecido como *Black Horse*.

O regimento que eu comando.

Ou comandava, até ser afastado por um longo e cansativo ano.

Andar pelos corredores da base me faz reviver cenas que estão cravadas tão fundo na minha mente, que simplesmente não consigo esquecer. Chego ao quadro memorial, onde ficam expostas fotos de heróis que se foram, e vejo o rosto de um soldado de dezoito anos que perdi em 2011.

Estávamos no auge da Guerra do Afeganistão. O rapaz viu um garoto que não deveria ter mais do que dez anos parado no meio da linha de fogo. Ele não pensou duas vezes antes de pendurar o fuzil no ombro e correr.

Tentei cobri-lo ao ver aonde iria, mas ele foi atingido por dezenas de tiros assim que cobriu o garoto com seu corpo. Ordenei que fizessem um cerco e conseguimos isolar a área. A criança sobreviveu com apenas um tiro de raspão no braço. Mas o soldado...

Mensalmente, são realizados treinamentos para oficiais e praças que estão na reserva, ou seja, aposentados, ou apenas suspensos do serviço militar.

Por estar afastado por questões médicas, não sou obrigado a ir. Na verdade, a recomendação é que eu realmente não vá. Porém, está para nascer alguém capaz de me impedir. Até mesmo a...

— Não me lembro de tê-lo liberado para treinamento, tenente-coronel. — A voz da general Frazier soa atrás de mim.

— Não me lembro dessa liberação ser pré-requisito para que eu treinasse, general — rebato, virando em sua direção e prestando continência.

O jovem sargento que andava ao lado dela, carregando uma pilha de documentos, me olha assustado pela insolência antes de prestar uma rápida continência a mim, ao se lembrar de que também sou um oficial.

— Dispensado — minha tia diz para o garoto, fazendo um gesto com a mão.

— Deveria deixá-lo preso por 48 horas pela insolência, tenente-coronel.

— Com prazer, general. Serão 48 horas no lugar que é a minha casa e do qual venho sendo privado.

A mulher estreita os olhos e faz um som de reprovação com a língua.

— Você é cansativo, Mason.

— É de família, tia Gail.

— Não me chame assim aqui — retruca, mas nós dois sabemos que não se importa tanto quanto quer parecer.

— Conseguiu avançar na investigação sobre o atentado?

Seu suspiro pesaroso é resposta o suficiente. Não.

— Você precisa esquecer isso, garoto — diz, dando ênfase no "garoto", embora eu seja um homem de quarenta anos.

— Eu esqueceria se a Guarda Nacional estivesse realmente conduzindo uma investigação.

— Não é tão simples quanto parece.

— Não parece nada simples, general. Nem um pouco. Mas complicado ou não, me soa muito pouco patriota deixar uma viúva e duas crianças órfãs sem uma explicação minimamente plausível. Um tenente das Forças Armadas morreu. Foi mais uma vida em vão?

Sei que passei dos limites quando ela estreita o olhar, me deixando saber com o simples gesto que não estou em posição de questioná-la.

— Já chega, tenente-coronel. Volte para casa ou vá treinar, mas coloque-se no seu lugar e nunca mais questione uma ordem direta.

Quero gritar com ela e demandar que faça alguma coisa, mas os vinte e dois anos de serviço me impedem de simplesmente insurgir contra a minha oficial comandante. Não posso fazer isso.

Recuo um passo e presto continência.

— Sim, Senhora.

Por uma fração de segundo, vejo a expressão frígida e profissional tremer de leve, como se quisesse colocar de lado cargos e patentes e conversar comigo como seu sobrinho. Do mesmo modo que fez quando eu estava no hospital. Aquela foi uma das poucas vezes em que tivemos um contato assim.

Mas Gail Frazier não consegue — ou não quer — sair da personagem.

— Dispensado, oficial — diz, olhando para frente, enquanto evita meus olhos.

— Sim, senhora — murmuro e saio de perto.

Para mim, ficou mais do que claro que nenhuma atitude será tomada, portanto a única esperança de levar paz à família do Wyatt — e a mim mesmo — é agir por conta própria.

Custe o que custar.

CAPÍTULO 8

Lily Nevill

Nunca sei se suco conta como meta de consumo de água. Sorrio, sugando o suco de laranja fresco que pedi na cantina da Universidade pelo canudinho.

Também não sei. Será que conta?

— Rindo sozinha, mana? — Cathy pergunta, sentando-se ao meu lado.

Por ser aluna da pós-graduação, minha amiga tem horários diferentes dos nossos e usa roupas mais sérias, pois atua como assistente de um professor do curso dela, que apelidamos de "Velho Caquético".

— O Velho Caquético já te liberou?

— Ele nem sabe que eu saí — responde, bebendo meu suco. — Eca! Cadê o açúcar?

— Não coloquei. Achei que estava doce o suficiente — comento, dando de ombros.

— Mas cadê a alegria de viver em tomar um suco sem açúcar? O próximo passo é café sem açúcar. Um crime contra a Humanidade.

Mordo o lábio, segurando o riso, pois também só consumo minha dose de cafeína pura.

Cathy me encara como se eu fosse um extraterrestre e faz som de ânsia.

— Sua criminosa — resmunga.

Divido meu *muffin* de *blueberry* no meio e entrego metade para ela, que aceita toda sorridente.

Mordo um pedaço bem pequenininho e mastigo mais vezes do que seria necessário, enquanto Cathy coloca sua metade praticamente toda na boca de uma só vez.

Seus olhos atentos começam a me analisar e isso me faz mastigar ainda mais a massinha doce.

— O que tem de errado com você? — pergunta, de boca cheia, o que me faz dar um pequeno sorriso.

— Nada — prometo.

Ela suspira e termina de mastigar, antes de voltar a me encarar.

— Sei que é difícil, Lily. Sei mesmo. Foi tudo rápido e inesperado. Também sinto falta dele. Eu falava mais com ele do que com a Hailey e isso quer dizer muita coisa! — exclama. — Mas Jay ia querer que você seguisse em frente.

— Estou seguindo — argumento, mordendo de novo o bolinho.

— Não, não está. Mudou de estado, de curso e de vida, mas não desapega do passado.

Quero debater, mas o que posso falar? Decido seguir uma abordagem mais sutil e tentar tirar o foco de cima de mim.

— Relaxa, não é como se eu estivesse me punindo por estar viva com suco sem açúcar.

Sua risada me alivia imediatamente.

— Não se esqueça do café. É a segunda parte da tortura — diz, roubando mais um pedaço do meu doce, enquanto gargalha.

Beberico o suco, crente de que havia conseguido realmente distraí-la.

— Vai me procurar se precisar conversar? — sussurra em tom sério.

Encaro-a com um sorriso cansado e aceno positivamente.

— Sim — minto.

— Ok. Agora me deixa comprar alguma coisa que não tenha gosto de tortura com notas de sofrimento.

Sorrio e a observo se afastar. Só quando está no balcão, é que eu volto a segurar meu celular e clico no Google para pesquisar se suco conta como consumo de água.

Já estava no segundo arquivo, lendo sobre a reação química do organismo com o suco e com a água, quando minha nuca pinica, como se estivesse sendo observada por algo ou alguém.

Viro o rosto de lado, incomodada e, pela visão periférica, reconheço o homem que venho evitando ativamente há duas semanas.

Mason Reed.

Primeiro, eu o considerei um grosso, arrogante, com síndrome de todo-poderoso. Depois, ele pareceu pegar leve comigo propositalmente, mas nos últimos dias tem sido ainda mais irritante. Parece ter decorado meu nome só para me questionar sobre tudo em sala de aula.

Franzo o nariz, e viro de vez, cruzando nossos olhares.

Todas as vezes que isso acontece sinto uma coisa estranha. Como um arrepio de alerta de que devo ficar longe. De que ele é ainda mais destrutivo do que eu mesma.

E sempre que comparo as minhas impressões sobre o professor com o que as meninas falam sobre ele, fico confusa. Nem parece a mesma pessoa.

Ergo uma sobrancelha, em questionamento, e ele percebe, quebrando nosso contato visual.

— Trouxe mais um bolinho para você, mana. E suco de verdade! — A voz animada da Cathy me faz voltar a olhar para frente e, em um segundo, Mason Reed desaparece.

Agradeço o *muffin*, dessa vez de gotas de chocolate, e dou uma mordida para ser educada, embora não tenha apetite.

— Depende.

— Hã? — pergunto, olhando para a minha amiga.

— A resposta para a sua pesquisa é: depende — diz, apontando para meu *smartphone*.

Olho o aparelho, tentando lembrar o que eu havia procurado. A presença do meu professor me desconcertou tanto - como sempre acontece -, que já nem me recordo do que fazia naquele momento.

— Se for tipo café, conta como água, mas se for suco de caixinha ou chá artificial, não — ela esclarece, fazendo-me arregalar os olhos.

Como posso ter esquecido isso?

Engulo em seco e empurro os sentimentos conflitantes para uma caixinha escondida dentro do meu próprio cérebro. A Caixa de Pandora[3]. Não devo abri-la se quiser manter a sanidade.

Estou quase atrasada e justo para a aula do soldadinho de chumbo. Que raiva!

Decidi fazer uma caminhada ao amanhecer, mas perdi a noção do tempo e me estendi mais do que podia.

Como se já não estivesse ferrada o suficiente, meu celular começa a tocar assim que viro no corredor da minha sala. Sei quem é. Evitei suas ligações nos últimos dois dias, mas minha mãe mandou mensagem ontem à noite me dando uma bronca.

— Bom dia, senhora Porter! — cumprimento, um pouco ofegante pelo passo acelerado.

— *Lily, querida. Não nos falamos há eras!*

Dois dias. Aliás, apenas trinta e oito horas.

— Estava ocupada me adaptando ao novo curso — justifico. — Como a senhora está?

— *Indo* — responde e, como sempre, não pergunta sobre mim. — *Falei com o xerife ontem, por isso queria conversar com você, querida*.

Isso me faz parar de andar. Encosto na parede, tremendo um pouco.

— Ele tem novidades? — pergunto, sentindo minhas mãos suarem de ansiedade e esperança.

— *Não exatamente. Mas ausência de notícias significa boas notícias, sabe? Se fosse notícia ruim, já teríamos recebido*.

Suspiro, o pequeno feixe de alegria se esvaindo.

Não concordo com a mãe do Jay. Não mesmo.

Para mim, a ausência de notícias significa não saber o que aconteceu e não poder nunca encerrar esse capítulo das nossas vidas.

---

[3] Mitologia grega: objeto extraordinário em que os deuses colocaram todas as desgraças do mundo.

— *O xerife disse que vai me contatar assim que tiver alguma informação nova*.

— Certo.

Faz quase cinco meses que ele desapareceu após aquele acidente trágico. Nesse período, encontraram suas roupas ensanguentadas. Um par de tênis na nascente do rio e sua carteira de motorista às margens, muitos quilômetros adiante.

Ainda assim, Shannon Potter segue acreditando que um dia o xerife ligará informando que Jason foi encontrado com vida. E em todas as ligações insiste na mesma teoria.

Quero ser atenciosa e presente para ela, pois sei que perdeu o único filho e que acabei sendo tudo o que restou, mas cada ligação me sufoca um pouco mais. Enterra-me e me impede de reagir, de agir, de ser eu mesma.

Jay odiaria me ver assim, paralisada no meu medo e na angústia de sua mãe.

Mas simplesmente não consigo me desvencilhar.

— *Lily?*

— Sim?

— *Você não respondeu se pretende voltar para o aniversário do Jay no mês que vem*.

— Eu... — balbucio, sem saber como responder essa pergunta.

Ela quer mesmo que eu viaje 3.600 milhas para o aniversário de uma pessoa que não está mais aqui?

— Atrasada de novo, senhorita Nevill? — A voz potente e grave de Mason Reed me faz dar um pulo de susto.

Olho para ele, tentando controlar a angústia acumulada pelos dez minutos de conversa com Shannon ao mesmo tempo em que procuro uma resposta à pergunta que me fez. Qual foi mesmo?

— O gato comeu sua língua?

— *Lily, querida? Você está aí?* — minha ex-sogra insiste do outro lado da linha.

— Senhorita Nevill? — meu professor chama de novo.

Fecho os olhos com força e começo a contar até dez em pensamento, enquanto inspiro e expiro. Forço-me a focar apenas na minha respiração e tentar ignorar tudo o que me cerca, inclusive a voz insistente que soa pelo aparelho de telefone.

Alguém se posiciona ao meu lado e apoia uma palma quente no meio das minhas costas.

— Puxa o ar devagar — diz, baixinho.

Diferente do que imaginei, seu contato não me faz querer gritar e sair correndo, chorando. Pelo contrário. Sua presença me acalma, apesar de sempre parecer irritado. Sua voz poderosa quase soa como um carinho.

Mantenho os olhos fechados e obedeço, inspirando devagar.

— Ótimo! Agora solta o ar bem devagar também.

Obedeço de novo e, pouco a pouco, recupero o autocontrole.

Quando finalmente consigo abrir os olhos, bem mais calma do que antes, ele está me analisando atentamente e tão próximo que nossos rostos quase poderiam se tocar.

— *Lily?* — Shannon insiste uma vez mais, fazendo-me perceber que ainda mantinha o telefone colado à minha orelha. — *Quem está aí com você, querida?*

Engulo em seco, reparando no quanto a expressão gentil do professor Reed some ao ouvir a voz da minha ex-sogra.

— Já está bastante atrasada. Entre agora ou vá para casa — diz e vira de costas, andando em direção à sala.

Demoro apenas um segundo a me dar conta de tudo o que aconteceu.

— *Lily?*

— Preciso ir, senhora Porter. Até mais.

Pela primeira vez na vida, reúno coragem para desligar sem esperar sua resposta. O motivo é não querer ter que voltar a lidar com o olhar irritado dele em cima de mim.

Sigo-o em silêncio, mas sei que percebe, pois segura a porta da sala aberta para que eu passe.

— Obrigada — murmuro, referindo-me a essa gentileza e ao que aconteceu no corredor.

— Não se atrase novamente. — A resposta é dada sem me olhar nos olhos.

De repente, sinto saudade da forma gentil como tocou nas minhas costas e o quão em paz conseguiu me fazer sentir.

Mas quem sou eu para sentir algo assim por ele?

CAPÍTULO 9

Mason Reed

Ao ver a loirinha com Cathy no restaurante da universidade, percebo finalmente de onde a conheço. Foi há alguns meses. Ela e o namorado vieram ajudar na mudança das garotas para a casa nova.

Sabia que já tinha visto a garota dos olhos tristes antes, mas não tinha me dado conta de que era a amiga que Hailey e Cathy trouxeram do Maine, uns dois ou três meses atrás, após o acidente que matou o rapaz; Jason.

Raramente frequento a casa delas, pois a minha é maior e Atticus não lida bem com espaços novos. Meu cachorro é um pouco sensível.

Agora tudo faz sentido. O luto que ela exala não é apenas uma forma de expressão, sim, reflexo de algo que aconteceu há pouco tempo. Muito pouco tempo.

Enterrei um amigo, um colega de trabalho, há nove meses e ainda estou relutando em superar. Imagina uma jovem de vinte e três anos que perdeu o namorado da adolescência.

E essa garota parece tão delicada e frágil.

Observo a interação das duas. Cathy sempre expansiva e ela retraída até o limite. Noto o leve tremor das suas bochechas todas as vezes que força um sorriso que não vem de dentro.

E, caralho, ela faz muito isso.

Quando me flagra a observando, meu instinto é recuar, mas seu olhar me capta por mais tempo do que deveria.

Por alguns instantes, permito-me navegar por aquele verde sem esperança. Só que não encontro ali apenas o luto e a tristeza. Existe algo tão bem mascarado que quase não noto.

É a forma como suas pupilas dilatam ao cruzar com as minhas.

Ela parece tão... real. E por uma fração de segundo, quero poder tocá-la.

Ainda bem que eu recupero a sanidade antes de fazer alguma bobagem. Cathy chega, ela vira para frente e eu aproveito para ir embora.

— Desembucha — digo, sentando-me na grama, ao lado da Hailey, enquanto atiro o disco para Atticus pegar.

— Não sei do que está falando — retruca, mas continua a mastigar o lábio inferior, como sempre faz quando está ansiosa com algo.

— Fala logo, Raio de Sol. Por favor!

— Ok. Quero saber o que está acontecendo.

— Sobre?

— Sobre as pessoas continuarem falando que meu melhor amigo, a pessoa com o maior coração do universo, é um ditador.

Levanto uma sobrancelha.

— Não posso fazer nada se a maioria é insubordinada e...

— Eles não são seus soldados.

— Até você com esse discurso?

— Mason, você é o oficial mais idolatrado do Exército. Acho que tem uma penca de marmanjo apaixonado por você por aí...

— Engraçadinha.

— É sério. Não consigo entender como a minha pessoa favorita no mundo está com fama de carrasco. Esse não é você.

Atticus volta com o disco e eu tiro de sua boca, disputando-o um pouco, do jeito que o Pastor gosta. Então, volto a jogar no ar para ele correr atrás.

— Talvez seja — respondo finalmente.

— Não é.

— Talvez seja tudo o que eu tenho para oferecer agora.

— Para, Mase...

— Raio de Sol, deixa isso para lá. Pode fazer isso por mim?

Ela morde o lábio e sei que quer argumentar, mas acaba bufando alto e cedendo.

— Por enquanto...

Dou uma piscadinha e levanto para continuar a brincar com meu cachorro no parque que pertence à universidade. Estava distraído, fazendo-o correr quando escuto uma voz conhecida.

Não tinha ouvido realmente até o dia em que a flagrei falando no telefone ao lado da sala de aula. Notei seu atraso e fui lá fora com a desculpa de que fecharia a porta.

Por fim, acabei flagrando o que acredito ter sido uma crise de pânico enquanto ela falava com uma mulher bastante insistente. O pequeno "obrigada" que disse às minhas costas ficou gravado na minha mente bem ao lado dos olhos tristonhos. Tão cedo, não poderia esquecê-los.

Já vi distúrbios psicológicos o suficiente para reconhecer um. No meu caso e da Hailey, o que nos afeta é o Transtorno de Estresse Pós-Traumático. Meu Raio de Sol teve crises bem feias desde que um soldado morreu sob seu comando, uns dois anos atrás. Por sorte, ela vem se recuperando e cada vez há menos situações que despertam seus gatilhos.

Eu também tive a minha cota de TEPT, principalmente nos primeiros anos da Guerra do Afeganistão, quando eu era jovem demais para entender tudo aquilo. Ao vermos tanta barbárie sendo propagada pelos dois lados, é difícil não se afetar.

Meu momento mais tenso foi ao retornar do meu primeiro turno. Assisti uma sala inteira de crianças ser executada, sem poder fazer nada. Tínhamos feito uma incursão em um prédio, sob a denúncia de que um dos líderes da organização terrorista se escondia lá.

Quando entramos, um deles, um moleque de oito ou nove anos, atirou em nossa direção, assustado. Um dos meus colegas se assustou com o estrondo e puxou o gatilho da metralhadora. Nós o derrubamos para que parasse de atirar, mas já era tarde demais.

A chacina me fez acordar suando frio e gritando por semanas e por pouco não me levou a acabar com a minha própria agonia.

Quando embarquei para o segundo turno, já estava mais preparado para o horror. Pouco depois, presenciei meu sargento tentando abusar de uma refugiada. Ela não devia ter mais do que treze anos. Dessa vez, não hesitei. Mesmo correndo o risco de ser preso, eu bati tanto nele, que precisou ser socorrido na enfermaria.

Quando um oficial me chamou na tenda de comando, imaginei que seria o meu fim, mas ele apenas quis meu depoimento para que o desgraçado fosse condenado por seus atos.

E, a partir de então, desenvolvi uma casca, uma espécie de armadura. Poucas coisas conseguem penetrá-la, tal como os olhos tristes da minha aluna conseguiu.

— A gente vai comer alguma coisa, não quer nos acompanhar? — Hailey pergunta.

— N-não. — Eu a ouço gaguejar. — Não acho apropriado, amiga.

Assobio para meu cachorro voltar e me junto a elas.

— Boa tarde, senhorita Nevill.

— Professor Reed — responde.

— Não sou seu professor aqui fora.

Noto que a frase soou estranha quando Hailey levanta uma sobrancelha.

— Eu estava falando para Lily ir jantar com a gente, Mase.

— Certo — comento, secamente.

O beliscão que a morena me dá nas costelas dói quase tanto quanto um choque de taser, mas não esboço reação.

— Você deveria vir, senhorita Nevill — emendo, querendo me proteger de outro ataque da pequena violenta.

— Aqui fora sou apenas Lily — retruca, levantando o queixo do mesmo jeito que fez naquela única vez em que chegou a me desafiar.

Mordo a parte interna das bochechas para não sorrir com a ousadia. São raros os momentos, mas ela sabe se impor.

— Vem jantar com a gente, Lily — corrijo-me.

Sua garganta sobe e desce enquanto me encara. Acho que a cena deve parecer estranha para quem olha de longe, mas não quero romper a bolha em que estamos.

— Eu...

Meu cachorro escolhe esse momento para invadir nossa roda.

— Atticus, *sit*![4] — ordeno, quando o vejo avançar em direção a ela. Não acho que ele a atacaria, mas é um cão de guarda e prefiro não correr o risco.

Lilian sorri para o canino e estende a mão, como se fosse acariciá-lo.

— Melhor não — afirmo, enganchando a coleira no pescoço dele novamente.

Ela me encara com a testa franzida, mas obedece.

— Desculpe, eu... *Ahn*... Eu preciso ir à biblioteca — anuncia e sai andando após murmurar uma despedida.

— É disso que estou falando — Hailey comenta e noto que está de braços cruzados, parecendo enfezada.

— *Hã*?

— Atticus não ia mordê-la e você sabe disso. Não precisava assustar a garota.

— É um cão de guarda, Raio de Sol. É imprevi...

— Guarde suas desculpas para si mesmo, Mase.

Ela toma a coleira da minha mão e sai andando à frente com meu infiel companheiro, que nem sequer reluta em segui-la.

É, talvez eu soubesse que ele não a atacaria. Talvez eu só não estivesse preparado para baixar a guarda e, por isso, decidi que meu cachorro também não baixaria.

A vida me ensinou da pior forma possível que baixar a guarda só gera dor. Precisamos manter as defesas erguidas. Tanto Atticus, quanto eu.

Mais tarde, depois de jantar com Hailey e acompanhá-la até em casa, passo pelo Campus. Atticus está cansado e deita no banco detrás, enquanto eu dirijo devagar.

Um cabelo loiro chama a minha atenção e paro o veículo para ver melhor. Ela olha para os lados antes de entrar em um dos prédios.

A essa hora, não deve ter mais aulas por aqui. Tento ignorar o ímpeto de segui-la, mas não consigo.

— Fique aqui, garoto. Já volto — digo, afagando a barriga do pastor, que faz menção de se colocar de pé. — Não. Fique aqui — reforço e, por um milagre, ele realmente obedece.

Deixo apenas uma fresta das janelas abertas para entrar ar e corro até o prédio, esgueirando-me pelas sombras.

O térreo está escuro e silencioso, mas ouço um ruído vindo das escadas. Puxo o capuz para encobrir parcialmente meu rosto e começo a subir os lances de escada.

Maldito prédio de quatro andares. Só consigo xingar ao chegar ao terraço. É um espaço aberto com um parapeito baixo. Lilian Nevill está do outro lado, totalmente alheia à minha presença.

---

[4] Inglês: Senta

Sua cabeça está levemente inclinada na direção do céu. Chego a pensar que está tentando enxergar algo, mas quando mudo de posição percebo que seus olhos estão fechados.

As mãos se mantêm apoiadas no parapeito, enquanto respira tão pesado e profundo que consigo ouvir daqui.

Escondo-me mais nas sombras para que não me veja, mas não consigo me mover. Não gosto de sua proximidade com a beirada do prédio, nem da expressão pesarosa.

Cinco, dez minutos passam até que ela dê um passo para trás e caminhe de volta por onde veio. Espero mais um tempo até descer, com a cabeça fervilhando de questionamentos.

Atticus está agitado no carro e late quando me vê. Por sorte, a garota já estava longe e não nota a movimentação.

— Desculpa, menino. Desculpa — digo, oferecendo um biscoito caninho para que ele se acalme.

Voltamos para casa, mas alguma coisa segue agitada no meu peito.

O que aconteceu ali?

CAPÍTULO 10

Lily Nevill

E aí? Animada para a festa de hoje?

Não. Não estou.

Nem perto disso, aliás. Só consigo pensar na quantidade de pessoas ocupando nossa casa e na obrigação de sorrir para todas as visitas.

— Lily, você tem um *cropped* de couro? — Emma pergunta, parando à porta do quarto. — Ei. O que houve?

— Nada. Do que está falando?

— Dessa sua cara de pânico. Olha, eu sei que sou a caçula aqui e não temos uma história como você tem com as outras meninas, mas sabe que pode contar comigo, não é?

— Claro, Em. Você também. Certo?

— Certo — diz e me dá uma piscadinha. — Dito isso, quer que eu arranje outro lugar para a festa? Posso convencer os caras da Alfa...

— Não. Vai ser legal estrear a casa. E as meninas estão ansiosas!

— As meninas ou Bry?

Rio com ela. Ele está muito, muito animado.

— Paige e Cathy também estão — digo.

— Verdade, mas ainda acho que a Hailey vai acabar se mudando de vez para a casa do Chase quando perceber a bagunça que isso aqui vai ficar.

Sorrio de lado ao encontrar um *cropped* do estilo que ela pediu.

— Uau! Isso aqui é lindo! — Emma exclama, colocando-o em frente ao corpo para se olhar no espelho.

— Gostou? — pergunto e ela balança a cabeça, confirmando. — É seu, então.

— Não pode me dar uma peça maravilhosa dessas, Lily!

— Posso, sim. Nem serve mais em mim.

A garota volta a franzir o cenho.

— Não gosto de comentar sobre o corpo alheio, até porque estou longe de ser padrão. — A jovem, que é uma das mais bonitas que eu já vi, aponta o próprio corpo. Um corpo real, com curvas reais e que, na minha opinião, é bem mais bonito do que o meu.

— Você é perfeita.

— Obrigada, Li. Mas o foco aqui é que não gosto de falar sobre o corpo alheio, então que fique claro que a minha pergunta não é uma crítica, ok?

Aceno, já imaginando para onde o assunto vai.

— Sim, emagreci bastante.

— E não foi intencional, certo?

— É, não foi — admito, mas logo emendo: — Mas eu estou bem. Prometo.

— Tem gente que come quando fica triste ou ansioso. Tem gente que deixa de comer. O meu ponto, Li, é que talvez você precise conversar com alguém.

Suspiro, ciente de que ela tem razão, mesmo que não queira admitir ou mesmo tocar no assunto.

— Eu estou bem — reforço.

— Ok... Mas...

— Você está aí se eu precisar — completo por ela, que sorri e pisca para mim.

— Voltando ao *cropped*, vou aceitar como empréstimo e serei a guardiã dele até que o queira de volta.

Gargalho.

— A roupa precisa de guardiã?

— Amada, isso aqui é couro ecológico do bom. Reconheço de longe. Não é só uma peça qualquer!

Balanço a cabeça, observando-a sair. Assim que fecha a porta, minhas sombras voltam a ganhar espaço. Faz muito tempo que não vou a uma festa.

— Está se escondendo? — Hailey pergunta, entrando na cozinha de casa.

— Talvez? — murmuro.

— É um pouco assustador. Entre Paige, Emma e Brycen, acho que recebemos todas as tribos de Stanford aqui em casa.

— Eles convidaram muita, muita gente mesmo, né?

— Muita gente é apelido. Eu estou chocada.

Sorrio e dou uma trombada de ombro com ela.

— Apostamos que você iria fugir para a casa do Chase antes do final da noite.

— Eu adoraria. Só que o Cap, Dylan e Brycen estão jogando *Beer Pong* na sala.

— *Ops* — murmuro, rindo.

— Vou ter que prometer alguma coisa bem sexy para convencê-lo a cair fora daqui.

Balanço a cabeça e a acompanho. Passamos pela parte da cozinha e imediatamente paro ao reconhecer alguém.

O homem está de costas, vestindo uma jaqueta de couro, mas a imponência é a mesma de quando está em sala de aula, ditando ordens a todos nós.

Mason Reed vira sem pressa, ficando de frente para mim, e me encara por alguns segundos. Sua intensidade exala mesmo do outro lado da sala. Não consigo desviar o olhar. É como se ele tivesse um ímã.

Sua expressão é severa, como sempre, sem um sorriso sequer. Mas seu olhar ainda parece me queimar por inteiro.

Ele começa a caminhar na minha direção e minha garganta se fecha levemente, como se o ar tivesse ficado denso.

No último segundo, no entanto, ele não se dirige a mim, sim, à minha direita. O rosto sério se abre em um sorriso tão bonito quanto o desenho de sua boca carnuda e os olhos brilham de um jeito carinhoso.

— Mase! Você veio mesmo!

— Só você para me convencer a vir a uma festa de faculdade, Raio de Sol — diz, beijando a testa da minha amiga.

Queria dizer que não senti uma pontada de inveja por não ter sido na minha pele que aquela boca roçou.

— Podemos fugir juntos já, já. Isso se eu não decidir colocar todo mundo para fora. Já vi um casal tentando entrar no meu quarto! Eca!

Rio baixinho com a indignação dela e isso volta a chamar a atenção do meu professor. Ele me encara sem diversão.

— Olá de novo, senhorita Nevill.

— Já falei que é...

— Lily. É. Eu ouvi da primeira vez.

— Vocês dois são irritantes — Hailey interfere. — Essa energia de "não nos suportamos" está me cansando. Não me forcem a colocá-los de castigo.

— Você adoraria tentar, Raio de Sol — ele responde, mas não com o tom autoritário que usa com os alunos.

— Tentar e conseguir — Hailey afronta, fazendo-o rir. — Vou resgatar meu Cap antes que ele se afogue em cerveja. Vejo vocês mais tarde.

Ela some, de uma hora para a outra, deixando-me com o sujeito que vem me atormentando há semanas.

Nem ele, nem eu, sabemos como agir, então só ficamos lado a lado em um silêncio desconfortável.

— Tem bebida na cozinha — digo, após alguns minutos.

Mason me observa de cima para baixo, já que ele tem uns bons 20cm a mais do que eu, mesmo que não seja uma garota baixinha, do alto dos meus quase 1,70m.

— Certo, senhorita Nevill.

Reviro os olhos com a insistência irritante em me chamar pelo sobrenome, bem como por ele não ter tido a decência de dizer um "muito obrigado".

— Você revirou os olhos para mim?

Encaro-o com uma sobrancelha erguida.

— E se tiver revirado?

O homem dá um passo para perto de mim, entrando no meu espaço pessoal.

— Não brinca com fogo se não estiver disposta a se queimar, senhorita Nevill.

Ergo o queixo, sem desviar o olhar do dele. Não digo nada, mas o desafio está claro na minha postura. Juro que não sei de onde tiro esses ímpetos. Não sou assim. Geralmente sou tímida e na minha, mas esse homem arranca o pior de mim.

O olhar irritadiço ganha um leve tom de diversão, mas, como se não tivesse disposto a admitir que suavizou, o homem toca a própria testa em uma espécie de despedida, e se afasta, deixando-me estranha e inquieta.

— Cadê o *plié*, o *jeté*, o *"sei lá o quê"*?

Rio do deboche no tom da Cathy, mas não respondo.

— Sério, mana, vamos rebolar essa bundinha aí. Está todo mundo dançando! — ela diz, tentando falar mais alto do que a música.

Sim, todos ao redor estão animados, dançando, divertindo-se. Só que eu não consigo.

— Acordei cedo — digo no ouvido dela e finjo me mexer ao som da música.

A verdade é que não danço há meses. Sequer trouxe minhas roupas de balé para San Francisco. Deixei tudo o que tinha relação à vida que não me pertence mais para trás, fechado em uma caixa, na garagem dos meus pais.

Tudo, exceto as...

Engulo em seco e olho ao redor, sentindo a ansiedade aumentar. Todo mundo parece tão feliz, vivendo o melhor de suas vidas. São jovens, livres e soltos.

Eu não sou assim.

Não mais.

Quando começo a ouvir as batidas do meu coração soando nos meus ouvidos, dou uma desculpa e me afasto, indo para o jardim, onde coloco as mãos nos joelhos e puxo o ar.

Não sei exatamente o que é isso, mas sinto umas coisas estranhas em alguns momentos, como se as paredes se fechassem ao meu redor, e eu não pudesse mais respirar.

— Você está bem?

Novamente, não preciso me virar para saber quem é. Ele pergunta, mas seu tom é mais como uma exigência, como se demandasse que eu lhe contasse o que há comigo.

Não o faço, obviamente.

Continuo a respirar fundo, tentando recobrar meus sentidos por completo.

Ele não me toca, mas se aproxima o suficiente para que possa apenas sussurrar suas orientações.

— Puxe o ar bem devagar e prenda por alguns segundos. Isso. Agora solte. Ótimo! Vamos repetir.

Quando minha respiração volta ao normal, meu impulso é virar para ele com raiva.

— Não pedi a sua ajuda!

— A palavra é "obrigado", senhorita Nevill — diz, repuxando o canto direito da boca em um sorriso sem diversão.

— Não pedi a sua ajuda — repito.

Começo a andar em direção à rua, mas ele me segura pelo braço.

— Está tarde para andar por aí sozinha.

— Preciso falar mais uma vez? Não pedi a sua ajuda, professor!

— Com ou sem pedido de ajuda, não vou deixá-la andar sozinha por aí.

— Isso é o que nós vamos ver.

Desvencilho-me do toque dele e saio andando. Já estava a uns dez metros, quando percebo pela sombra no asfalto que não estou sozinha. Viro assustada e dou de cara com o militar, andando tranquilamente, com as mãos nos bolsos.

— Que droga! Eu falei que não queria a sua ajuda.

— A rua é pública, senhorita Nevill.

— Sabia que isso é perseguição?

— Jura? Então me processa.

Faço um som de deboche e cogito bater o pé e fazer um escândalo. Mas a verdade é que estou tão vazia por dentro que não me sinto inclinada a gastar tamanha energia.

Simplesmente me viro e continuo a andar em direção ao meu lugar favorito, onde costumo colocar tudo em perspectiva. Onde me sinto mais perto do céu e, consequentemente, dele.

Sei que tecnicamente não é um prédio alto. São apenas quatro andares, o que está longe de ser um "arranha-céus", mas é o suficiente para me dar paz.

Quando chegamos diante das portas, pela primeira vez realmente me importo com o intruso. Aquele é meu santuário e não vai ser invadido por um sujeito intrometido e intragável.

— Daqui você não passa — anuncio, fazendo-o erguer a sobrancelha, mais uma vez com aquele ar de deboche, como se me questionasse "eu e quantas dezenas de soldados" o impediriam.

Imagino que vá argumentar, mas ele acena uma única vez. Um breve menear com a cabeça.

— P-promete? — gaguejo.

— Vou aguardar aqui embaixo, senhorita Nevill.

Agradeço baixinho e subo correndo as escadas até sentir a tranquilidade da noite no Campus me abraçar.

Por sorte, moramos perto. Nossa rua ainda é considerada zona universitária, então é possível fazer tudo à pé. Para mim é perfeito, já que, junto com as sapatilhas e os álbuns de foto, deixei também meu carro e a disposição para segurar o volante novamente.

Para quem perguntasse, a resposta era perfeita. Não preciso de carro aqui.

A verdade é um pouco diferente.

Só um bom tempo depois, quando já estava caminhando de volta para casa, ainda com Mason Reed me seguindo a dois metros de distância, é que me dei conta de que ele disse que me esperaria lá embaixo. Como ele sabia que eu iria até o terraço?

CAPÍTULO 11

Sabe aquela merda sobre ser um perseguidor? Começa a parecer real. Nos últimos sete dias a segui até o prédio de administração pelo menos quatro vezes.

O pior de tudo é que a minha casa não fica nessa direção e nem sequer posso alegar para mim mesmo que estou passando por aqui para ver Hailey, pois ela tem passado mais tempo no apartamento do Heyes do que na própria casa.

Ele tinha sido *draftado* pelo time de Detroit, mas seu agente conseguiu uma troca com o *San Francisco 49ers* ainda antes do verão, o que significava que estava aqui.

Contudo, como o estádio do time fica do outro lado da cidade, seu apartamento era naquela área. A cada dia tenho mais certeza de que não deve demorar muito até que Raio de Sol se mude de vez para lá. Não posso criticá-la, afinal, demorou mais de cinco anos para que eles se reencontrassem e pudessem viver o sonho de adolescentes.

É bonito, não é? Essa coisa de viver sonhos.

Nunca tive nada nem perto disso. Em partes por ser focado e pé no chão demais para me permitir sonhar, em partes por já conhecer o quão errado as coisas podem dar.

Encosto o ombro no muro de pedra e espero a loirinha descer de sua visita noturna ao terraço. Fui discreto em todas as vezes justamente para não ter de justificar a ela o porquê da minha presença. Nem sequer consigo justificar para mim mesmo, imagina para uma segunda pessoa.

Também tenho cada dia mais certeza de que preciso me afastar. Ela tem uma energia estranha que me puxa para perto. Talvez seja o que tia Gail chama de "meu complexo de herói". Não consigo lidar com uma pessoa tão perdida e triste sem tentar resgatá-la de alguma forma.

Só que eu não posso curar o que Lilian Nevill sente. Não mesmo.

Posso estar por perto e salvá-la de perigos do plano físico, mas não dessa agonia que tormenta sua alma. Algo assim só pode ser curado com amor e isso é realmente algo que eu não tenho para oferecer.

O pouco que eu tinha foi dado a Hailey e, como já disse, foi mais uma reação do que uma escolha à princípio. Eu a salvei — novamente o complexo de herói — e depois entendi que aquela garota assustada poderia ser a minha melhor amiga. O amor nasceu depois disso.

Escuto seus passos leves. Talvez por ter sido bailarina, algo que as meninas me contaram, ela ande tão suavemente. Mesmo ouvidos treinados como os meus têm dificuldade em reconhecer os sons de sua locomoção. É como se ela flutuasse sob o solo.

Os cabelos loiros brilham sob a luz do luar. Ela veste um *cropped* branco e uma calça jeans larga. Nunca pareceu tão jovem. De costas ao menos, pois, quando o vento a faz virar para trás para tirar o cabelo do rosto, o semblante continua sendo de uma pessoa quebrada. Uma alma quebrada.

Ando a certa distância, mas em determinado momento ela vira de frente para mim e abre os braços, parecendo irritada.

— Quantas vezes eu vou ter de dizer que não preciso da sua ajuda, professor?

Levanto uma sobrancelha e sorrio de lado, mas não respondo, apenas continuo a andar devagar.

— Não vai falar nada?

— Não.

— Acha minimamente aceitável que você esteja me perseguindo? O que você quer comigo?

O tom acusatório realmente me atinge. Encaro-a com fúria.

— Do que está me acusando, senhorita Nevill?

— Eu sei lá! Você anda por aí seguindo todas as suas alunas? Talvez devesse pensar nisso! — grita.

A raiva arrepia minha espinha. Ela acabou de me tratar como um psicopata abusador?

— Você não deveria andar sozinha pelas ruas do Campus a essa hora. — Aponto para seu rosto, falando baixo, mas com raiva.

— Não tenho medo de bicho-papão, Professor Reed!

— Deveria ter medo é dos vivos, *porra*!

— A única pessoa na rua, além de mim, é você.

Dessa vez realmente sinto as palavras.

Não acho que pense que eu realmente seja um perigo para a sua integridade. Sua expressão não é de medo, mas de raiva.

— Sei que não é de mim que está com raiva, senhorita Nevill. É bom, não é? Gritar com alguém.

— Não sei do que você está falando! — alega, mas novamente aos berros.

Ela me parece tão contida o tempo todo que talvez esse seja seu grito de liberdade. O momento em que se sente pronta para gritar de volta com o universo por tudo o que a fez passar.

O problema é que eu não sou a porra de um capacho para ser tratado assim.

Estou tentando ajudá-la e não aceito ser desrespeitado.

Poderia dizer palavras cruéis, mas me contento em sorrir de lado, com deboche, e virar de costas, deixando-a para trás.

— Aonde você vai?

O tom nervosinho falha de leve. Ainda assim, ignoro sua pergunta e continuo andando.

Não demoro a notar que dessa vez é ela quem me segue e eu, como belo otário, continuo caminhando em direção à sua casa.

Ao chegar diante do sobrado, não paro, nem me viro para olhá-la. Sua voz chega até mim de qualquer forma.

— Obrigada — sussurra, balançando as chaves logo em seguida, acredito que abrindo a porta.

Continuo pela rua deserta até meu carro, que estacionei mais à frente, então vou para casa, ainda ouvindo seu breve sussurro. Foi a primeira vez que ela falou comigo sem o tom de medo da sala de aula ou o de raiva usado em todos os outros momentos.

Lily Nevill

Entro em casa, mas ainda fico observando pelo vidro da porta da sala até que Mason Reed já estivesse completamente fora da minha vista. O que aconteceu hoje?

Aliás, o que vem acontecendo nas últimas semanas?

— Não se esquece de ligar o alarme — alguém diz atrás de mim, fazendo-me pular no lugar.

— Que droga, Hailey! — murmuro, ainda sentindo meu coração acelerado, como se tivesse sido flagrada fazendo algo errado.

Minha amiga levanta uma sobrancelha e bebe mais um gole do copo de leite que, provavelmente, deve ter sido o motivo para descer as escadas tão tarde.

— Quer confessar alguma coisa, Lily?

— N-não — gaguejo.

— Sei...

— Eu vou dormir, amanhã tenho aula logo cedo.

— Lily! — Hailey chama, antes que eu pudesse me afastar. — Deixei alguns panfletos de estúdio de balé para você, em cima da nossa escrivaninha.

Mordo a parte interna das bochechas, sem saber exatamente o que fazer, até que decido ser sincera.

— Não pretendo voltar a dançar, mas agradeço a preocupação.

— Você ama dançar...

— Também amo outras coisas que nunca poderei ter de volta.

A garota suspira, com a expressão pesadora, e aproveito para subir correndo.

CAPÍTULO 12

Lily Nevill

Parece que simplesmente todos os alunos decidiram comparecer ao jogo de hoje. O primeiro da temporada de futebol dos Stanford Trees.

Brycen, que reprovou no último ano, é o único dos nossos amigos mais próximos que ainda faz parte do time, assim como a Hailey, que é estagiária do treinador.

As meninas têm outros colegas, mas eu mal falo com quem mora comigo, quem dirá terceiros...

Por ser o jogo de abertura da temporada, Chase e alguns dos outros destaques do time no ano passado foram convidados para participar da cerimônia inicial.

Parece a abertura do *Super Bowl*[5], porém em uma escala local e não nacional.

Da minha parte, não posso dizer que realmente acompanhei. Primeiro, pois não entendo absolutamente nada de futebol. Cresci assistindo hóquei no gelo e acompanhei incontáveis jogos nos cinco anos em que Jay esteve na minha vida.

Mas em segundo lugar — e talvez mais importante do que o primeiro — a energia de um evento esportivo me causa uma palpitação.

Da última vez que vivenciei algo assim, meu namorado e melhor amigo ainda estava vivo. Ele sempre dava um jeito de enviar uma mensagem para mim durante os jogos. Uma piscadinha, um toque no capacete, uma apontada na minha direção. Algo que me fizesse saber que tinha me visto ali.

Jay gostava de festas. Ele era o centro das atenções de qualquer uma delas. O mais animado, que montava as melhores *playlists*. Então sua presença era quase obrigatória após os jogos. Algum colega de time sempre abriria a casa para uma pequena reunião, que se tornaria enorme,

---

[5]Super Bowl é o jogo final do campeonato da NFL, a principal liga de futebol americano dos Estados Unidos, que decide o campeão da temporada.

com centenas de pessoas entrando e saindo dos cômodos, e nós sempre tínhamos que ir.

Era "só uma passadinha", ele dizia. Mas nunca voltávamos antes do início da manhã e em muitas ocasiões tive que ir embora mais cedo por ter provas no dia seguinte.

Não são minhas melhores lembranças.

Embora também não sejam ruins. Nunca aconteceu nada desagradável, ele nunca deu atenção às outras garotas, nem me deixou de lado. Nunca presenciei o uso de drogas ilícitas ou abusos. Jay não deixava os caras agirem como porcos.

Só que essa coisa de som alto, multidão e luzes piscando só me agradam quando estou apresentando alguma coreografia de balé, em um teatro. Pois, assim, há uma distância entre o público e eu.

Salas fedorentas com jovens suados se pegando nunca foi a minha praia. Nem na adolescência, muito menos como adulta.

Todo mundo ao redor começa a gritar, mas demoro a entender que o novo *quarterback* do time marcou um *touchdown*, seja lá o que isso significa.

Forço um sorriso e bato palmas, acompanhando as meninas, mas minha atenção está toda concentrada no homem alto que caminha por entre a arquibancada, na nossa direção.

— Mase! — Cathy grita, para ser ouvida por cima da multidão, acenando para o meu professor, que continua sua caminhada sem pressa até o lugar bem ao meu lado.

— Perdi a hora — justifica-se.

— Ah, conta outra, cara — Paige responde, dando um tapinha no ombro dele. — Você nunca se atrasa. Só queria postergar o sofrimento de aturar a multidão.

O microssorriso que ele dá é resposta o suficiente. Parece que não sou a única desconfortável por aqui.

— Senta aqui — Cathy diz, arrastando a bunda para o lado para que ele se sente entre ela e eu.

Abro a boca para me oferecer a trocar com Paige, assim ele estaria perto de duas pessoas de quem gosta e não de mim que ele mal tolera, mas um jogador é derrubado e o estádio todo cai em um silêncio profundo, esperando para ver se ele ficará bem.

Com isso, nós nos sentamos calados e apenas me forço a não olhar para o lado.

Por sorte, dois minutos depois, o rapaz levanta sozinho e sai andando pelo gramado, provando que não se machucou.

O jogo continua e em vários momentos preciso desligar meu cérebro para os gritos e a euforia. As pessoas parecem estar em um momento incrível e eu só queria estar em casa.

Em algum momento começo a balançar meus joelhos, em uma reação típica de quem tem ansiedade. Até que sinto uma palma quente e grande ser apoiada na minha coxa.

Olho para baixo, com a testa franzida, então para o lado, onde estudo o perfil de Mason Reed.

Ele não me encara, nem esboça reação. É como se me tocar fosse algo irrelevante. Não é um toque ousado ou sensual, até porque estou de calça jeans, então há uma grossa camada de tecido entre sua pele e a minha.

Deveria haver, pelo menos. Mas a verdade é que sinto sua mão praticamente por todo o meu corpo, como se ele tivesse dezenas de mãos e todas elas me tocassem na pele desnuda. O toque me acende de um jeito que não estou disposta a admitir.

Engulo em seco e volto a olhar para o campo, enquanto empurro sua mão. Ele não protestou. Bastou que empurrasse um pouco para que ele a apoiasse na própria perna.

Mason não me tocou de novo e só depois de um tempo percebi que havia parado de balançar os joelhos.

Mason Reed

Eu sabia muito bem que não tinha direito algum de tocá-la, mas a forma ansiosa como balançava os joelhos me soou como um pedido de ajuda. Lilian parecia prestes a ter um colapso nervoso e isso me angustiava.

Primeiramente, cogitei tocar seu braço ou perguntar se estava bem. Porra, cogitei até abraçá-la para que se acalmasse, mas me contive, pois sabia que estaria muito longe do meu direito ali.

Por fim, apoiei a mão em sua coxa fina. Não tive a intenção de desrespeitá-la, muito menos parecer um velho babão asqueroso. Sei bem que ela é uma garota de vinte e poucos anos, enquanto eu sou seu professor de quarenta.

Justamente por entender meu lugar é que gostaria de dizer que não senti absolutamente nada com meu toque. Mas, a verdade é que independente da camada de roupa ou da razão gritando na minha mente, tocá-la fazia formigar a palma da minha mão de um jeito diferente, que eu não sei dizer se é incômodo ou expectativa.

Quando ela empurra a minha mão, sinto a vergonha recair sobre meus ombros. Ela entendeu tudo errado.

Ainda assim, não voltou a agitar as pernas, nem pareceu tão desesperada quanto antes. Isso é um bom sinal, não?

No final do jogo, sigo as meninas para fora do estádio. A multidão se acotovela e eu adoraria ter escapado antes da manada toda, mas em hipótese alguma deixaria as três andarem sozinhas por aqui. Eu as acompanharia pelo menos até encontrarmos com Hailey e seus amigos. Depois, estaria livre.

Ando exatamente um passo atrás do trio, de onde bloqueio qualquer contato indevido, como dois rapazes folgados que tentaram abraçá-las por trás, mas literalmente fugiram quando apoiei a mão em seus ombros e apertei "só um pouquinho".

Na subida, Lilian acaba escorregando em um degrau, que estava coberto de alguma coisa viscosa e nojenta, talvez uma mistura de refrigerante e sorvete derretido. Puxo-a contra meu peito, impedindo que caia. Ela olha por cima do ombro e tenta falar algo, mas o barulho cobre sua voz baixa.

Aponto com o queixo para frente, sugerindo que volte a andar, já que as outras meninas ganharam uma boa distância de nós. Ela pisa em falso de novo, mas por ainda estar com as costas apoiadas no meu peito, nada acontece.

— Tudo bem. Segure-se em mim — oriento, quase roçando a boca em sua orelha, para que me ouça.

Coloco-me ao seu lado e passo um dos braços por sua cintura, levantando-a e levando comigo escada acima. Seu corpo se inclina em direção ao meu e a sinto apoiar um braço nos meus ombros para se equilibrar melhor.

Sua respiração sopra diretamente no meu pescoço e preciso de todo meu autocontrole para não reagir ao arrepio causado. Quando chegamos ao topo da escadaria a coloco no chão, mas mantenho uma das mãos apoiada na base de sua coluna por todo o corredor.

Odeio esses estádios, pois me parecem mais um labirinto sem segurança alguma. Estávamos sentados bem de frente para o campo, mas para sair dali tínhamos que subir toda a escadaria até o acesso aos corredores e depois descer tudo de novo para sair para o estacionamento, dessa vez nas rampas enormes.

Meu cérebro de militar fica pensando em saídas estratégicas em caso de atentados, incêndios ou qualquer tipo de incidente, mesmo que eu saiba que existem saídas de emergência posicionadas em todo o perímetro. Nunca me parece suficiente.

Só eu acho surreal que times de futebol universitário tenham tanto público assim? É praticamente a mesma loucura de um jogo da *NFL*.

Se Lilian se incomoda com minha mão em suas costas, ela não comenta nada. Ao chegarmos à rampa, involuntariamente eu a tiro daquele ponto e entrelaço nossos dedos, seguindo o restante do caminho até o estacionamento em silêncio.

— Achei vocês! — Cathy praticamente grita, pulando na nossa frente.

Seus olhos vão direto para o ponto entre nossos corpos, onde nossas mãos estão interligadas. Só naquele momento é que eu me dou conta do contato impróprio. Acredito que ela também.

Não sei quem solta a mão do outro primeiro, mas até damos um passo na direção oposta, impondo espaço.

— Ahn... Tudo bem por aqui? — Cathy pergunta.

Lilian balança a cabeça e eu arranho a garganta de leve.

CAPÍTULO 13

Mason Reed

— Vou indo, garotas — declaro, mas a morena nada tímida passa um braço pelo meu e o outro pelo da loirinha, puxando-nos em direção ao grupo de amigos, cujos rostos reconheço, mas os nomes não sei nem de longe.

— Nada disso! A Lee já vai sair e os meninos querem nos levar à festa da fogueira. Você precisa vir, Li! Você também, bonitão.

— Não acho que seja próprio para professores — alerto.

— Nada a ver! Todo mundo vai, Mase! — Paige me interrompe e seus amigos concordam.

Solto o ar, pensando em como escapar dessa situação. Para meu azar, Hailey aparece bem naquele momento.

— Oba! Todo mundo reunido para ir festejar? — exclama, abraçando o namorado, Chase.

Uma série de comemorações soa ao redor. Sinto-me um peixe fora d'água em meio a jovens e até um pouco irritado por suas posturas relaxadas demais.

— Merecemos muito essa festa. Ano passado alguém estragou o dia da fogueira — o loiro diz, acho que se chama Bryan ou "Bry qualquer coisa".

— Cala a boca, babaca — Chase diz, dando um tapa na nuca do amigo.

— Acho digno que o Brycen relembre o momento em que eu, seu melhor amigo, salvei o dia — o outro rapaz comenta.

— Você salvou o dia, Dylan Greenwood? — a garota ruiva pergunta ao mesmo tempo em que o tal do Brycen retruca:

— Melhor amigo? Nos seus sonhos! Eu sou o melhor amigo.

Dylan olha para os dois com sarcasmo.

— Primeiramente, melhor amigo é quem salva o dia, não o primeiro a fazer cagada, Bry. Aprenda com o mestre. Já você, Mel-mel, muito me alegra por expor sua inveja pela forma brilhante com que agi.

— Nos seus sonhos!

— Dá licença? Eu estou perdida aqui. Que fofoca é essa? — Cathy reclama.

— Só meus ex-melhores amigos lembrando o dia em que eu fiz merda — Chase diz, abraçando mais a Hailey, que ri.

— Chase me delatou para o reitor por ter batido no babaca do Trae Bishop e eu quase fui expulsa da universidade.

— O quê?! — exclamo, puto por não saber dessa história. Hailey me olha com súplica, pedindo em silêncio que eu não faça nada, mas meu sangue já começa a ferver.

— Vamos acalmar os ânimos! Eu cuidei de tudo — Dylan fala novamente.

— De novo contando mentiras, Greenwood? Quem alertou sobre o ocorrido fui eu.

— Quer levar os louros, Melissa O'Connor? Que coisa feia!

Eles travam uma pequena disputa de palavras atravessadas, mas já não estou prestando atenção. Meu foco está em ter uma conversinha com Chase.

— Vamos concordar que foi o Greenwood quem salvou o dia — a ruiva diz finalmente, mas, quando o rapaz sorri confiante, ela o corta: — James William Greenwood.

— Ela tem razão, Pres. Seu pai quem salvou o dia — Brycen fala.

— Inclusive, pergunta quantos ingressos ele quer para o próximo jogo do *San Francisco 49ers*. Ele tem camarote grátis para o resto da vida por ter salvado a minha *cupcake*. Tenho uma dívida eterna com o senhor Greenwood.

— Ah, cala a boca! Sabe que não deve nada para o coroa. Ele te adora, cara.

O grupo volta a debater sobre a festa na fogueira, quando Hailey se desvencilha do namorado e se aproxima.

— Ei. Não faz essa cara, Mase.

— Que cara?

— Essa que você faz quando está prestes a entrar em um campo de batalha.

Não respondo nada, ainda focado em observar o garoto de longe.

— Ele fez merda e se redimiu. Prometo.

— Por que não me contou?

— Porque você teria gastado seu réu primário.

— Claro que teria, Raio de Sol! Que droga! Não escondemos coisas um do outro! — acuso.

Ela suspira pesado e me abraça.

— Eu sei, Mase. Desculpa, mas prometo que está tudo bem.

— Vou ficar de olho nesse tudo bem. Se...

— Mase, ele me trata como uma princesa. Sério!

— Acho bom mesmo. Se algum dia não a tratar assim, pode dar adeus à carreira de jogador, pois eu quebro todos os ossos dele.

Ela ri e me abraça, enquanto beijo sua cabeça. Quando olho para frente, Lilian está nos encarando com a testa franzida. Estranho.

— Então ficou definido que todos nós vamos à fogueira.

— Não — reforço.

— Por favor, Mase! É tradição e, como Bry lembrou, eu perdi no ano passado.

Raio de Sol faz seu melhor olhar de filhotinho e eu balanço a cabeça, ciente de que nunca negaria nada a ela. Exatamente a mesma expressão que fez vários anos atrás ao me pedir ajuda para ingressar no Exército.

Seis anos atrás...

— Mase, preciso de ajuda — Hailey diz, chegando à garagem de casa, onde eu estava higienizando meu uniforme e as minhas armas pessoais.

— O que foi, Raio de Sol?

Sorrio para a jovem, que nos últimos meses havia se tornado a pessoa mais importante da minha vida. Já fazia quase vinte anos que eu não tinha ninguém comigo.

Minha mãe morreu quando eu tinha dezesseis anos, de câncer, e acabei pulando de um lar temporário para o outro até completar dezoito. Apesar de a maioridade completa ser vinte e um anos aqui nos Estados Unidos, aos dezoito já somos responsáveis por nossos atos e, por isso, "convidados a nos retirar" do sistema adotivo.

No meu caso, saí direto para o ponto de alistamento mais próximo, onde recomecei representando com orgulho a bandeira do meu país.

No Exército me senti em casa pela primeira vez em muito tempo, mesmo que de uma forma diferente. Não havia afeto ou acolhimento, mas tinha onde morar, um ideal a seguir e irmãos com a mesma fé inabalável na honra e no patriotismo.

Fiz algumas amizades, que só se tornaram laços fortes depois de partirmos juntos para a primeira incursão na Guerra do Afeganistão. Lá vivi os momentos mais assustadores da minha vida, mas também tive a certeza de que era a minha missão. Protegi meus irmãos e a minha pátria e teria ofertado a minha vida de bom grado no lugar de algumas pessoas que perdi ao longo do tempo.

Quando Hailey entrou na minha vida, já tinha passado por duas guerras, Afeganistão e Iraque, e sobrevivido a vários turnos. Usava a estrela de capitão com orgulho no peito e não cogitava mudar nada na minha rotina, muito menos trazer alguém para morar comigo.

Mas ela chegou por acaso e foi ficando. O quarto extra, que antes era depósito de bagunça, já que nunca recebi uma visita sequer desde que comprei a minha casa, virou quarto dela.

O almoço deixou de ser de pé na cozinha e passou a acontecer na mesa, conversando, e no jantar nos sentávamos no sofá e comíamos enquanto assistíamos algum programa bem ruim na TV.

Só que essa não era a minha vida. Eu estava em um hiato entre uma incursão e outra, treinando soldados em *Fort Iwin* dia sim, dia não, mas em breve seria chamado de volta para o Afeganistão.

Nossos dias como uma família feliz estavam chegando ao fim e isso havia desbloqueado dois novos medos que eu nunca tinha tido. O primeiro, se ela estaria segura enquanto eu estivesse fora. O segundo, e que mais me desconsertava, o medo de morrer.

Nunca tinha sentido isso. Não que eu seja um desses moleques iludidos que vai para a guerra achando que é invencível. Sempre estive ciente de quão efêmera a vida é e do risco que corria de não respirar no segundo seguinte. Mas a minha morte nunca me assustou. Até porque eu não tinha realmente alguém por quem viver.

— Precisamos conversar, Hailey — declaro, já me esquecendo de que ela é quem havia vindo pedir algo.

— O que houve? — a pequena pergunta, aproximando-se da minha mesa de trabalho.

— Preciso saber que você ficará segura enquanto eu estiver fora — começo.

— Sobre isso...

— Por favor, me deixe terminar — peço, porque preciso de coragem para propor tamanha insanidade. Mais do que isso, preciso ter certeza de que estará bem-cuidada se eu não voltar.

— Mase...

— Casa comigo — praticamente cuspo as palavras.

— Como é?!

— Casa comigo. Só no papel. Sei que é crime, fraude de alguma porcaria com nome difícil, mas acho que pode ser uma solução. Todo mundo já julga a nossa relação e não vai levantar suspeitas. Assim, você terá a minha pensão, caso algo aconteça comigo, e ainda pode mudar toda a sua documentação, tirando de vez o sobrenome daquele sujeito.

A garota pisca algumas vezes e tenho certeza de que a apavorei, mas então uma lágrima escorre por seu rosto.

— Ei! Não. Não. Não chora, Raio de Sol. Não queria assustá-la. Você me conhece, Hailey, não estou propondo isso esperando algo em troca, eu só...

— Cala boca, Mase! — exclama e me abraça, soluçando. — Nunca ninguém colocou a minha vida e a minha segurança em primeiro lugar, independente das consequências.

A constatação de que ela nunca se sentiu segura em toda a vida me machuca.

Afago suas costas, tentando não me emocionar também. Chorar não é algo que faça parte da minha vida desde os dezesseis anos. Nem mesmo a dor de perder vários irmãos de farda ao longo dos anos havia me levado às lágrimas. Não por falta de vontade, mas por uma disciplina — com requintes de autopunição — que eu exigia de mim mesmo. Precisava ser forte pelos homens e mulheres do meu esquadrão.

Ainda assim, uma jovem de dezoito anos quase me leva às lágrimas, pois a dor dela, dói dentro do meu próprio peito, como se fôssemos carne da mesma carne, sangue do mesmo sangue, almas que precisavam se encontrar.

— Isso é lindo, Mase. Mas não posso aceitar.

— Por que não, Raio de Sol?

— Não posso tirar de você a possibilidade de dizer "sim" à mulher por quem você se apaixonar.

Rio baixinho, balançando a cabeça.

— Não há o menor risco de isso acontecer.

— Só se você for cabeça-dura demais para se abrir! — ralha comigo. — Você é bonito, tem uma vida estável, é jovem...

Rio ainda mais alto. Nada do que ela diz faz sentido, principalmente a parte da estabilidade quando a minha carreira torna a vida tão fugaz.

— Para de rir, tonto! É sério. Se você se abrir um pouquinho, vai ter um monte de mulher querendo ser a senhora Reed.

— Hailey, entenda uma coisa. Eu não pretendo deixar ninguém se aproximar o suficiente para isso.

— Não é como se você não saísse com algumas moças... — diz, tentando me fazer cócegas, mas a impeço com uma das mãos.

— Engraçadinha! Não sou celibatário. Só não quero me casar, muito menos ter filhos. "E viveram felizes para sempre" não faz parte da minha história.

— Só porque não quer!

— Exatamente, Raio de Sol. Eu não quero. E justamente por isso você deveria aceitar minha proposta. Você tem a vida toda pela frente. Daqui a alguns anos, quando você conhecer alguém, oficializamos o divórcio e pronto. Ainda assim, você não terá de carregar o sobrenome daquele merda e terá uma pensão se algo acontecer comigo.

— Dá para você parar de falar isso?! — grita.

Levanto as mãos para acalmá-la.

— Você não vai morrer, Mason! Eu vou me certificar disso pessoalmente.

Sorrio, achando fofo, mas ela não me deixa abraçá-la.

— Estou falando sério. No final das contas, você não me deixou falar o que eu queria. Eu preenchi a papelada do Exército, quero me alistar, mas queria sua ajuda para ficar no seu esquadrão.

— Você o quê?! — pergunto, arregalando os olhos.

— Qual o problema? Acha que não sou forte o bastante para servir o meu país?

Esfrego o rosto, frustrado com o rumo da conversa.

— Você é forte o bastante para fazer qualquer coisa, Hailey. Mas por que se enfiar na guerra se você pode ir para a faculdade com que sempre sonhou?

— Até onde me lembro, você se enfiou na guerra quando fez dezoito anos.

— Eu não tinha nenhuma perspectiva de vida fora das Forças Armadas, nem ninguém.

— Não é como se eu tivesse muita gente, Mase.

— Tem a mim. Eu posso ajudá-la. Eu vou cuidar de você. Vá estudar o que quiser, criança!

— Eu quero muito ir para a faculdade, mas não dependendo de você. Sei que me ajudaria a pagar com prazer, mas não acho certo. Quero poder fazer isso com meu próprio dinheiro, Mase. Preciso assumir o controle da minha vida.

Seu olhar misturava súplica com uma certeza inspiradora. Soube ali que ela não mudaria de ideia, não importando o que eu argumentasse.

No fim, realmente nos casamos para que ela eliminasse o sobrenome Mckinsey de sua vida e, na próxima vez em que embarquei para uma missão, ela estava sentada algumas poltronas para trás, trajando o uniforme que mal cabia em seu corpo pequeno, porém de cabeça erguida e com sangue nos olhos.

Dias atuais...

Observo a baixinha que sabe muito bem que consegue qualquer coisa ao arregalar os olhos assim.

— *Ok*, eu vou à tal festa. Mas vou ter uma conversinha com Heyes.

— Mase...

— Isso não é negociável, Hailey.

— Ok... Mas pega leve com ele.

— Vou pensar no seu caso.

Beijo sua testa, então ela se afasta.

Mais uma vez, sinto que sou observado, então meu olhar encontra o de Lilian Nevill.

Ela disfarça e abaixa o rosto, mas eu a peguei no flagra.

CAPÍTULO 14

Lily Nevill

Ainda sentia a minha mão formigar pelo contato com a palma dele, por isso não prestei atenção à conversa que acontecia ao redor. Na verdade, a minha atenção estava toda focada nas expressões faciais do meu professor. Justamente a pessoa para quem eu não deveria sequer estar olhando.

Independente da razão, meu corpo meio que sentia falta do toque do dele, principalmente de quando me pegou no colo com um só braço. Não deveria ter me inclinado tanto em sua direção ou me sentido tão confortável aconchegada ao seu peito, mas ele me desconcerta de um jeito que nunca senti antes.

O que faz de mim a maior idiota de todos os tempos. Está na cara que ele estava apenas sendo educado, principalmente porque a única pessoa para quem ele realmente oferece atenção e carinho é Hailey.

A prova disso está bem na minha frente, enquanto eles conversam e ele a observa com o olhar preocupado, como se ela fosse a pessoa mais importante do Universo.

A relação deles é linda, mas me desperta uma estranheza.

Não consigo entender como podem ser apenas amigos. Quer dizer, olha para esse cara. Adoro o Chase, é meu amigo, mas ele não chega nem perto do Mason, em nenhum aspecto.

— Li? — Cathy me chama e viro para encará-la.

— Sim?

— Você meio que estava encarando — sussurra como se contasse um segredo.

— *Hã*?

Ela dá uma piscadinha e faz um carinho no meu braço.

— Nada, querida — diz, sorrindo como se guardasse um segredo. — Vamos, os rapazes vão nos dar carona para a festa.

— Não é aqui no Campus? — pergunto, franzindo a testa.

— Sim, mas lá do outro lado. Confia em mim, você não vai querer ir a pé.

Aceno, concordando, mas ainda fico alguns instantes para trás. Involuntariamente, volto a observar Mason e Hailey. Ele beija o topo da cabeça dela, que se afasta a seguir.

Deveria tê-las seguido, mas continuo olhando e, dessa vez, ele me flagra. Arregalo os olhos e viro, disfarçando da forma mais indiscreta possível.

— Quer carona, gatinha? — Um dos amigos do Brycen oferece e eu aceito sem nem pensar duas vezes, entrando no carro dele como se a minha vida dependesse disso.

— Vi você com as meninas algumas vezes, mas não sabia que você também se lembrava de mim — o garoto comenta, enquanto manobra o carro para sair da vaga em que estava estacionado.

Eu nem tinha me atentado à voz dele, já que estava ocupada olhando meu professor, parado no mesmo lugar, com o rosto voltado para o carro. Tentei analisar sua expressão, mas não consegui decifrá-la.

A frase do rapaz me desconcerta. Já tínhamos nos visto?

— Ahn... Desculpa. Eu... — murmuro, mortificada de vergonha.

— Não faz ideia de quem eu seja — conclui, rindo.

— Desculpa — sussurro em um fio de voz.

— Imagina, gatinha. Eu sou Kyle, novo *QB* dos *Trees*. E você é Lily, amiga da Hailey.

Ah, esse é o *quarterback* que ficou no lugar do Chase no time da faculdade.

— Jogou muito hoje — elogio, tentando amenizar o feio que fiz por não reconhecê-lo.

— Valeu — agradece, dando-me uma piscadinha.

Não demora muito a chegarmos ao local, onde uma multidão se reúne perto do lago que fica em um lado do Campus. A fogueira não era figurativa. Pelo contrário. As labaredas alcançavam vários metros de altura.

— Sabe qual é a parada da fogueira, Lily?

— Na verdade, não.

— Você escreve em um papel o que quer deixar ir embora e atira na fogueira para queimar.

— Nossa, que poético!

— Não é? — exclama, rindo.

Ele é um cara legal, divertido, com uma energia vibrante. Parece com o garoto que me desafiou a provar todos os sabores de *milk-shake* do mundo.

Só que eu não sou a mesma garota de antes. A dor nos muda. A decepção então, nem se fala!

Descemos do carro e andamos lado a lado em direção ao grupo. Noto de longe que Mason conversava com Chase em um canto afastado e ambos pareciam sérios demais.

— Lilizinha, eu achei que você estava atrás da gente e quando me dei conta já estava no carro do Kyle! — Brycen exclama, fazendo todo mundo rir.

Eu, no entanto, me sinto um pouco desconfortável com o comentário.

— É o poder de um QB — outro garoto comenta, deixando-me ainda mais constrangida.

— Vocês comem bosta ou são babacas assim por escolha? — Emma, que não assistiu ao jogo, comenta, calando-os.

— Tudo bem, Em — murmuro, tocando seu braço.

— Isso aí, Em! — Paige complementa. — Parem de ser escrotos.

— Não me obrigue a pintar seu cabelo de rosa enquanto você dorme, D'Angelini — Cathy ameaça, colocando o dedo na cara dele.

— Foi só uma piada... — Brycen tenta se defender.

— Uma piada machista e sem-graça! — Emma complementa, parecendo mais irritada do que o esperado.

— O que aconteceu? — Hailey chega bem na hora, acompanhada de Chase e Mason, que já pareciam amigáveis um com o outro novamente.

— O idiota do Brycen sendo machista com Lily — Emma explica, fazendo com que os três olhassem para o atleta, que levanta as mãos em defesa própria.

— Já entendi que foi uma piada muito escrota. Desculpa, Lilizinha. Nunca mais vai acontecer. Eu prometo. Não fiz por maldade, eu...

— Não fez o quê? — A voz grave e potente de Mason faz com que todos caiam em um silêncio profundo.

— A p-piada... — Brycen gagueja de leve, então arranha a garganta tentando disfarçar.

— Quero saber exatamente o que você disse.

Não foi uma pergunta. Foi uma demanda. E todos sabiam disso.

— Fiz um comentário escroto sobre ela ter pegado carona com Kyle por ele ser *quarterback* e...

Mason dá um passo em direção ao Brycen, mas Hailey se coloca na frente dele.

— Que merda, *hein*, Bry? Justo você, *porra*? — Chase exclama.

— Foi mal, galera. Pisei mesmo na bola...

— Pisou, sim — Hailey conclui. — Vai lavar os banheiros e comprar café todos os dias para Lily por um mês.

— Não precisa... — murmuro.

— Precisa, sim, Lilizinha. Eu dei mole demais. Desculpa — o jogador diz, puxando-me para um abraço.

Sua expressão não deixou dúvidas de que estava mesmo arrependido.

Apesar de a situação estar, aparentemente, resolvida, pelo reto da noite Mason continua com a mesma expressão sombria, até um pouco ameaçadora, para o garoto.

— Ei! Alguém viu Melissa e Dylan? — Cathy pergunta, em determinado momento, quebrando o clima pesado e levando todo mundo a especular sobre o sumiço da dupla que supostamente não se suporta.

CAPÍTULO 15

Lily Nevill

— É o seguinte, todo mundo pode escrever quantos bilhetes quiser, mas pelo menos um — Paige orienta, entregando para todos nós folhas arrancadas de seu próprio caderno.

— Quem não tem caneta? — Cathy pergunta, segurando algumas, que rapidamente acabam.

Abro minha bolsa e pego a minha própria, então apoio a folha no meu celular e penso no que escrever.

Não deveria ser difícil, sabe? É óbvio que tem alguém que eu preciso finalmente deixar ir, talvez até pela minha própria sanidade. Mas não consigo sequer apoiar a ponta da caneta na folha.

Engulo em seco, sentindo-me sufocar, ciente de que uma crise de pânico está batendo à porta.

Kyle se aproxima, segurando um copo vermelho, onde eu tenho certeza de que tem cerveja. Tiro-o das mãos dele sem nem pedir e viro em uma golada só.

— *Uau*! Era só pedir, gatinha. Quer que eu pegue outra cerveja para você?

Balanço a cabeça.

— Qualquer coisa é só pedir — ele diz e dá uma piscadinha.

Aceno e olho para frente, onde não consigo desviar do julgamento na expressão do maldito militar. O que esse cara está fazendo aqui, afinal? Ele nem queria vir e, de repente, resolveu ficar a festa toda?

— Kyle? — chamo, sem desviar da atenção de Mason. — Na verdade, acho que vou aceitar mais uma.

— Opa! É *pra* já.

Ele se afasta, mas não demora a trazer a minha bebida, que eu levanto em um brinde à distância para o sujeito metido a guarda-costas do outro lado da roda.

Dizem que a bebida entra e a verdade sai. No meu caso, parece que precisaria de muito mais álcool do que meu corpo pequeno era capaz de suportar.

Já bebi quatro copos de cerveja e ainda não consegui escrever uma maldita frase coerente na porra do papel.

Xingo baixinho e rabisco uma única palavra. Três pequenas letras com tanto significado que é como se arrancasse um pedaço da minha alma simplesmente por rabiscá-las ali.

Jay.

Meu melhor amigo. A minha pessoa.

Aposto que se pegar meu celular agora encontraria uma frase perfeita dele para essa ocasião dentro de toda a *playlist* de áudios dele que montei.

Sei que está longe de ser uma atitude saudável. Na verdade, ouvir a voz animada costuma me matar um pouquinho todos os dias. Mas não consigo parar.

Separei áudios por tema, na *playlist*: mensagens de bom-dia, comentários sobre nossos filmes ou séries favoritos, reclamações sobre o tempo, coisas aleatórias.

Todos os dias eu me torturo com esses pequenos pedaços de Jay, forçando-me a fazer algo que ele tenha sugerido ou reagir a alguma coisa.

Por causa desses áudios, tenho saído para caminhar e me alimentado, ido para a faculdade e estudado, assistido filmes e até ido a festas. Escuto-o me dizer o que deveria fazer então reajo.

Porque agir... Agir mesmo, sabe? Por iniciativa própria. Isso parece impossível.

Por um lado, só não estou deixando de comer ou dormir ou até tomar banho porque Jay "manda" em cada áudio antigo.

Mas, ao mesmo tempo, cada vez que o escuto dizer "Lillls" mais um pedaço de mim se apaga. Estou tão presa ao passado que não consigo olhar no espelho, pois não me reconheço.

No meio disso, meus pais continuam sem falar comigo, minha irmãzinha ainda acha que sou uma megera por tê-la "abandonado" e Shannon continua sugando meus poucos momentos de sanidade em longas ligações cujo assunto é... ele.

Como se o destino risse da minha cara, meu telefone, onde eu havia apoiado o papelzinho para escrever, começa a tocar, iluminando a tela. Consigo ler o nome da minha "sogra" por baixo das letras do nome do filho dela.

Amasso a folha e conto até dez antes de apertar no botão verde para aceitar a chamada.

— *Lilian, querida, você demorou a atender. Está tudo bem?*

— Tudo, senhora Porter. E com vo...

Não consigo concluir a pergunta, pois ela interrompe perguntando onde estou.

— É um evento da faculdade — murmuro.

— *Uma... festa?* — O tom acusatório aperta meu coração.

Ela não precisou dizer para deixar claro quão errado considerava o fato de eu estar me divertindo enquanto seu filho continua desaparecido há mais de seis meses.

— É só um evento...

— *Sei. Não vou atrapalhar. Divirta-se, Lilian.*

O clique da chamada sendo desligada é como um tapa na minha cara. Achei que essa seria a pior parte, mas não demora nem cinco minutos para minha mãe começar a me mandar mensagens.

***Hilary Nevill**: Shannon está passando pela pior dor de uma mãe, enquanto você se embebeda com seus novos amigos? Essa foi a educação que seu pai e eu te demos, Lilian?*

***Hilary Nevill:** Ela disse que sua voz parecia alcoolizada e que o barulho era ensurdecedor.*

***Hilary Nevill:** Não consigo entender o que aconteceu com a minha filha. Quem é essa pessoa ocupando o lugar da minha Lily?*

***Hilary Nevill:** Você não deveria ter abandonado sua família. Nós e os Porters.*

***Hilary Nevill:** Aguardo ansiosa o momento em que vai cair na real e voltar para casa.*

***Hilary Nevill:** Responda a sua mãe, Lilian!*

Desligo a tela sem responder, sentindo um peso tão grande no peito, como se alguém estivesse sentado ali e eu realmente não pudesse mais respirar.

— Sua vez, Lily! — Alguém diz ao meu lado, mas a voz ecoa longe no meu cérebro, impedindo-me de reconhecer quem foi exatamente.

— Vou lá jogar — balbucio e caminho em passos cambaleantes em direção à fogueira.

O papel na minha mão é uma acusação silenciosa de que não tive coragem de deixar as lembranças queimarem.

Um a um, meus amigos o fizeram, mas agora, quase no final da festa, continuo com a folha amassada entre os meus dedos. Também já estou longe demais para voltar a tempo de realmente atirar minhas lembranças nas chamas.

Ando com pressa em direção ao meu lugar de sempre, o terraço do prédio de administração. Só ali eu estaria segura de olhares curiosos, enquanto a raiva me consome.

Cerca de meia hora atrás, quando eu terminei de escrever o que pretendia "deixar ir", meu celular tocou. O nome da mãe do Jay piscou na tela como um julgamento do que eu estava prestes a fazer. Como assim eu poderia simplesmente esquecê-lo? Que tipo de pessoa eu sou?

Quero, mais do que nunca, conseguir chorar, mas não importa o quanto meus olhos ardam e minha garganta se feche, simplesmente não cai uma lágrima sequer.

Amasso um pouco mais a folha rasgada.

A verdade é que mesmo que eu queimasse essa maldita folha, isso não mudaria nada. Jay continuaria na minha *playlist* de áudios, na nossa conversa que eu não apaguei e em todas as milhares de fotos que tenho.

Em um momento de desespero, pego o iPhone e o atiro pelo terraço. Mas assim que o aparelho voa da minha mão, percebo o que acabei de fazer.

Inclino o corpo para frente, tentando segurá-lo no ar, e por pouco não caio junto.

Braços fortes envolvem a minha cintura e me puxam para trás. Não preciso me virar para saber quem é. Acho que já imaginava ter sido seguida e estar sendo observada por ele, mesmo que inconscientemente.

Mason tem aquela presença que não pode ser completamente ignorada, mesmo quando não está à vista.

Debato-me, mesmo sabendo que estou sendo ridícula, e continuo tentando me inclinar para frente.

— Calma! Calma! Vai ficar tudo bem. Eu peguei você.

Finalmente, um soluço rompe de trás da minha garganta e eu me ouço gritar, enquanto as minhas bochechas ficam úmidas. Curvo-me para frente, mas ele continua a me abraçar.

E eu deixo.

Deixo que abrace a minha dor.

Mason Reed

— Eu peguei você — repito, carregando-a ainda mais para longe da beirada.

Não sei dizer se ela tentou pular ou se foi mesmo um reflexo para tentar segurar o maldito celular. O que eu sei é que nunca senti algo assim antes, como se eu não fosse capaz de seguir em frente se ela tivesse mesmo caído.

Essa garota me apavorou de um jeito que nem a guerra foi capaz.

Seu choro começou alto e angustiante, mas se tornou mais dolorido à medida que passou a ser silencioso.

Encontro a porta das escadas, que está fechada, e apoio as costas ali, deslizando até sentar no chão, com ela no meu colo.

— Tudo bem. Pode chorar. Eu peguei você — sussurro, apertando-a ainda mais.

Em algum momento, seus dedos passam a apertar meu braço e eu deixo. Queria afagar seus cabelos sedosos, mas não quero soltá-la. Tenho medo de que vá em direção à mureta de novo.

Não posso correr esse risco.

Soube que havia algo errado quando vi seu olhar ao receber a folha para queimar. Antes disso já havia rolado aquele desaforo do atletinha, em quem dei uma senhora bronca em uma de suas idas ao bar e que me prometeu nunca mais ousar desrespeitá-la.

Mas foi no momento em que recebeu o papel que as coisas desandaram. Então, ela bebeu, parecendo buscar se anestesiar. Achei que havia conseguido vencer seus demônios quando a vi escrever finalmente alguma coisa ali, mas logo em seguida recebeu uma ligação.

Lembro-me da expressão de agonia que seu lindo rosto tomou ao atender a chamada e só consigo achar bom o fato do aparelho ter sido atirado do prédio.

Quem a havia magoado tanto em tão pouco tempo? Não foram nem dois minutos de conversa. Eu contei.

A jovem mulher treme com um espasmo, fazendo-me acordar das lembranças. Abraço-a ainda mais apertado, como se fosse suficiente para protegê-la do que quer que fosse.

— Eu peguei você — afirmo mais uma vez, talvez mais para mim mesmo do que para ela.

CAPÍTULO 16

Lily Nevill

Minha cabeça lateja tanto que não consigo pensar. Muito menos cogitar abrir os olhos.

Começo aos poucos a absorver os detalhes. Estou em uma cama confortável. Estico o braço direito para trás e noto que há muito mais espaço do que a minha cama de solteira no quarto da Hailey permitiria.

Meu Deus! O que eu fiz?

Mas é ao abrir os olhos que realmente me assusto. Um cachorro enorme com o focinho preto e caramelo me observa atentamente, quase roçando em mim. Ele está sentado no chão, mas por seu tamanho nossos olhos estão na mesma altura.

Grito tão alto quanto a minha garganta sensível permite e me encolho contra o encosto da cama, puxando as cobertas para cima.

O barulho estridente assusta o cão que se coloca em posição de ataque, mostrando os dentes.

É isso. Minha vida acaba aqui e agora.

Esse cachorro vai me despedaçar.

— Atticus! — Reconheço a voz grave do meu professor, ao mesmo tempo em que começo a me lembrar da noite passada.

Eu peguei você.

A frase, que ele repetiu várias vezes enquanto embalava meu choro, ecoa pela minha cabeça e não consigo definir o que dói mais. Se meu corpo destroçado pela dor e o luto ou a minha dignidade.

— *Sit* — ordena ao cachorro. — *Down*[6].

Só quando o pastor alemão deita, escondendo o rosto com as patinhas, é que ele desvia o olhar na minha direção.

— Perdão. Atticus é um intrometido e gosta de saber quem está em casa.

— Ele poderia ter me matado! — exclamo, ainda sentindo meu coração bater forte no peito.

---

[6] Inglês: nesse contexto "deitar"

— Ele não a machucaria, só se assustou com o grito. — Dessa vez, o comentário soa mais como uma crítica do que como uma forma de me acalmar. Mas o que ele diz a seguir é ainda mais rude. — Até meus vizinhos devem ter se assustado. Talvez a polícia apareça aqui à porta pensando que tenho uma refém.

Levanto o queixo, encarando-o de volta, sem demonstrar que me afetou.

— Talvez a polícia deva mesmo aparecer! Não me lembro de ter vindo por iniciativa própria para a sua casa!

Isso o atinge em cheio. Mason olha para a janela e entrelaça as mãos atrás do pescoço, parecendo encabulado.

— Você apagou depois de chorar por um bom tempo. Achei melhor trazê-la para cá — murmura, ainda evitando contato visual.

— E por que não me levou para a minha casa?

Ele muda o peso de uma perna para a outra, mas não me responde.

— Preparei um *brunch*. Você deveria comer.

Talvez eu devesse ter parado por ali, mas não consegui.

— Você não respondeu! Por que não me levou para a minha casa? — exijo.

— Vá comer, senhorita Nevill — diz, segurando a maçaneta da porta.

— Eu quero a droga de uma resposta! — grito.

O cão, Atticus, solta um ganido, como se reclamasse do meu tom de voz, mas volta a deitar quando o dono faz um gesto para ele se abaixar.

— Quem me garante que você não se aproveitou de mim?

Sei que passei dos limites ao sugerir algo assim. Não precisava conhecê-lo a vida toda para saber que não era esse tipo de homem.

— O quê?! — grita de volta. — Que merda você disse?

— Eu...

— Eu não queria responder, pois não sei como você está lidando com o que aconteceu naquele terraço, *droga*! E a trouxe para casa, pois não queria deixá-la fora da minha vista depois daquilo.

Espera. O quê?

— Você acha que eu tentei me...

— Não sou a pessoa certa para conversar a respeito, só sei o que vi e foi muito... confuso.

— Não tentei me suicidar, *Professor*! — digo o título com desdém. — Eu joguei meu celular e tentei pegá-lo, mas...

As palavras parecem se esvair. Foi isso, não foi? Eu só... Foi só um acidente, certo?

Meu coração volta a disparar. Bate tão forte que consigo senti-lo nas minhas bochechas. Logo o ar se torna rarefeito e...

Antes que eu me perca em mais uma crise de pânico, braços fortes me abraçam. Os mesmos braços que me carregaram pelas escadas, embalaram-me por todo o caminho, pois ele conseguiu um jeito de dirigir comigo no colo, e depois me depositaram na cama. Agora consigo lembrar com mais detalhes.

— Fica calma — sussurra, quase roçando os lábios no meu ouvido. — Eu peguei você.

A frase parece se conectar tanto com o meu cérebro quanto com o meu coração e, quando me dou conta, já consigo respirar novamente.

— Desculpa... Por sugerir que...

— Eu sei. Tudo bem!

Assim que sai da cama, fazendo o colchão se elevar um pouco pela ausência do peso do corpo forte, sinto uma espécie de vazio. Não posso externar essa sensação, mas ela me desconcerta.

Ouço o som de uma porta sendo aberta e o observo enquanto entra no que acredito ser um *closet*. Ao sair, traz consigo duas mudas de roupa, que apoia na pontinha da cama.

— Pode usar o banheiro. As minhas roupas ficarão enormes, mas posso colocar as suas na lava e seca. Vou esperar na cozinha — declara, escancarando a porta do quarto dessa vez. — Atticus!

O cão de guarda levanta de uma só vez e corre para fora atrás de seu dono.

Mesmo depois de fechar a porta ainda consigo ouvi-lo dizer a ele que "precisam dar privacidade à dama".

Ainda reluto em me levantar, mas a ideia de um banho quente me agrada. Estou fedendo à fogueira de ontem. Uma mistura de papel queimado com bebida e suor.

Ao sair da cama, noto que visto a mesma calça jeans e a camiseta, mas as meias, os sapatos e a jaqueta foram removidos. Ele teve o cuidado de me deixar de jeans para que eu não me sentisse constrangida ao acordar e acusei o homem que perdeu uma noite inteira cuidando de mim de ser um predador sexual.

Mais uma humilhação para o mural da vergonha de Lilian Nevill.

Pego a roupa deixada e me tranco na suíte, tentando recuperar um pouco de dignidade.

Mason Reed

— Também não gostei do que ela disse, garoto, mas vamos dar um desconto. Ela teve realmente uma noite de merda — digo, coçando atrás da orelha do meu fiel companheiro.

Decido fritar algumas tiras de bacon para acompanhar os ovos mexidos e preparo uma nova jarra de café. Já passa das 11h da manhã, então o que havia passado logo cedo, quando acordei, estava frio e quase no fim.

Talvez trazê-la para cá tenha sido mesmo uma decisão impulsiva, mas não quis correr o risco de estar em uma crise psiquiátrica e acabar se machucando.

Lilian parece muito assustada e marcada pelo luto, mas não acho que queira ativamente se ferir. Só que aquela quase queda do terraço havia ultrapassado qualquer limite e eu realmente preferi mantê-la aqui.

Deitei-a na minha própria cama, ao invés de levá-la para o quarto da Hailey, e passei a noite em claro, no sofá da sala, vigiando a porta. Atticus me fez companhia, mas dormiu bem mais em serviço do que era esperado de um cão treinado.

O pastor me olha daquele jeito pidão e acabo cedendo. Abro o gabinete da cozinha e tiro um biscoito canino para ele.

— Só um — anuncio.

Assim como eu, ele também é um filho da guerra. Serviu no meu esquadrão por cinco anos como farejador de minas escondidas, drogas e armas. O "tempo de serviço" de um cão militar chega a oito anos em ambientes normais. Mas em pleno Afeganistão, as coisas mudam um pouco.

Há três anos, Atticus foi atingido por estilhaços em uma explosão. Ficou cego de um olho e teria morrido se o TC, um jovem médico do exército, não tivesse feito uma cirurgia improvisada em pleno deserto.

Depois disso, meu companheiro ganhou uma dispensa honrosa e eu o trouxe para casa. Hailey adorou e quando nós dois estávamos em incursão, Matt, o filho da vizinha, fazia companhia para ele todas as tardes, depois da escola, em troca de uma grana extra.

Abaixo e coço as costas dele.

— Bom garoto!

Continuo com o carinho até ouvir passos suaves pelo corredor.

— Oi...

Olho para ela, praticamente escondida dentro de uma calça de moletinho fino e uma das minhas camisetas. Os cabelos molhados deixam o tecido branco um pouco transparente e preciso virar o rosto para não correr o risco de olhar para onde não deveria.

— Suco ou café? — pergunto ainda de costas.

— Ahn... Café. Preciso de muito, muito café. Onde fica a sua máquina de lavar?

— Deixa que eu cuide disso enquanto você come.

— Não precisa. Eu posso... fazer. — O tom de voz diminui quando a encaro com intensidade.

— Eu cuido disso — repito.

Sirvo ovos, bacon, um copo de suco de laranja e uma xícara de café e coloco tudo à sua frente, no balcão da cozinha.

— Tome o suco também. É bom para a imunidade.

— Acho que não consigo comer tudo isso...

Levanto uma sobrancelha, desafiando-a, mas em vez de se assustar, ela ri baixinho.

— Sim, senhor — murmura em um tom espertinho demais para seu próprio bem.

— Coma — repito, batendo um dedo no balcão.

Não me passa despercebido que ela ri de novo antes de bebericar o líquido fumegante.

Se fosse qualquer outra pessoa, eu teria feito pagar vinte flexões no chão da cozinha mesmo, mas por alguma razão me pego sorrindo ao caminhar até a área de serviço com suas roupas.

Abusada!

CAPÍTULO 17

Lily Nevill

Comer tem sido um desafio diário. Antes de montar a *playlist* com os áudios do Jay, estava passando dias com apenas café no meu organismo.

Depois, comecei a ouvir os áudios aleatoriamente e quase todos os dias tinha alguma coisa que me lembrava da necessidade de ingerir alimentos para me manter de pé.

Hoje, no entanto, comi todo o prato de ovos com tiras de bacon feitos por Mason e o bendito copo de suco que "é bom para a imunidade". Algumas horas depois, ele fez uma macarronada para almoçarmos.

Dessa vez, nos sentamos juntos à mesa, com Atticus deitado no chão, bem próximo do dono.

Faz algum tempo que eu não me sinto tão bem. Não precisei manter um assunto, já que ele parece mais do que contente em comer em silêncio. Não é um silêncio constrangedor, mas confortável.

Lá no sobrado tem sempre tanta gente que as refeições são um desgaste mental.

Em outras épocas, eu até teria gostado...

Mentira!

Que grande mentira.

Em nenhum momento da minha vida eu teria realmente gostado de ter de manter uma conversa com tantas pessoas em todas as refeições.

Eu frequentava as festas dos amigos do Jay e tinha sempre gente por perto, mas optei por não morar em uma fraternidade, sim, no dormitório da faculdade, justamente para poder ter meu lugar de descanso e paz.

Sempre fui uma antissocial escondida no corpo de uma líder de torcida popular, que namorava o astro da universidade.

— Mais? — Mason murmura, levantando o pegador.

Eu negaria, mas a verdade é que a massa está gostosa e eu não tenho mais que manter um corpo de bailarina mesmo, então aceito.

Divirto-me vendo-o "discutir" com o cachorro, que faz um som pidão ao vê-lo levar uma almôndega à boca. Ele diz que é comida de humanos e mais um monte de desculpas, mas acaba deixando o pastor alemão comer uma bolinha de carne.

Ofereço-me para lavar a louça, afinal, ele cozinhou, mas ganho um revirar de olhos. O chato começa a retirar as vasilhas sem mim. Fico de pé e o desafio, começando a carregar alguns pratos também.

Vejo que ele quer me dar uma bronca, mas guarda para si.

Juntos, colocamos as louças na máquina de lavar e ele desaparece em direção à área de serviço. Quando retorna, traz minhas roupas consigo.

— Já secaram — comenta, esticando o montinho na minha direção.

Nesse momento, sinto como se fosse uma dica de que já posso ir embora. Só que eu não sei se quero enfrentar as perguntas sobre onde fui parar e toda a agitação da nossa pequena república.

Mason me observa, atentamente, ainda com os braços esticados. Quando percebe a minha hesitação, puxa as mudas de roupa de volta para si.

— Vou levar o Atticus para andar um pouco, mas você pode ir assim mesmo.

O fato de ele não perguntar se quero ficar, sim, entender isso apenas com o olhar, me alivia. Expor as minhas vontades sempre foi um problema. Em geral, tenho dificuldade de me expressar e acabo aceitando o que as outras pessoas sugerem.

Foi assim a vida toda. Desde o sabor do meu *milk-shake* até para qual faculdade eu deveria aplicar.

Meus pais sempre usaram isso para me manipular, pois sabiam que eu faria exatamente o que dissessem. Jay não tinha essa maldade. Ele só não sabia ler meus pensamentos. Quando eu não me expressava, ele sugeria algo que para ele seria divertido ou interessante e assumia que eu estava me sentindo da mesma forma.

Mason Reed também não perguntou o que eu queria, mas, de alguma forma que eu nunca poderei compreender, ele sabia exatamente o que era.

— Acho que vou colocar pelo menos a minha calça — murmuro, apontando o quanto precisei dobrar a barra da dele para conseguir vesti-la.

Ele ergue o queixo, concordando, e me entrega as minhas roupas. Menos de três minutos depois, saímos pela rua pacata com Atticus nos guiando, exatamente como um cão de guarda.

Mason Reed

Geralmente, eu estaria contando os segundos para "a visita" ir embora. Gosto do meu canto. Só Atticus e eu curtindo nossa tranquilidade.

Mas à medida que terminávamos de almoçar, um sentimento estranho, quase como uma agonia, começava a rastejar pelas minhas veias.

Quando busquei as roupas dela, já secas, senti minha mão tremer de leve, antes de estendê-las. Um oficial do Exército não pode se dar ao luxo de ter as mãos trêmulas, o que me deixou com vontade de bater em mim mesmo.

Mas minha preocupação com a minha reação juvenil não era tão importante quanto o que vi passar pelos olhos dela.

Desde a primeira vez que a encarei, senti como se mergulhasse nos olhos mais tristes que já havia visto. E a minha experiência é algo a se considerar. Com o passar das semanas, assisti enquanto Lilian tinha altos e baixos, mas, em momento algum, vi realmente um brilho em suas pupilas.

Ainda assim, a tranquilidade e contentamento que notei enquanto fazíamos a nossa refeição, simplesmente desapareceram ao ver suas roupas limpas.

Demorei alguns instantes a entender que não era realmente a roupa, mas o que representava, então decidi que ela passaria mais uma noite aqui. Só mais uma.

— Por que decidiu dar aulas se odeia todos os alunos?

A pergunta desaforada quase me faz sorrir.

Não quero dar o braço a torcer, então pego o disco da boca do meu cachorro e o atiro novamente para que ele corra no parque. Já é final da tarde de domingo e várias pessoas aproveitam o clima ameno do outono na Califórnia.

— Não odeio todos os alunos.

Ela levanta uma sobrancelha, toda debochada e novamente preciso controlar o sorriso.

— Só uma boa parte deles — admito, ganhando uma daquelas pequenas risadas, tão tímidas que não tem como não serem puramente sinceras.

Não é uma gargalhada expansiva e completamente alegre. Isso nem combinaria com Lilian Nevill. Ela não é assim.

Do que notei ao longo dos três meses em que nos conhecemos é que ela é educada e distribui sorrisos que não chegam aos olhos. Suas risadas são discretas e os poucos momentos completamente sinceros são desprovidos dessa "máscara".

Aliás, das duas máscaras. A de líder de torcida — algo que descobri recentemente que ela havia sido, mas cuja aura popular ainda exala — e a do luto. Nenhuma das duas personalidades é realmente a dela.

Ela não é de alegria expansiva e fácil, tampouco de luto e trevas.

Ainda não vi completamente sua verdadeira faceta, mas sinto como se as pequenas respostas atravessadas, os silêncios confortáveis e os momentos calmos sejam os flashes mais sinceros do que existe por baixo de todas as outras camadas.

— Sério... Você não parece muito confortável dando aulas.

— Esse é seu jeito de dizer que não gosta das minhas aulas, senhorita Nevill?

A loirinha revira os olhos e joga o cabelo para trás. A luz indireta do pôr do sol reflete na minha camiseta branca, na qual ela deu um nó para não ficar tão grande. Que linda mulher...

— Mason? — chama e eu pisco, sem entender.

— *Hã*?

— Você estava em outro mundo.

Para minha sorte, Atticus retorna e eu abaixo para brincar com ele, fugindo do comentário.

Quando já estávamos quase chegando à minha casa novamente, ela retoma o assunto.

— Suas aulas são excelentes, mesmo que você seja um déspota.

— Um... déspota?

Ela faz um gesto, ignorando-me.

— A questão não é a qualidade, muito menos o quanto podemos aprender com você, sim, fato de que você não parece se sentir em casa.

— E não estou.

— Por quê?

Abro a porta e deixo Atticus entrar, mas, quando Lilian faz menção de passar, apoio o braço na madeira, impedindo-a. Abaixo um pouco e nos encaramos, com poucos centímetros nos separando.

— A minha casa é em uma tenda, no meio do nada, lutando pelo meu país. Honrando todas as estrelas que ostento no meu uniforme.

— Essa é a única casa que está disposto a ter?

— Sim.

Seu aceno é discreto, quase imperceptível. A jovem mulher passa por baixo do meu braço e me deixa parado com todas as convicções que carrego por toda a minha vida.

Lily Nevill

Entro na casa mais organizada que eu já vi. Não é luxuosa, nem nada do tipo, mas extremante limpa, com uma decoração de bom gosto e tudo o que um homem solitário precisa.

A caminhada me fez bem, mas a dor de cabeça com que acordei segue trilhando um caminho desagradável pelo meu crânio.

Sento no sofá da sala e esfrego as têmporas.

— O que houve? — Eu o escuto perguntar.

— Só uma dorzinha de cabeça — minimizo.

Ouço passos e concluo que ele considerou aquilo um problema pequeno demais para ser digno de sua atenção.

Ledo engano.

Um minuto depois, ele agacha na minha frente e me entrega um copo de água e dois comprimidos.

Pego, evitando seu escrutínio, mas nossos olhares são como ímãs, que se atraem.

Mergulho nos olhos castanhos, permitindo-me por um momento enxergar tudo o que existe ali. Só que não consigo passar nem do primeiro nível.

Claramente, Mason Reed tem vários níveis de proteção e só se despe de cada um deles à medida que permite que a pessoa entre. Eu não recebi a senha. Então acabei parando no primeiro portão. Vi que carrega mistérios, dores e que há mais gentileza do que gostaria de demonstrar. Mas não consegui descobrir o que eu mais me questionava. Se...

— Descanse um pouco — diz, mais uma vez naquele tom de comandante da porra toda.

Só que eu estava cansada demais para argumentar.

Encosto no sofá e fecho os olhos só por um minuto.

Esfrego o nariz contra a pele quente, tentando sentir o cheiro que exala. É um aroma tão suave que não pode ser perfume ou colônia. Talvez uma mistura de sabonete masculino, um tanto amadeirado, e algo bem mais pessoal. Como o cheiro da própria pessoa.

Cheiro de homem.

Ele me carrega no colo e, assim que me deposita na cama, sinto falta de seu calor.

Seguro sua mão, relutante em soltá-lo completamente. Para a minha surpresa, ele aperta meus dedos de leve.

— Durma. Eu peguei você.

E eu durmo me sentindo segura.

CAPÍTULO 18

Mason Reed

Olho de lado enquanto ela come o café da manhã.

Lilian acabou pegando no sono no sofá e quando dei por mim já a carregava para a cama. Para a *minha* cama.

Pelo menos, dessa vez dormi no quarto da Hailey, ao invés de ficar de vigia.

Quando acordei, vi que Atticus tinha conseguido abrir a porta novamente e dormia no chão, ao lado da minha cama. O comportamento me causa estranhamento, já que ele não é como um *pet* comum. Esse é um cachorro com mais experiência de guerra que a maioria dos seres humanos. Ainda assim, ele escolheu dormir perto dela.

Isso pode significar que sente que ela está em perigo ou simplesmente que... gostou da garota.

— *Here*[7] — digo sem elevar a voz, para não acordá-la.

Ainda que contrariado, ele levanta e anda na minha direção.

Toco a porta, empurrando-a só mais um pouco e fico dividido entre olhar para dentro e simplesmente me afastar. Dessa vez, o impulso leva o melhor de mim e acabo espiando a expressão serena enquanto Lilian dorme.

Não me aproximo, nem me demoro. Odiaria que me observassem dormir, então dou um passo para trás e fecho a porta, devolvendo a ela a privacidade que Atticus e eu invadimos.

O sol ainda não tinha nascido e aproveito a solidão desse horário para correr. Não levo Atticus, pois já não mantém mais o mesmo ritmo de antigamente. Levo-o nos finais de tarde para andar e aproveitar o parque, mas pelas manhãs corro com meus demônios, que não são poucos.

Afinal, quem já desceu ao inferno e voltou nunca está realmente sozinho.

---

[7] Inglês: Aqui

Mais uma vez acordo me sentindo observada, mas, diferente da manhã anterior, não grito, nem assusto o invasor.

O cão está sentado, olhando para mim como se nunca tivesse visto alguém deitado assim.

— Bom dia, garoto — murmuro.

Não ouso acariciar seu focinho. Acho que seria ir um pouco além dos limites, tanto dele quanto meus.

Embora tenha notado que realmente não é um animal violento, tudo nele grita a cachorro policial. É assim que chama? Aqueles cachorrões que invadem laboratórios de drogas com equipes e farejam comboios de tráfico humano?

Rio do quanto a minha mente viaja na ideia e empurro as cobertas. Dessa vez, lembro-me de ter sido colocada na cama.

Sinto-me constrangida por novamente ter abusado da hospitalidade do meu professor, então lavo o rosto, uso a escova de dentes novinha que ele me deu e visto as minhas próprias roupas.

Assim que saio do quarto, com o cachorro em meu encalço, percebo que estou sozinha. Vou à cozinha e ligo a cafeteira, sem saber se deveria preparar algo para agradecer a ele por ter me recebido. Mas me soa tão invasivo abrir os armários e a geladeira.

Encosto no balcão e mordo o lábio inferior.

— O que eu faço, rapaz? — pergunto para o cão, que me encara como se eu fosse louca.

A porta da cozinha se abre de uma vez, assustando-me, e o homem sem camisa me deixando sem reação.

Mason tem a camiseta pendurada no bolso de trás de sua calça de corrida e o suor escorre por suas costas perfeitamente desenhadas. A pele é bronzeada, como se o sol fosse um velho companheiro e algumas tatuagens se destacam, em especial asas em chamas em suas escápulas. Acredito que seja uma fênix.

Ele não notou a minha presença. Entrou todo relaxado, afagou o cachorro e seguiu para a geladeira para beber água.

Só depois de secar a garrafinha, é que ele vira de frente para mim. De primeira, eu me pego observando involuntariamente a curva esculpida no final de sua barriga. Ele tem músculos que um jovem da minha idade não poderia sequer sonhar. É algo bem mais real e cru do que aquele corpo simplesmente construído em uma academia.

Aquilo ali foi desenhado por anos de uso do próprio corpo como máquina de ataque e defesa. É algo tão bonito e sensual que sinto um arrepio percorrer toda a minha espinha.

Como pode alguém ser tão... Tão?

Meus olhos sobem um pouco mais e percebo a presença de uma cicatriz levemente irregular bem no meio do peito. A pele rosada mostra que é recente. Menos de um ano com certeza. O que será que aconteceu? É por isso que está aqui? Por isso aceitou dar aulas em Stanford?

Por fim, subo mais um pouco o olhar, cruzando com o dele. Mason está sério, quase torturado e me encara com as sobrancelhas franzidas.

Não interrompo o contato visual. Não consigo.

Aparentemente, ele também não.

O que nos faz voltar à realidade é o som da cafeteira, anunciando que a bebida ficou pronta.

Ele olha para a máquina e então para a janela em cima da pia da cozinha, por onde passam os raios solares do amanhecer.

Penso que vai dizer algo, mas ele apenas vira de costas e anda corredor adentro.

Isso foi... Nem sei dizer.

Eu ainda estava parada como uma boba ao lado do balcão da cozinha quando ele voltou, menos de dez minutos depois.

— Bom dia! — diz, depois de servir uma xícara do café que eu havia preparado.

Para a minha surpresa, ele a entrega para mim e só então serve a si mesmo.

— Obrigada — murmuro, então me lembro de que não respondi ao seu cumprimento. — Bom dia!

Ele abre a geladeira e pega os ingredientes para preparar o mesmo desjejum do dia anterior, ovos e bacon. Isso me faz lembrar que estou aqui há quase trinta minutos e não fiz nada do que planejei.

— Eu ia preparar algo...

— Tudo bem — responde, enquanto coloca a panela no fogo.

Após alguns segundos, ele me encara.

— Costumo comer isso todos os dias de manhã, mas se você não quiser podemos passar em uma lanchonete no caminho para a universidade.

— Não! — Eu me apresso a dizer. — Está ótimo!

Em primeiro lugar, jamais seria deselegante a esse ponto. Além disso, a refeição estava deliciosa no dia anterior, então não havia do que reclamar.

— Posso ajudar?

— Não precisa.

Mordo a parte interna das bochechas, pensando por apenas um minuto antes de desgrudar do balcão e começar a abrir os armários.

— Procurando algo? — pergunta, franzindo a testa.

— Pratos, talheres, tudo que é preciso para colocar na mesa.

Mason parece um pouco chocado, porém de uma forma positiva. Como se o tivesse feito uma grata surpresa.

— Segunda porta à sua esquerda — diz. — Primeira gaveta à direita.

Sorrio e começo a me movimentar. Aproveito para colocar algumas fatias de pão na torradeira, o que o faz esconder um sorriso.

— Com fome? — pergunta.

— Muita — admito.

Afinal, dormi no sofá e pulei o jantar.

Dessa vez, ele realmente sorri. É um simples repuxar de um dos cantinhos da boca, mas é suficiente para me deixar de pernas bambas.

— Ótimo — comenta, voltando a se concentrar no preparo da refeição.

Mason Reed

Discretamente, observo-a comer.

Lembro-me de Hailey ter comentado algo sobre estar preocupada com ela por não comer direito. Mas Lilian não deixou nada no prato ontem, muito menos agora.

Por outro lado, a jovem parece mesmo bem magra. Não sei se é uma questão de biótipo ou se realmente tem pulado refeições.

— Ai, meu Deus! — exclama, quase engasgando com o copo de suco.

— O que houve? — pergunto, inclinando-me em sua direção para entregar um guardanapo.

Uma gota escorre pelo queixo dela e em um momento de fraqueza, estico a mão e a enxugo com o papel. Então, dando-me conta do que havia feito, volto a me encostar na cadeira, evitando contato visual.

— Eu esqueci que meu celular já era.

Eu tinha recolhido o aparelho no pátio, antes de trazê-la para casa, mas realmente era uma causa perdida. Não rachou apenas a tela, sim, estilhaçou a carcaça e perdeu peças.

— Precisa fazer uma ligação? — pergunto, puxando o meu *smartphone* do bolso.

— Não, é que... não avisei ninguém. Talvez estejam preocupados.

Sua dúvida sobre a possibilidade de haver alguém procurando por ela me parece descabida. Lilian tem família, até onde sei.

— Ontem avisei Hailey e ela ficou de mandar uma mensagem para sua mãe — esclareço.

— Ah... — murmura. — Obrigada! Menos mal.

Aceno, terminando meu café da manhã. Ainda a espero finalizar seu prato antes de me levantar para fazer a higiene bucal.

— Quer passar na sua casa? — pergunto, programando os alertas do meu relógio.

Seu silêncio me faz procurá-la com os olhos.

A garota que quase teve um infarto ao se deparar com Atticus na manhã de ontem, agora está agachada fazendo carinho nas costas do velhote vendido.

— Lilian?

— *Hã*?

— Quer passar no sobrado? — pergunto novamente.

— Ah, não. Minhas roupas estão limpas — responde, como se tudo o que pudesse necessitar para uma aula fosse de roupas higienizadas.

— Podemos parar em uma loja de departamentos para comprar um celular novo.

— Não — responde rápido demais. — Não precisa.

A atitude me deixa ainda mais desconfiado, mas não comento nada. Tem alguma coisa errada acontecendo aqui e eu vou descobrir o que é.

CAPÍTULO 19

Lily Nevill

Chegar à faculdade acompanhada do professor não é algo que passe despercebido pela rede antenada de fofocas do Campus.

Já imaginava que seria assim e acho que até Mason, com sua inexperiência na função, também deve ter cogitado que atrairíamos atenção indesejada de pessoas que acreditariam no que quisessem.

Mas ele não sugeriu em momento algum que eu descesse do veículo antes de nos aproximarmos do estacionamento, tampouco parou em um local escondido. Escolheu a melhor vaga disponível, curiosamente bem ao lado do grupo de jogadores do time de futebol da faculdade, e ainda abriu a porta para mim.

— Obrigada — murmuro.

Por sorte, as lentes escuras de seus óculos de sol me permitem não ter que mergulhar naqueles olhos castanhos e profundos.

— Me avise se quiser comprar o celular na hora do almoço — declara, como se não fosse nada de mais.

— Não vou querer — reforço com convicção.

Ainda escondido pelas lentes quase espelhadas, ele me encara por alguns segundos, antes de apontar com o queixo para o prédio.

— Se mudar de ideia, sabe onde me encontrar.

Sem se despedir, ele vira de costas e sai andando com a postura de dono do mundo que atrai tantos olhares de todos os gêneros. Alguns interessados — até demais, eu diria — e outros intimidados.

— Lily? — alguém me chama.

Ao virar, sorrio para Kyle, o *quarterback* do time.

— Oi! Tudo bem?

Se ele ficou curioso com o motivo para o professor bem mais velho ter me dado carona, foi discreto o suficiente para disfarçar.

— Tudo legal. E você, gatinha?

— Bem também.

— Eu mandei mensagem — diz, então complementa: — Brycen me passou o número.

— Eu perdi meu celular — minto.

— Poxa, que droga!

— Sim, é péssimo — minto novamente. — Ficar desconectada...

— Quer anotar o meu número para quando comprar um novo?

— Mais fácil eu pegar com Brycen depois — respondo, sem querer dar muita abertura.

— Ah, é. Esqueço que moram na mesma casa. Ele já está chegando?

Ah, aí está. A curiosidade.

— Não vi Bry ainda — respondo com sinceridade, porém sem dar mais detalhes. — Preciso passar na cafeteria para falar com as meninas. A gente se vê, Kyle.

— Vou esperar ansiosamente, gatinha.

Afasto-me, segurando forte a alça da minha bolsa.

Não há nada de errado com ele. É bonito, divertido, popular, tem a mesma idade que eu e... E simplesmente não me interessa de forma alguma.

Não me deixo avaliar a profundidade desse pensamento e acelero o passo para conseguir ver pelo menos Paige, que sempre passa pela cafeteria para abastecer seu estoque de cafeína antes da aula.

— Sua vaca! — a morena oriental exclama, fazendo algumas pessoas olharem estranho na nossa direção.

Sorrio, ciente de que é o "jeito carinhoso" de reclamar pelo sumiço.

— Nós estávamos quase chamando a polícia quando Hailey voltou para casa ontem à noite. Ela passou o dia no Chase e não se lembrou de nos avisar sobre seu celular.

— É, foi uma pena — murmuro, sem saber até onde ela conhece sobre o ocorrido.

— Relaxa, mana, eu vivo perdendo meu celular também. Ainda bem que Mase estava passando e viu você sozinha. Imagina que perigo andar sem nem ter como pedir um carro de aplicativo?

Ele guardou meu segredo e mentiu para me proteger.

Essa constatação me deixa aliviada.

Antes que eu possa dizer algo mais, alguém se agarra a mim como um ursinho de pelúcia.

— *Outch*!

— Você está brava comigo? Eu fui um escroto, Lilizinha. Desculpa! Não precisa sumir de casa por minha causa.

Pisco algumas vezes, tentando entender o motivo para todo esse drama, então me lembro do comentário sobre Kyle e eu. Parece ter acontecido há semanas, mas não faz nem 48 horas. Nesse meio tempo, vivi um dos meus piores momentos. Mas também vivenciei uma paz que não encontrava há muito tempo, nas 24 horas seguintes.

Brycen continua:

— Eu prometo que nunca mais vou falar nada assim, nem sobre você, nem sobre nenhuma outra garota. Eu vacilei muito e...

— Brycen? — interrompo-o.

Quando ele finalmente me olha nos olhos, parecendo ainda mais envergonhado do que soava, sorrio.

— Está tudo bem. Não fiquei fora por isso e já te perdoei no sábado mesmo.

— Mas se você estivesse chateada teria todo o direito, porque...

— Não estou — garanto.

Ele beija a minha testa, aliviado.

— Vou comprar seu café. Fica aí.

— Não precisa.

— Precisa, sim. Haileyzinha me deu um castigo e eu, como excelente colega de casa, cumpro as ordens da nossa senhoria — diz, com a maior cara de pilantra do mundo.

— Sua cara nem arde, né, Bry? — Paige comenta, revirando os olhos.

— Não precisa ficar com inveja, Cho-Cho. Eu compro um café para você também.

— Já falei que Cho-Cho é raça de cachorro! — a morena grita, mas ele já está longe, chacoalhando o corpo de tanto que ri. — Juro que eu ainda vou pintar a barba dele de rosa.

— Vai nada. Você e Cathy adoram Bry.

— Não conta para ele! Mas é como ter um irmão mais novo muito inconsequente, sabe?

Sorrio, lembrando-me da minha irmã mais nova. Ela não é inconsequente, nem nada do tipo. Pelo contrário. É uma nova versão da Lily do passado, fazendo tudo o que seus pais perfeitos ensinaram para que fosse a aluna perfeita, filha perfeita, o cartão postal perfeito.

Brycen retorna com nossos cafés e seguimos cada um para seu prédio.

Para meu "azar", a primeira aula é justamente a do Mason e, aparentemente, a fofoca sobre a carona se espalhou. Assim que entro, vejo algumas pessoas me observando e até cochichando.

Droga!

Tudo o que eu não queria era chamar a atenção.

Mas parece que virei um alvo ambulante.

Mason Reed

Quando paro a aula pela terceira vez devido aos cochichos, meu sangue já havia fervido.

— Você! — Aponto para uma garota que estava sussurrando algo ao ouvido de outra. — E você também. Fora!

— O quê?! — a primeira questiona, boquiaberta.

— Mandei sair da minha sala. Agora.

— Mas...

O argumento desaparece à medida que a encaro. A garota encolhe no assento, então junta seus pertences e sai acompanhada da amiga.

Enquanto as duas sobem as escadas, aponto dois rapazes que riram alto e um casal e também os mando sair.

Com seis alunos a menos, a atenção do restante parece sair da maldita fofoca que está tomando conta do local e volta a recair em mim.

Deveria ter calculado melhor a questão da carona. Claro que eu imaginei que inventariam fofocas. Lembro como se fosse hoje do primeiro dia da Hailey no Exército e os cochichos sobre ter sido aceita por dormir com o capitão.

Repugno esse tipo de comportamento machista com todo o meu ser.

No meu regimento, bastou mandar um aspirante a soldado folgado para casa que o restante aprendeu a lição. Não admito desrespeito na minha tropa.

E aqui em sala de aula eles aprenderão a mesma coisa.

Quero olhar para Lilian e saber se está se sentindo mais confortável, mas, se o fizer, só alimentarei ainda mais as conversas impróprias.

Espero que a minha intervenção solucione o problema.

Lily Nevill

Afundo mais no lugar a cada aluno que é expulso da sala.

Se antes eu era o alvo da fofoca, acabo de me tornar a figura mais odiada por todos.

Na hora do almoço, o acontecido já havia se espalhado por todo o campus e as atenções estão cada vez mais focadas em mim.

— Que "rebosteio" — Cathy murmura, sentada ao meu lado. Paige dá uma cotovelada nas costelas dela, que percebe o que havia feito — Quer dizer, é uma bobagem, amiga. Logo todos terão esquecido! — Tenta consertar com um sorriso amarelo.

— Há — murmuro.

— Perdeu alguma coisa aqui, *cuzão*? — Escuto Brycen falar, bem atrás de mim. Ao seguir a direção para onde aponta, vejo que um dos garotos expulsos da aula havia se aproximado. — Circulando — o jogador ordena.

O rapaz ainda hesita, mas é praticamente empurrado por uma baixinha de 1,50m, que é mais marrenta do que muito marmanjo por aí.

— Que parte do circulando você não entendeu? — Hailey praticamente cospe na cara dele. — Vaza!

Por alguma razão, isso surte mais efeito e ele vai embora.

Pelo menos, por ora.

Foco o máximo de energia possível em acreditar que esse dia será uma merda isolada, mas ao final do último período estou mentalmente esgotada.

De repente, sinto-me sozinha e perdida. Como a Lily de alguns meses atrás.

O dia foi realmente desgastante. Ouvi piadinhas, insultos e teve até uma garota que me pediu dicas para conseguir um gostoso como o professor Reed.

Que ódio!

Ando pelas ruas, ao entardecer, em direção ao sobrado. Optei pelo trajeto mais longo, que passa ao lado do pomar. É um lugar bem vazio a essa hora, mas muito mais bonito do que as ruas principais. Isso também me permite buscar na brisa de outono um pouco da paz que vivi ontem, na casa dele.

Foram 24 horas em que eu pude ser e fazer apenas o que eu queria. Sorri só quando me deu vontade, eu me calei quando não queria falar, sem cobranças ou julgamentos. Sem precisar parecer feliz o tempo todo.

O som de uma pedrinha me desperta dos pensamentos. Então outro barulho. Sorrio de lado, imaginando que, mais uma vez, ele estava me seguindo.

— Não cansa de ser um perseguidor? — pergunto por cima do ombro.

Quando não recebo resposta, viro para trás, dando de cara com o rapaz do refeitório.

Minha descontração se esvai, dando a lugar a certo medo. Não preciso olhar ao redor para saber que estou sozinha. Completamente sozinha.

— O que você quer? — pergunto, tentando soar firme, embora por dentro esteja assustada.

Todas as vezes que briguei com Mason por me seguir, era mais uma pirraça do que realmente uma briga. Eu sabia que ele nunca me faria mal. Sentia uma aura de bondade vindo dele e sabia que seu único intuito era me proteger.

Mas esse cara?

Não mesmo.

— O que você acha?

— Vai embora, antes que arrume confusão.

— Confusão, eu? Imagina.

Ele anda ao meu redor, deixando-me ainda mais assustada.

— Só quero provar se o produto que o nosso professor está comendo é de qualidade.

Quando segura meu braço, uso toda a minha musculatura de anos de balé e o chuto nas bolas.

Então corro.

Corro o mais rápido possível.

Consigo ouvi-lo me xingar enquanto corre atrás de mim, quase me alcançando.

Essa parte do campus é praticamente deserta, mas grito mesmo assim. Quando viro a esquina, um carro freia com tudo quase me atropelando e alguém sai de dentro.

Fecho os olhos, imaginando que o desgraçado chamou reforços. Não tenho coragem de assistir enquanto me pegam.

Mas os braços que me envolvem, eu reconheço imediatamente.

— Você! — soluço, deixando as lágrimas correrem.

— Por que você estava correndo? — Mason pergunta, segurando-me pelos braços.

Ele me vira um pouco, como se estivesse se certificando de que estou bem.

— O cara da aula. Que você expulsou... — Viro para apontar de onde vim, mas o sujeito não estava mais ali.

Viro de frente para Mason e seguro sua camiseta, involuntariamente.

— Eu juro que não estou inventando, ele estava bem atrás de mim. Ele tentou... — balbucio.

Conforme compreende a que me refiro, sua expressão preocupada dá lugar ao olhar mais assassino que eu já vi.

— Eu acredito em você.

Mordo o lábio para engolir outro soluço.

— Entra no carro, eu cuido disso — diz, secando as minhas lágrimas com os polegares.

— Não, por favor. Não me deixa sozinha, Mason. Por favor — peço, abraçando-o.

— *Shhh*. Não fica assim. Não vou a lugar algum — promete, acariciando as minhas costas. Então sussurra: — Eu peguei você.

CAPÍTULO 20

Lily Nevill

Achei que ele me levaria para sua casa novamente, mas me surpreendi quando estacionou em frente ao sobrado onde moro com o pessoal.

Minhas amigas, que provavelmente foram informadas por ele a respeito do que aconteceu, já esperavam do lado de fora.

Mason abre a porta do carro e nossos olhares se cruzam, enquanto murmuro um agradecimento.

As meninas e eu ficamos no quarto pelo resto da noite. Hailey conta sobre um problema que teve no ano passado com um jogador chamado Trae Bishop, que acabou sendo expulso depois de trancá-la na escada de incêndio do prédio de esportes e tentar violentá-la.

— Eu nem sei o nome desse cara — murmuro.

— Isso é o de menos, mana. Temos o maior fofoqueiro da faculdade aqui em casa. Brycen descobre até o tamanho da cueca que ele usa com duas ligações — Paige diz, segurando a minha mão.

Com o apoio delas, acabo conseguindo relaxar. As meninas pedem pizza e comemos no quarto mesmo. Já é quase meia-noite e as outras já tinham ido para seus próprios quartos, quando saio para buscar água, andando de fininho para não acordar Hailey.

Ao descer as escadas, acendo a luz e tomo um susto daqueles.

Mason está sentado no sofá, com Atticus aos seus pés, olhando na minha direção.

— Meu Deus, que susto! — Suspiro pesado, colocando as mãos nos joelhos.

O cachorro levanta e dá um pequeno latido ao se aproximar e roçar nas minhas pernas.

— Oi, menino — cumprimento-o, coçando suas orelhas.

— Você está bem? — Mason pergunta, aproximando-se.

Ele avança um pouco além do que o costumeiro, mas para a alguns centímetros de tocar meu rosto, como se tivesse se dado conta do que estava fazendo e então freado.

— Sim. Foi bom ficar com as meninas — comento.

— Imaginei que seria.

Mordisco a boca, desviando o olhar do dele, tímida.

— O que faz aqui a essa hora? — pergunto, finalmente, mas ele não responde.

— Ele não a machucou mesmo? — Sua pergunta soa mais como um sussurro.

Volto a encará-lo, sentindo toda a tensão do momento. Mason parece ansioso, angustiado.

— Não. Quando segurou meu braço, eu acertei uma joelhada nas bolas dele.

Um sorriso genuíno se forma nas feições masculinas e rusticamente belas.

— Boa garota — comenta, em tom orgulhoso.

— Acho que não estraguei as chances dele de procriação no futuro, mas, pelo grito que deu, doeu.

— Vamos treinar essa joelhada para que se torne mais letal. E o seu gancho de direita também.

Rio baixinho, sentindo-me leve.

A presença dele me deixa assim.

— Vim só buscar um copo de água — justifico e ele me acompanha até a cozinha. Depois de me hidratar, sorrio meio sem-graça. — Você deveria ir para casa. Atticus deve estar cansado.

— Estamos bem.

Mordisco o lábio, sem saber o que fazer a seguir. Queria abraçá-lo e agradecer por ter me salvado. De novo.

Mason continua me observando, parado e, como sempre, me deixando completamente livre para fazer o que quiser.

Dou um passo em sua direção e, ficando na ponta dos pés, beijo seu rosto, sentindo a barba por fazer pinicar meus lábios.

— Obrigada, Professor!

— Mason — ele diz.

— *Hã*?

— Só Mason.

Alguma eletricidade parece envolver nossos corpos e, sem que pudesse me segurar, volto a ficar na ponta dos pés e beijar seu rosto.

Ele respira fundo, de olhos fechados, como se estivesse se controlando. Beijo uma terceira vez e suas pálpebras se abrem, queimando-me com um fogo que eu nunca vi ou senti antes.

Mason segura meu rosto com as duas mãos e aproxima tanto que consigo sentir seu hálito quente enveredar pela minha boca.

Ele roça o nariz pela minha bochecha, deslizando-o pela minha pele, então, cheira meu pescoço, como um animal farejando sua presa. E eu gosto. *Porra*! Eu adoro.

Quando volta a pairar com os lábios praticamente em cima dos meus, sussurra:

— Ainda não, Meu Lírio.

A boca que eu queria que me devorasse deposita apenas um beijo casto na minha testa.

— Boa noite — diz, inclinando a cabeça em direção à escada, como se ordenasse que eu subisse.

Eu adoraria discutir com ele, como sempre, e contrariar suas ordens. Mas meu corpo vibra tanto com o que quase aconteceu entre nós, que eu apenas me arrasto para o quarto, repetindo na cabeça a forma como me chamou.

Meu Lírio.

Mason Reed

Achei que tinha resolvido o problema ao expulsar alguns alunos da sala, mas só piorei tudo.

Soube disso, quando Hailey me mandou uma mensagem contando sobre o que aconteceu no refeitório. Um dos rapazes que eu mandei sair estava rondando Lilian.

Nessa tarde, uma parte do corpo docente teve que participar de uma reunião com o nosso coordenador. Já era quase horário do final da última aula do dia e eu queria estar em frente ao prédio para oferecer uma carona a ela.

Sei que às segundas-feiras fica até tarde aqui e não gosto da ideia da loirinha andando sozinha pelas ruas do campus até a república.

Como ainda tinha alguns minutos, passei no setor de Recursos Humanos, para tentar convencer a secretária, uma senhora que sempre me leva *cookies* feitos em casa, a me informar os dados do aluno folgado de mais cedo.

Ela atendeu ao meu pedido, mas demorou um pouco mais do que eu havia imaginado para localizar a ficha. Com isso, quase todos os alunos já tinham ido embora. Inclusive ela.

Xingo baixinho, afinal o celular que eu havia comprado na hora do almoço, mesmo contra a sua vontade, estava em uma bolsa de papelão no meu carro. Enquanto isso, ela andava por aí sem ter como se comunicar.

Decidi dirigir pelos possíveis trajetos para tentar encontrá-la e, após um tempo, a própria garota praticamente atropelou meu carro, fazendo-me frear com tudo.

Desci, preparado para brigar com ela por andar sem atenção alguma pela rua, mas seu rosto assustado me disparou um alerta.

Precisei de todo o meu autocontrole para me acalmar o suficiente para não assustá-la. Eu a levei para a república, pois alguma coisa me dizia que ficar com as amigas traria mais consolo do que comigo.

Pelo menos, por enquanto.

Heyes e Greenwood chegam logo em seguida, provavelmente após terem sido avisados por Hailey.

— Foi mesmo aquele babaca do refeitório? — D'Angelini pergunta.

— Sim. Jackson White — respondo.

— Lily precisa denunciar — Heyes declara.

— Não tem prova física — Greenwood argumenta. — Meu pai pode ajudar, mas dificilmente vão abrir uma investigação.

— Isso é um absurdo! A vítima praticamente tem que provar que não está mentindo e implorar para a justiça ser coerente! — Brycen reclama com razão.

— A justiça vai ser feita — declaro.

— Reed, sei que gosta de fazer as coisas do seu jeito, mas acho melhor não se comprometer assim — Heyes opina. — Você é professor e...

— Eu sou militar, não professor. Quero que se foda se me mandarem embora! — esbravejo e saio em direção à varanda da casa, torturado pela raiva.

— Se você for suspenso, ela vai ficar sozinha — o garoto diz, atrás de mim.

Respiro com raiva, mas sem poder argumentar. Ele tem razão.

— Você está no meu elemento, meu velho. Posso não estudar mais aqui, mas ainda sou respeitado. Esse bosta nunca mais vai entrar em uma festa, fraternidade ou bar em todo o *campus*. Vamos pressionar tanto que ele vai pedir para ser transferido.

Pondero, irritado por não poder quebrar a cara do sujeito.

— Uma chance, Heyes. Só uma. Se ele ousar...

— Aí eu mesmo vigio para me certificar de que ninguém vai presenciar enquanto você ensina bons modos a ele.

Nós nos encaramos por um momento e acenamos, entrando em um acordo.

Busco Atticus, que já havia passado o dia todo sozinho, levo-o para andar um pouco pela vizinhança do sobrado, e sento na sala, onde pretendo manter vigia por toda a noite.

Meus pensamentos viajam por todas as vezes em que estive perto dessa garota. Desde a forma como me irrita, até esses fios invisíveis que parecem nos conectar.

Como é possível?

Eu tenho quase o dobro da idade dela.

Preciso me afastar a todo custo.

Como se o destino quisesse brincar com meu autocontrole, ela desce as escadas usando apenas uma camiseta comprida, que mal cobre as pernas bonitas.

Está escuro, mas eu estou acostumado a enxergar sem luz. Anos e anos no deserto, sem energia elétrica, fazem seu corpo se adaptar, quase como uma mutação genética.

Apoio o queixo nas mãos, apreciando o corpo pequeno deslizar com graça pelos degraus.

Só depois de acender a luz é que ela nota a minha presença. Ao dar um pulinho de susto, a camiseta sobe um pouco mais, mostrando uma parte da calcinha. Quem diria que uma lingerie simples, de algodão, poderia me deixar com tanto tesão assim?

Se tivesse um pouco mais de juízo, teria ficado no sofá e evitado o que quase aconteceu na cozinha a seguir. Mas, simplesmente não consigo.

Pairo ao redor dela, como se tivesse um ímã me atraindo.

Quase a beijo. É difícil resistir. Mas não quero que seja assim, após um evento traumático. Quero que ela escolha. Que ela tenha certeza.

Só depois disso, é que posso fazê-la minha.

Só minha. Meu Lírio.

CAPÍTULO 21

Lily Nevill

— O bonitão ainda está no sofá? — Cathy pergunta, enquanto passa rímel, diante do espelho do banheiro do corredor.

— Com certeza! — Paige responde, rindo.

— Ainda? — exclamo. — Já são quase 7 horas da manhã. Será que ele não dormiu?

— Aposto dinheiro que ele passou a noite em claro com os braços cruzados — Hailey afirma, bochechando com o limpador bucal.

— Mas... Por quê?

— Mase é assim. Ele cuida de quem gosta. Aposto que também passou a noite em claro no sofá da casa dele de sábado para domingo — diz.

Por um segundo, meu corpo todo gela com a ideia de que ele tenha contado mais detalhes do que eu gostaria.

— Ele disse que você tinha bebido um pouco demais e estava passando mal — Hailey continua, esclarecendo a minha dúvida sem querer. — Aposto que ficou acordado para o caso de você precisar de algo.

— Mas ele nem gosta de mim. Nós brigamos para caramba na aula...

As três me olham com deboche.

— *Aham*. Isso é tão *fake* quanto dizer que Mason Reed não é um gostoso — Cathy declara, fazendo-nos rir. Abanando-se, completa: — Nossa! Gostoso *demais*!

— No meu primeiro turno como soldado, ele conseguiu convencer a general a me deixar em seu regimento, mesmo que fôssemos casados.

A história chama a minha atenção. Esse papo sobre o casamento deles sempre me deixou curiosa, mas nunca quis parecer intrometida. Para a minha sorte, ela realmente parece disposta a falar um pouco mais dessa vez.

— Por um lado, isso foi incrível, porque eu tinha dezoito anos, tinha acabado de sair de casa, onde apanhava de um pai abusivo e não estava preparada para lidar com centenas de homens no cio. Ter a proteção dele era um alívio.

Não consigo imaginar uma pessoa delicada como Hailey em uma profissão tão difícil. Quando ela encarna a sargento e sai dando ordens ou enfrentando babacas, como ontem, até consigo enxergá-la assim. Mas logo sua personalidade doce se sobrepõe e chega a parecer impossível que seja a mesma pessoa.

— Por outro lado, eu virei um alvo fácil demais. Demais! Desde piadinhas sobre "dormir com o capitão para entrar no Exército" até coisas bem mais pesadas rolavam por todo o lado. E nós dois sempre nos fazíamos de cegos e surdos para não nos chatearmos. Até que um aspirante a soldado começou a pegar pesado para valer. Um dia ele sugeriu que eu deveria ser a prostituta do regimento, já que fazia isso mesmo pelo capitão.

— Mas que arrombado! — Cathy exclama.

— Escroto! Nojento! — Paige comenta, chocada.

— E o que aconteceu?! — pergunto.

— Ah, ele apanhou. Muito. Depois, foi expulso das Forças Armadas. Mason sabe ser dramático quando quer. Pediu um favor no Alto Comando e o sujeito virou *persona non grata*. Nunca mais pôde se alistar ou concorrer a qualquer cargo público.

— Bem feito!

— No dia seguinte à treta, acordei e Mase estava dormindo sentado no chão em frente à minha barraca. E no outro também. Cheguei a sugerir que ele dormisse na barraca comigo, afinal, éramos casados no papel. Ele recusou. Disse que não queria dar mais motivos para comentários a meu respeito e que estava muito bem dormindo sentado. Acampou ali por umas duas semanas.

Sorrio mais para mim mesma do que para ela.

Gostei de constatar que ele é mesmo um cara legal. Mas confesso que também gostei de saber que ele escolheu não dormir lá dentro.

Pode soar ridículo, já que não tenho nenhum direito, mas não consigo evitar sentir um pouco de receio e até uma pitada de ciúmes da relação dos dois. É difícil imaginar que tanto amor assim possa ser realmente só uma amizade.

A proximidade deles me lembra muito a forma como Jay e eu nos tratávamos.

Agora, olhando bem, talvez quem não estivesse realmente correspondendo ao que se espera de uma relação amorosa fôssemos nós dois. Sempre fomos muito mais amigos, do que namorados.

A forma como meu corpo formigou com a mera aproximação do Mason, na noite anterior, era prova disso. Nunca senti algo assim. Algo... arrebatador.

— Adoro ouvir suas histórias sobre a época do Exército, amiga. Mas estamos quase atrasadas e preciso alimentar esse corpinho gostoso antes de ir para a faculdade — Cathy anuncia e começamos a seguir em direção às escadas.

Hailey segura meu braço e, assim que as meninas descem, diz algo que eu não consigo entender na hora.

— Ele sempre dormiu do lado de fora. Ok?

— Por que está falando isso?

— Na hora certa você vai entender.

Aceno e descemos juntas para tomar café da manhã.

Ele me chamou de "Meu Lírio" e depois ficou mudo.

Quando desci, de manhã, ele ainda estava no sofá. Mas logo se despediu, afinal, precisava passar em casa para levar o Atticus e se arrumar.

Uns trinta minutos depois, nós já estávamos entrando no carro da Emma, quando notei a caminhonete dele parando em frente à nossa casa.

Mason desceu e se inclinou na janela, cumprimentando-nos, então me entregou uma embalagem de papelão.

— O que é isso?

— Um celular.

— Mas...

— Coloquei um novo *chip* nele e cadastrei meu telefone, da Hailey e das meninas. Ligue se precisar. Se decidir retomar sua antiga linha, é só trocar o *chip*.

Antes que eu pudesse sequer agradecer, ele já havia se afastado e estava entrando no próprio carro. Enquanto isso, eu fico parada, boquiaberta, sem saber qual seria a reação adequada ao que acabou de acontecer.

— Isso foi...

— *Sexy* — Cathy comenta, fazendo as meninas rirem.

Já eu, continuo pensando que alguma coisa mudou entre a noite de ontem, em que ele tocou meu rosto e me apelidou, e agora.

Constatei as minhas suspeitas quando, na faculdade, ele não olhou uma vez sequer na minha direção. Estava sentada na primeira fileira e ele deu aula praticamente olhando para o teto.

Na hora do almoço, o esperei à porta da sala para descobrir que saiu pela porta dos fundos, o que me irritou de vez.

— Quem pisou no seu calo? — Hailey pergunta, encostando na parede, bem ao meu lado.

— Você está um pouco longe do seu prédio — comento, azeda.

— Ui. Pisaram com força, então?

Faço uma careta e suspiro.

— Desculpa. Obrigada por vir checar se estou bem. Só estou irritada com certo militar metido a besta.

— Deixe-me adivinhar? Ele está te evitando.

Olho de lado, ainda mais irritada.

— O fato de você acertar significa que esse é um padrão? Ele costuma evitar as mulheres depois de demonstrar interesse por elas?

Percebo tarde demais que falei mais do que planejava, mas minha amiga apenas sorri.

— Mason não chega ao ponto de demonstrar interesse — declara.

— Como assim?

— Em seis anos que convivemos, nunca o vi sequer levar alguém em casa. Muito menos deixar chegar perto do Atticus. Ele impõe limites bem rígidos com quem faz parte de sua vida e quem não faz.

— Está querendo dizer que eu faço?

— Está claro que nenhum dos dois entende o que está rolando, mas é nítido que há alguma coisa entre vocês.

— Ainda assim, ele está me evitando.

— Aposto que ele se sente culpado pelo que aconteceu ontem com o tal do Jackson e está evitando criar problemas para você.

Fico em silêncio, pensando nos sinais. Será?

— Quer ir ao refeitório?

— Na verdade, não. Preciso fazer algo — anuncio, já andando em direção à escada do prédio. — Obrigada, Hailey!

— Boa sorte!

Digito uma mensagem enquanto subo os degraus.

Lily: Pode me encontrar no terraço?
Mason Reed: *Não vá ao terraço.*
Lily: Tarde demais. Precisava vir...
Mason Reed: *Chego aí em dois minutos.*

Sorrio, contente por ter conseguido atrair sua atenção.

Mason Reed

Subo de dois em dois degraus e escancaro a porta do maldito terraço.

Meu coração afunda no peito ao perceber que garota está parada na beirada, no mesmo lugar onde a segurei antes que caísse no outro dia.

Avanço em sua direção e a abraço pela cintura, levantando-a no colo e carregando para longe da beirada.

— Ei! Eu só estava vendo o céu! — reclama.

Coloco seu corpo leve no chão e a prenso contra a parede, deixando sua cabeça entre minhas mãos.

— O que passou pela sua cabeça? — pergunto, puto da vida.

— Eu gosto do terraço — argumenta de queixo erguido.

Abusada. Afrontosa. Absolutamente *linda*.

— Não deveria andar sozinha depois do que aconteceu, muito menos em um lugar onde não tem ninguém para quem pedir socorro.

— Não preciso pedir socorro. Só nós dois estamos aqui.

— Teimosa! — esbravejo.

— Sou, sim. Principalmente depois de ser ignorada durante toda a manhã!

Fecho os olhos, respirando pesado.

— O que aconteceu ontem foi culpa minha. Não posso torná-la vulnerável assim novamente.

— Você consegue ouvir essas bobagens que fala?

— O quê?! — Abro os olhos, irritado com a resposta malcriada, mas a encontro sorrindo.

Realmente sorrindo, sabe? Inclusive com os olhos. Expondo um pequeno brilho que não estava ali pouco tempo atrás. Quase não parece o mesmo par de olhos tristes do primeiro dia de aula. Quase.

— Para de pensar tanto, Mason.

— Não posso. Alguém precisa proteger você.

A loirinha inclina a cabeça para trás e dá um passo para dentro dos meus braços, ficando perto o bastante para que nossas bocas praticamente se encontrem.

— Pode me proteger do mundo, se faz tanta questão — sussurra. — Mas para de me proteger de você.

— Lilian, você não tem ideia do quão complicada é a minha vida. Você deveria ficar com um cara da sua idade, que tenha um futuro inteiro pela frente e seja capaz de te fazer sorrir.

— Claro, porque eu sou a pessoa mais alegre e divertida do mundo.

Um pequeno sorriso surge no canto da minha boca devido à resposta espertinha.

Adoro a forma como os traços delicados de seu rosto assumem uma expressão de puro deboche quando está me afrontando.

A boca cheia me parece mais apetitosa a cada dia. Chega a doer fisicamente ter que me controlar para não tomá-la.

Mas são os olhos verdes e profundos, marcados por muito mais história do que uma jovem de vinte e três anos deveria ter que me puxam de volta à realidade e me impedem de ir além.

— Eu sou um *fodido*, Lilian.

— Não é não.

— Sou, sim. Você nem imagina o quanto. Eu não posso fazer você feliz. Eu não posso fazer ninguém feliz.

— Não pedi para me fazer feliz — retruca. — Não preciso disso. Preciso de alguém que me deixe ser eu mesma até quando eu só quiser ficar calada. Alguém que respeite meus limites. Alguém que desperte todos os meus sentidos.

Sinto nossas respirações se fundirem de tão próximos que estamos.

— O que você quer? — pergunto, praticamente mergulhando nos olhos desejosos.

— Da vida? Ainda vamos descobrir. Do agora? Um beijo.

As palavras sussurradas servem como marretas, derrubando o muro que construí dentro de mim mesmo para me proteger dos meus impulsos.

Destruo de vez a sensatez ao segurar suavemente seu pescoço fino com uma das mãos, roçando o polegar no lábio inferior que é ligeiramente mais carnudo do que o superior.

Entrelaço os dedos da outra mão nos fios de cabelo loiríssimos e os puxo para baixo, fazendo-a inclinar a cabeça para trás.

— Última chance de se arrepender, senhorita Nevill.

— Cala a boca e me beija, Professor!

Cubro seus lábios com os meus, sugando-os com vontade. Assim que ela os entreabre, deslizo a ponta da minha língua e a ouço gemer.

Sua reação acontece tão rápido que não consigo evitar imaginar como reagiria se a minha língua estivesse tocando a entrada de sua boceta.

Isso me deixa ainda mais sedento.

Aprofundo o beijo, deixando nossas línguas se conhecerem, deslizarem uma pela outra, até que o gemido se transforma quase em um choramingo, implorando por mais.

Enfio a coxa direita entre suas pernas e sei que atingi um ponto sensível quando ela se esfrega nela como se pudesse gozar só com esse toque.

Meu pau já parece prestes a estourar a braguilha, mas continuo mesmo assim. Puxo mais forte os cabelos sedosos, punindo-a por ter me provocado a ponto de perder o controle, mas isso só a faz gemer mais.

Quando ela mordisca meus lábios e suga a minha língua como se me fizesse um boquete, é a minha vez de gemer como um adolescente.

— *Porra*! — exclamo, tremendo de tesão, ainda sem desencostar nossas bocas.

Sua resposta é colar mais nossos corpos e me beijar por iniciativa própria. Suas mãos pequenas tentam puxar meus curtos fios de cabelo, então desistem e passam a arranhar as minhas costas por cima da camisa social.

Nossos corpos entram em sintonia, enquanto nos beijamos com tanta intensidade quanto se estivéssemos transando. Aliás, eu diria que é ainda mais intenso do que a absoluta maioria das experiências sexuais que as pessoas vivenciam por aí.

Fodas sem-sal, sem-emoção, sem-fogo.

Não falta nada disso ao nosso beijo. Eu a como e ela me come, mesmo que nossas roupas continuem no lugar.

Nós nos beijamos por tanto tempo, que até perco noção da hora. Só ao ouvirmos o maldito alarme, informando o início das aulas da tarde, é que voltamos à realidade, ofegantes.

— Isso foi...

— Só o começo, senhorita Nevill.

Deixo um selinho em seus lábios, sugando de leve o inferior.

— Mas vai ter de ficar para depois.

Ela xinga baixinho, fazendo-me abrir um meio-sorriso.

A loirinha tenta alinhar as próprias roupas, enquanto eu controlo meu cacete, que continua duro como pedra.

Antes de sairmos, seguro sua mão e a faço me encarar.

— Não volte aqui sozinha. E me ligue se precisar.

— Mandão! — reclama, revirando os olhos antes de me dar um beijo de supetão e descer correndo as escadas.

Que vontade de dar umas palmadas na bunda dessa garota.

CAPÍTULO 22

Lily Nevill

Esse foi, sem dúvidas, o melhor beijo de toda a minha vida.

Aliás, acho que eu nunca tinha vivido algo assim.

Eu imaginava que tudo a respeito de Mason Reed fosse intenso. Só não sabia que ele conseguiria varrer tantas inseguranças da minha mente ao apenas tocar a minha boca com a dele.

Ele me desmontou sem nem ao menos se esforçar.

Ainda estava entorpecida no final da última aula, seguindo puramente meus reflexos, que me levaram direto ao local onde sabia que ele costumava estacionar.

Não demora até que o homem apareça. Ele não reage mal, nem me faz sentir como uma intrusa, mas fica claro que está bem mais contido do que antes.

Mason passa direto por mim, mas quando me viro para reclamar, percebo que ele tinha acabado de abrir a porta do lado do passageiro e a segurava para que eu entrasse.

Mordo o lábio, segurando o sorriso, e ocupo o banco.

Ele se inclina sobre meu corpo e puxa o cinto de segurança, prendendo-o ao lado do meu quadril, ainda sem falar nada. Quando termina de travar a proteção, nossos olhares se encontram.

De repente, toda a intensidade que vivemos lá no terraço volta com tudo e ainda mais potente.

Se eu cheguei a duvidar de que era real, a forma como ele conseguia derrubar as minhas barreiras e molhar a minha calcinha ao mesmo tempo, sem sequer ter me tocado, provou que eu estava enganada.

Solto o ar, ofegante, então mordo o lábio.

Mason se aproxima mais e por um instante penso que vai me beijar, mas em vez disso, seus lábios tocam a minha orelha.

— Comporte-se, senhorita Nevill.

Não consigo conter uma risada diante do tom mandão.

Ele franze a testa, fitando-me intensamente. Acredito que vá me repreender, mas apenas se afasta e fecha a porta do carro, dando a volta para se sentar atrás do volante.

Mason Reed

Não a levo para o sobrado que divide com as meninas. Nem me dou ao trabalho de perguntar o que ela queria.

Apenas dirijo em direção à minha casa.

Estaciono em frente à minha garagem e, enquanto dou a volta para abrir a porta dela, a garota simplesmente sai.

Respiro fundo, controlando-me. Apoio a mão no meio das costas dela, guiando-a para a entrada.

Mal fecho a porta e já a agarro pela cintura, prensando-a contra a parede.

— Gosta de me afrontar, senhorita Nevill? — pergunto, encostando o nariz no dela.

— E se eu gostar? — responde, levantando o queixo.

Não consigo me segurar mais.

Seguro seu rosto e a beijo como se a minha vida dependesse disso. Lilian passa os braços pelos meus ombros, ficando na ponta dos pés, na tentativa de ficar da minha altura.

Tiro uma das mãos de seu rosto delicado e a apoio embaixo da bunda dela, levantando-a de uma só vez.

A garota pega a deixa e envolve meu quadril com as coxas finas, enquanto eu volto a prensá-la na parede, dessa vez roçando a minha ereção em seu centro.

Paro o beijo por um instante só para observar os lábios carnudos ainda mais inchados e entreabertos, enquanto ela parece entorpecida, com os olhos fechados.

Absolutamente sexy.

Esfrego meu corpo contra o dela e, aproveito que está presa contra a parede, para liberar a mão e começar a passeá-la por suas coxas, ainda que por cima da roupa.

Subo um pouco, enfiando meus dedos embaixo da blusa e deixo os calos da minha mão roçarem na pele delicada.

Lilian segura meu rosto e me puxa de volta para si, atacando a minha boca. Consigo sentir seu coração tão acelerado quanto o meu. Se eu tivesse um pouco mais de juízo, interromperia essa loucura e a levaria em segurança para sua casa.

O que eu faço, no entanto, é voltar a segurá-la pela bunda e andar até a mesa de jantar. Com um dos braços atiro no chão tudo que tem ali em cima, desde a toalha até uma jarra.

Coloco-a sentada e me demoro observando seu rosto corado e o brilho de tesão em suas íris. Toco sua testa e coloco uma mecha de cabelo para trás da orelha.

— Mason... — choraminga e eu obedeço, voltando a grudar nossos lábios famintos.

Minha língua provoca a dela, sentindo seu calor. Lilian coloca as mãos para frente e tenta abrir a minha calça. Puxo seus cabelos, mas nem isso a faz parar.

As mãos finas conseguem desabotoar o jeans e abaixar o zíper, mas dou um passo para trás antes que segure meu pau.

— Não — determino.

— Mas...

— Hoje é sobre você, Meu Lírio.

Minhas palavras dilatam ainda mais as pupilas já aumentadas pelo desejo.

Aproximo-me de volta, sem pressa, andando como o predador que sou. Roço os polegares em seus lábios, esfregando de leve, e desço pelo decote até alcançar os dois pontinhos salientes que a camiseta tenta cobrir em vão.

Esfrego-os ao mesmo tempo. Lilian fecha e abre os olhos o tempo todo, como se o tesão a forçasse a fechá-los, mas por curiosidade os abrisse novamente.

Deslizo as mãos pela cintura fina, de bailarina, e então enveredo meus dedos por baixo do tecido, só o suficiente para sentir sua pele um pouco mais.

Ela faz menção de tirar o *cropped*, mas a impeço.

— Preciso de todo meu autocontrole, Lírio. Seria impossível não te foder se visse seus seios — digo, olhando o busto farto, desconfiando que não coubessem em minhas mãos.

Delícia!

— E se eu quiser ser fodida?

— Já disse que hoje não. Teimosa.

— Sou mesmo! — retruca e eu a calo com um beijo, voltando a puxar os cabelos loiríssimos.

Quando a sinto voltar a derreter nos meus braços, solto os fios sedosos e abro sua calça jeans, puxando-a por suas pernas.

Minha mão percorre a coxa suave e a sinto ter um espasmo, como se estivesse prestes a gozar antes mesmo que eu a tocasse intimamente.

Continuo em direção à sua virilha e ela tem outro espasmo. Quando roço o polegar sobre o tecido úmido, treme tanto que desgrudo nossos lábios para observá-la.

— Quer que eu pare? — pergunto, preocupado.

— N-não — gagueja.

— Não precisamos fazer nada, Lilian. Eu...

— Não para, Mason. Por favor. Eu quero — promete.

Dessa vez, não a beijo para que possa me atentar a cada pequena expressão enquanto empurro a calcinha para o lado e mergulho o polegar na fenda melada.

Encontro seu nervo pulsante e o estimulo com pressão. Contrariando meu receio de que não se sentiria confortável, ela praticamente goza.

Nunca toquei alguém tão sensível assim e isso faz meu pau babar dentro da cueca. Quero tanto comer essa garota que chega a doer.

Continuo a massagear seu clitóris com o polegar, mas incluo dois dedos diretamente na fenda. É apertada e fechadinha, mas não é completamente depilada e gosto disso. Gosto de boceta assim, real.

Acelero o movimento. Ela continua respirando pesado, agora de olhos fechados.

— Olha para mim — demando.

As duas esmeraldas me atingem como um soco na cara. Se sorrindo já é algo incrivelmente arrebatador, a visão de Lilian tocando o orgasmo chega a ser surreal.

— Goza para mim, Meu Lírio.

Ela solta um gemidinho e volta a cerrar os olhos.

— Não! — exclamo e logo exijo: — Goza olhando nos meus olhos.

A loirinha morde o lábio inferior e se deixa levar pelo prazer, gemendo alto ao derramar seu mel nos meus dedos.

E eu quase gozo junto só de poder assistir ao espetáculo de reações expostas por seus olhos transparentes.

Lily Nevill

Gozar nunca foi fácil. Não para mim.

Meu cérebro está sempre tão ligado, que dificilmente consigo abrir mão de controle o suficiente para deixar meu corpo reagir por completo aos estímulos, principalmente na hora do sexo. Mas bastou Mason se aproximar da minha virilha e eu já parecia prestes a derreter.

Que magia é essa que envolve esse homem e me deixa insana?

Tudo nele me excita. Até o jeito mandão. Acho que o jeito mandão me excita ainda mais, na verdade. Não que eu esteja disposta a acatar tudo o que ele demandar, mas pelo que venho percebendo, ele não se irrita quando o contrario. Até gosta.

Tentei retribuir o orgasmo, mas Mason segurou as minhas mãos e disse novamente que hoje era "sobre mim".

Lavo o rosto, tentando disfarçar o brilho pós-orgasmo, mas parece estar incrustado na minha pele e nas minhas pupilas.

Quando saio do banheiro, Atticus está sentado em frente à porta com a coleira entre os dentes.

— Isso é um convite, garoto? — pergunto, coçando atrás de suas orelhas. Ele esfrega o focinho na minha pele e coloca a coleira aos meus pés. — Quer passear, então? Ok. Vamos ver se seu pai deixa.

Pego o objeto e ando até a cozinha, onde Mason temperava uma carne para grelhar. O homem vira assim que entramos, como se pudesse sentir nossa presença.

Ele olha para Atticus, que se sentou ao lado dos meus pés, praticamente encostado na minha perna, então para a coleira em minhas mãos. Encolho os ombros, como se me desculpasse, mas ele apenas sorri de lado.

— Você já foi um soldado mais obediente — afirma e, como se pudesse entender, o cachorro solta um muxoxo, o que me faz rir.

Mason lava as mãos, então vem até nós.

— Ok. Mas será um passeio rápido! — diz.

O Pastor Alemão fica de pé e late para o dono, abanando o rabo. Enquanto prende a coleira, meu professor me olha.

— Se você não quiser...

— Eu quero — interrompo-o.

Um brilho cruza seu olhar, mas ele não chega a falar nada.

Seguimos pela pacata rua de sua casa até o parque onde levamos Atticus da outra vez. Lá, Mason solta a coleira e deixa o cachorro correr um pouco.

— Você gosta de animais.

Não foi uma pergunta, mas respondo assim mesmo.

— Sim. Nunca tive nenhum. Meus pais diziam que faz muita sujeira.

Isso me faz lembrar que ainda não passei meu novo número à minha mãe, tampouco tentei reabilitar o antigo. Estava usando o celular que Mason me entregou, com o *chip* colocado por ele.

— Não te paguei pelo telefone — anuncio, envergonhada. — Eu posso fazer uma transferência, me diz a sua conta...

— Não.

— Mas...

— Não — afirma, curto e grosso.

Suspiro, pensando que preciso agradecer de alguma forma. Talvez com um presente? Ele não me parece o tipo que gosta de ir ao *shopping*.

— Não precisa — Mason diz, como se pudesse ler a minha mente.

— O quê? — Faço-me de desentendida.

Ele levanta uma das sobrancelhas, todo irônico, e estende a mão, colocando meu cabelo para trás da orelha. O toque é gentil e carinhoso. Até íntimo, eu diria, embora estejamos a uns bons centímetros de distância um do outro, como se ele não tivesse acabado de me fazer gozar loucamente.

— Só não queria que você andasse por aí sem um telefone. É importante para a sua segurança. Não precisa me dar nada em troca, pequeno Lírio.

Sorrio, sentindo o apelido aquecer meu corpo. Antes que pudesse me controlar, dou um passo em sua direção e o abraço pela cintura, aconchegando-me em seu peito largo.

Mason hesita por um instante, como se não esperasse aquela reação, mas logo me envolve em seus braços. Uma das mãos acaricia as minhas costas e a outra me faz cafuné.

Ficamos assim por um tempo. Nem sei dizer quanto.

Só volto à realidade quando escuto Atticus latir ao nosso redor, querendo atenção. Mason me solta, mas ainda não se afasta. Primeiro ele coloca o outro lado da minha franja atrás da orelha também e beija a minha testa.

Atticus late de novo e agora, sim, viramos em sua direção.

Nesse momento, noto que duas mulheres de meia-idade nos observam com uma expressão de puro julgamento. Elas olham de mim para Mason como se nosso abraço fosse um atentado ao pudor.

Se a crítica velada me faz sentir mal, imagino o quanto afetaria meu professor. Sei que ele já esboçou essa preocupação, sobre nossas idades serem incompatíveis.

Viro para ele, pensando em distraí-lo, mas o flagro olhando na direção das duas senhoras.

Droga!

Ele viu.

— Hora de ir para casa, garoto — anuncia.

Depois daquilo, foi como se um abismo tivesse se formado entre nós. Ele grelhou os bifes e jantamos juntos, mas me levou para a república ao invés de me convidar para ficar.

E, droga, eu queria ficar.

Uma parte de mim acredita que ele também queria que eu ficasse, mas ainda não estava pronto para lidar com as consequências.

E justamente por isso, entendo que preciso me proteger mais ou vou acabar me apaixonando, enquanto ele segue racionalizando tudo.

Se é que já não aconteceu...

CAPÍTULO 23

Nunca me importei com o que as pessoas pensam. Nem por um segundo. A não ser a opinião da Hailey. É a única que realmente conta para mim. Mas notar a forma como aquelas duas mulheres olharam para nós dois me deixou irritado. Elas nos julgaram, embora não estivéssemos fazendo nada.

E essa foi só uma pequena amostra do que o mundo tem a nos oferecer, afinal aquelas duas nem nos conhecem. Imagina a reação dos alunos, dos outros professores... Não posso expô-la assim.

Não é sobre mim. Eu aguento qualquer pancada que a vida me der. Mas não vou permitir que meu Lírio se machuque no processo. Ela não merece ser tratada como uma párea, ainda mais diante de seus amigos; das pessoas da sua idade, aquelas com quem ela deveria estar se relacionando em vez de um velho como eu.

Pensando nisso, decido me manter afastado. Pego o celular e envio uma mensagem antes de sair de casa.

Reed: Precisamos conversar.
***Lírio**: Bom dia para você também.*

Mordo as bochechas, mas não consigo conter um meio-sorriso. Criatura abusada.

Reed: Chego aí em dez minutos.
***Lírio**: Ok.*

Aposto que ficou irritadinha porque ignorei seu cumprimento. Posso imaginar a expressão que está fazendo agora mesmo, revirando os olhos verdes.

Reed: Bom dia, Lírio.

Ela digita algo, mas nenhuma mensagem chega. Alguns minutos depois, percebo que, o que quer que seja, ela desistiu de enviar.

Talvez seja melhor assim.

Lily Nevill

Li e reli as palavras "precisamos conversar" várias vezes.

Isso não podia significar algo bom. O pressentimento que tive antes de dormir, de que é um erro me apaixonar sem saber o que ele sente, quase me sufoca e preciso lutar contra uma crise de ansiedade.

Já faz vários dias que não tenho nenhuma.

Desde que parei de receber ligações que só me colocavam à beira do limite e de ouvir os áudios de alguém que nunca vai voltar.

Vinha me equilibrando muito bem, mas essas palavras conseguem me desestabilizar.

— Tudo bem, gata? — Paige pergunta, tocando meu braço.

Eu me esquivo do toque, involuntariamente, como costuma ocorrer quando tenho crises. Não gosto de ter pessoas por perto. Nem consigo entender como deixei Mason ficar tão próximo a ponto de me consolar...

— *Eita*! Desculpa, mana.

— Não. Eu que peço desculpas — murmuro, beijando o rosto dela. — Estou um pouco ansiosa essa manhã.

— Quer passar para tomar um chocolate quente antes da aula?

— Na verdade, tenho de ver alguém...

A morena acena.

— Conversar é sempre a melhor solução, Lily. Vocês vão se entender. Qualquer coisa me liga, beleza?

— Certo — balbucio, chocada demais para perguntar se ela realmente sabe a quem me refiro.

Algo me diz que sim.

Alguns minutos depois, vejo a caminhonete parar na frente de casa e me adianto para encontrá-lo. Mason desce e abre a porta, como o perfeito cavalheiro que é, mas não chega sequer a tocar no meu braço, como se realmente me evitasse.

Entro sem fazer perguntas e logo ele se senta atrás do volante, começando a dirigir.

— Quer um café? — pergunta uns dois minutos depois.

— Pode ser.

Paramos em frente a uma cafeteria e ele murmura que já volta, deixando-me sozinha no carro. Logo retorna com as bebidas e um saco de papelão fechado.

— Está me dando cafeína para dizer que não quer mais me ver? — disparo, querendo quebrar de uma vez o clima tenso.

Mason me olha, chocado, então entrelaça os dedos atrás do pescoço, esfregando-os no cabelo curtinho, enquanto solta um pequeno riso discreto.

Quando volta a me olhar, no entanto, a diversão parece ter sumido.

— Eu, com certeza, quero vê-la novamente, Lilian.

Ok. Não parece tão ruim.

— Mas não acho que seja saudável expô-la a algo assim.

É. É ruim.

— Talvez se nós formos discretos...

É pior do que eu imaginei, na verdade.

Essa frase faz meu sangue ferver. Olho para ele com raiva.

— Como é? — Quase cuspo as palavras.

— Só para evitar olhares como os de ontem, Lilian.

— Não sou a *porra* do seu segredinho sujo, Professor.

— O quê? Claro que não!

— Não existe meio-termo. Essa história de sermos discretos é ridícula e você sabe disso. Ou você está dentro. Ou você está fora.

Abro a porta.

— Não saia do carro — demanda, mas já tinha descido.

— Pelo visto você está fora — digo, fechando na cara dele.

Mason desce e vem atrás de mim, mas nesse momento por sorte vejo Brycen passando de carro. Aceno para meu colega de quarto, que para imediatamente.

— E aí, Lilizinha? Algum problema?

— Pode me dar uma carona?

— Claro.

Vejo Mason ficar para trás, com uma expressão dura, quase ilegível.

— Tudo bem? — o jogador pergunta, parecendo preocupado.

— Sim — afirmo, com um sorriso.

— Tem certeza?

— Sim.

Ficamos em silêncio por um tempo, até que ele puxa um assunto.

— É complicado, não é?

— O quê?

— Essa coisa de gostar de alguém.

— Não devia ser — murmuro.

— Não, não devia. Mas às vezes tem tanta coisa envolvida, tanta gente que não queremos decepcionar, que simplesmente fazemos a escolha errada.

Por um instante, penso que talvez não estejamos mais falando sobre o meu caso, mesmo que também se aplique à minha situação.

Não continuamos a conversa até ele parar em frente ao meu prédio. Antes de descer, olho para o atleta insano que se tornou alguém tão querido para mim.

— E no final, Bry? Será que dá tudo certo? — pergunto.

Ele se inclina e beija meu rosto com carinho.

— Espero que sim, Lilizinha.

Eu também.

Mason Reed

Pensei tanto a respeito e na hora falei tudo errado.

Soube que tinha sido um babaca quando vi a expressão magoada nos lindos olhos verdes.

Volto para o carro e entro, batendo a porta com força. Vejo a bandeja de papelão com nossos cafés e a sacola com o *muffin* que ela gosta. Eu a vi pedir o doce de *blueberry* várias vezes no refeitório da universidade.

Estaciono em tempo de vê-la descer do carro do Brycen, o maldito intrometido que tinha de estar passando bem naquela hora. Jogo as bebidas fora, pois com certeza já estão frias, mas carrego a sacola de papelão até a sala de aula.

Lilian entra e se senta lá atrás, diferente da maioria dos dias, em que prefere ocupar as cadeiras da frente.

Chamo um rapaz tímido que sempre senta nas primeiras cadeiras com um gesto.

— Bom dia, senhor. Em que posso ajudar, senhor?

A forma como gagueja me divertiria se eu não estivesse tão irritado.

— Entregue essa sacola para a senhorita Nevill — digo, entregando a embalagem do *muffin*.

— A loirinha que é tipo... muito, muito bonita?

Estreito o olhar em sua direção e o garoto chega a dar um passo para trás, parecendo assustado.

— Perdão, senhor. Sim, senhor — gagueja e se afasta com a sacola em mãos.

Vejo quando ele entrega e ela faz uma pequena careta. Ela abre e sua expressão irritada parece suavizar.

Quando ela volta a olhar para frente, arrependo-me imediatamente. Percebo que na verdade o brilho de fúria se tornou tristeza e isso é muito pior.

Deveria tê-la deixado me odiar.

Seria melhor para o Meu Lírio.

No final do dia, sinto-me tão miserável quanto é possível se sentir.

Ela não me dirigiu o olhar uma vez sequer e ainda tive de assisti-la almoçar acompanhada do time de futebol, com aquele *quarterback* intrometido não perdendo uma oportunidade de tocar seu braço.

Atticus roça na minha perna, pedindo para sair. Forço-me a levantar do sofá, afinal, o cachorro não tem culpa das minhas escolhas.

Quando chegamos ao parque, as duas senhoras do dia anterior estão no mesmo banco, observando as crianças que estão brincando no balanço.

Elas me reconhecem e parecem procurar por mais alguém.

Encaro-as como se as desafiasse a falar algo, mas logo desviam o olhar, envergonhadas.

Não, senhoras, ela não está aqui.

Não mais.

Até meu cachorro parece um pouco desanimado e não corre muito antes de começar a me puxar em direção à nossa casa. Parece que ela não conquistou somente a mim.

Antes de dormir, chego a digitar uma mensagem, mas não envio. Repito o mantra de mais cedo: É melhor que ela fique brava do que triste.

Só que está cada vez mais difícil acreditar nisso.

No dia seguinte, ela nem aparece para a minha aula e preciso de todo meu autocontrole para não sair procurando-a pelo campus.

Dispenso os alunos alguns minutos antes do final do período e saio pelo corredor, com o celular em mãos para ligar para ela. Nem preciso apertar o botão de discar, no entanto.

Lilian está encostada na parede do corredor, rindo de algo que o maldito *quarterback* diz. Sem conseguir me conter, passo por ele e trombo meu ombro, fazendo-o tropeçar para frente.

— Ei! — ele reclama, olhando para mim, irritado.

Mas é nos olhos verdes que estou concentrado. Ela me encara com o cenho franzido, sem entender.

— Não vi você, garoto — respondo sem nem virar na direção dele e enfatizando o fato de que ele não passa de um pirralho.

Não é homem o bastante para Meu Lírio, mas nesse momento parece que eu também não sou.

CAPÍTULO 24

Lily Nevill

Na sexta-feira é aniversário da Cathy e ninguém consegue escapar da festa que ela e Paige organizaram lá em casa.

Embora não esteja realmente animada, eu me esforço o suficiente para me arrumar e parecer apresentável. Mason e eu estamos travando um jogo perigoso. Ora nos evitamos, ora ele age como ontem, quase derrubando Kyle no meio do corredor repleto de alunos.

Queria dizer que nesses dias longe, o que eu sinto desapareceu ou até diminuiu. Mas basta vê-lo chegar com sua postura de homem mandão, vestindo uma jaqueta de couro rústica e calça jeans escura, que volto a sentir borboletas no estômago.

Não nos aproximamos, mas consigo sentir seu fitar queimando na minha pele. E todas as vezes que viro em sua direção, ele sustenta meu olhar.

Depois de um tempo, Hailey chega perto e eles se abraçam. É um abraço repleto de zelo e amor, mas pela primeira vez as palavras dela fazem sentido.

"Ele sempre dormiu do lado de fora".

Isso foi minha amiga reforçando que nunca houve nada entre eles ou loucura da minha cabeça?

— Ainda? — Escuto alguém perguntar perto do meu ouvido.

Ao virar, dou de cara com Brycen. Suspiro, confirmando com a cabeça.

— Que merda!

Noto que seu olhar percorre toda a sala, como se procurasse alguém, até parar no canto direito, onde Emma conversa com um cara.

— Ainda? — repito sua pergunta.

O jogador ri, sem-graça, e dá de ombros.

Abraço-o com carinho, pois sei que, embora não tenha jamais expressado em palavras, ele também está lutando sua batalha interna por alguma coisa que vem acontecendo entre ele e a irmã de seu melhor amigo.

Quando nos afastamos, lá estão os olhos castanhos do meu professor, praticamente queimando a sala ao nosso redor. Será que ele ficou com ciúmes?

Mordo o lábio, intrigada.

Logo em seguida, Cathy me chama para jogar *Beer Pong*. Que mal pode ter?

Sigo minha amiga por entre as centenas de pessoas que se acumulam na nossa sala que nem é tão grande assim.

A mesa de jantar ganhou uma rede improvisada para simular uma de *ping-pong*. Seguro o riso ao imaginar a "alegria" de Hailey ao ver essa bagunça toda. É agora que ela abandona o barco e se muda de vez para a casa do Chase.

Kyle se aproxima e Cathy diz que ele será a minha dupla.

— Achei que ia jogar com você — sussurro ao seu ouvido, tentando ser ouvida apesar da música altíssima.

Ela, que já estava completamente alcoolizada, responde alto para todos ouvirem.

— Você joga com o *QB* e eu com aquele outro gostoso ali que não sei o nome. É mais divertido assim!

O rapaz parece dizer seu nome, mas ela dá um tapinha em seu peito respondendo que não importa, pois continuará a chamá-lo de gostoso.

Balanço a cabeça, indignada, e me posiciono ao lado do *quarterback* do time. Ele faz questão de beijar meu rosto, com um pouco mais de intimidade do que o necessário, e começamos a disputa.

O jogo consiste em acertar as bolas de *ping-pong* nos copos de cerveja. Quando acertamos, a outra dupla bebe. Quando erramos, nós bebemos. E vice-versa.

Mason Reed

Eu já tinha decidido que perdê-la não era uma opção.

Tive muito tempo para pensar hoje, no meu dia livre. Não tinha aulas na universidade, nem treino na base. Foi o dia todo sendo observado pelos olhos julgadores de Atticus. Até o cachorro sentia falta dela.

Peguei-me relutando em lavar a maldita fronha só para que continuasse com o cheiro do xampu dela. Então percebi que isso, além de pouco higiênico não fazia o menor sentido.

Por que raios eu deveria me privar de tê-la comigo se sua presença me enche de vida de um jeito que há muito eu não sentia?

Fui à festa de Cathy já com a intenção de me reaproximar. Só que demorei muito tempo tentando encontrar o melhor momento. Quando ela foi para a outra sala jogar *Beer Pong*, eu a segui, observando seus movimentos, capturando seus pequenos sorrisos e cuidando dela de longe.

Ainda estava tudo bem até o maldito jogador se aproximar do que é meu.

Ele começou beijando seu rosto, o que já despertou toda a minha fúria. Apertei tanto o copo de cerveja que segurava desde que havia chegado, que derramei a bebida no chão.

Aproximo-me mais, controlando a vontade de jogá-la sobre o meu ombro e levá-la embora, tal qual um homem das cavernas.

O espertinho não perde uma oportunidade sequer de tocar no braço, nas costas ou na cintura da *minha garota*. A cada vez que comemoram, ele faz questão de abraçá-la e isso só vai aumentando a raiva que consome meu peito.

Observo atentamente cada jogada, sentindo certo alívio ao ver o quanto ela é boa de mira. No fim, Cathy, sua oponente, tem de beber quase todos os copos, enquanto Lilian permanece sóbria. Os dois garotos ficam praticamente empatados, ambos já bastante alcoolizados.

A merda de jogo termina com ela e o *quarterback* sendo vencedores, graças à vantagem que ela conquistou.

Alguém propõe outra rodada, mas a vejo negar com a cabeça. A loirinha se despede e se afasta em direção à outra sala. O problema é que o maldito atleta vai atrás.

E é aí que eu vejo tudo vermelho.

Lily Nevill

Cathy é tão ruim de mira que chega a dar pena. No final, erro duas bolas, pois realmente começo a me preocupar com a quantidade de álcool que a criatura estava consumindo.

Vencemos. Ufa!

Um dos rapazes propõe outra rodada e Kyle se empolga, mas eu recuso. Já faz um tempo que não vejo Mason e não consigo evitar a vontade de sair procurando-o por todos os lados.

Ele pode não notar a forma como a maioria das garotas o cobiçou desde o momento em que chegou, mas eu, sim. E não estou disposta a deixá-las se aproximarem do que é meu.

Entro na sala de estar, esquivando-me das pessoas, enquanto o procuro discretamente. Nesse momento, alguém me abraça por trás. Viro rapidamente, assustada, e dou de cara com Kyle.

— Oi, gatinha — diz, sorrindo.

O garoto parece bastante alcoolizado e abaixa como se fosse me beijar. Desvencilho-me dos seus braços, sem querer criar uma cena.

— Só um beijinho, Lily — insiste. — Você é tão gata e eu não quero nenhuma outra.

— Não, Kyle.

— Por que não?

— Porque ela disse não, *porra*!

Mason surge sabe-se lá de onde, puxando-o pela camiseta. Ele se coloca entre mim e o jogador, parecendo mais irritado do que nunca.

— Calma aí, senhor! Não quero forçar nada, só estava *chegando na* gatinha.

— E ela disse não.

— Beleza. Ela disse não e eu vou recuar. Mas nada a ver você se meter, parceiro!

Mason e ele se encaram, como se fossem sair no tapa, e eu me enfio entre eles.

— Está tudo bem, Mason. Kyle não me machucou, ele já tinha entendido que eu não queria — digo, olhando em seus olhos.

— Sacou, coroa? A gente já se entendeu. Agora *vaza*! — Kyle diz, colocando uma entonação maldosa na palavra "coroa", como se ressaltasse o quão mais velho Mason é.

O militar estreita mais os olhos, mas não reage. Não até que o garoto segure meu braço, como se fosse me puxar para si.

— Não encosta nela — meu professor diz, com a ameaça queimando em seu tom.

— Já falei que esse assunto é entre mim e ela, coroa!

Dessa vez, quem se irrita sou eu.

— Não temos nada para conversar, Kyle. — Praticamente cuspo as palavras.

O garoto arregala os olhos, então olha de mim até Mason, demorando-se na minha mão apoiada no peito do militar. Isso é suficiente para sua ficha cair e ele levantar as mãos, como se estivesse se rendendo.

— Foi mal, não imaginei que realmente estivesse rolando algo entre vocês.

Gostaria de não ter sentido o desdém em sua voz, mas senti. Fico dividida entre negar que haja algo, afinal foi o que Mason decidiu, e confirmar só para tirar a expressão debochada do rosto dele.

Mason decide por nós dois, no entanto.

Ele envolve a minha cintura com um dos braços e puxa meu queixo com a outra mão. Seu polegar roça na minha pele, fazendo uma carícia.

Então, volta a falar com o *quarterback*, sem nem ao menos se dar ao trabalho de olhar na direção dele.

— Agora já sabe que ela é *minha*.

Não sei quem fica mais estupefato, Kyle ou eu.

Só sei que "ser dele" parece ser a coisa certa.

Mason entrelaça nossos dedos e me puxa para fora de casa, guiando-me até seu carro.

Antes de abrir, encosta-me à porta e toma a minha boca em um beijo curto, porém intenso, possessivo.

— *Minha*.

Sou.

CAPÍTULO 25

Mason Reed

Aperto mais o volante, tentando controlar a minha raiva. Não sei como consegui não socar a cara dele naquele momento. Acho que foi pelo receio de assustá-la.

Mas não importa mais.

Agora ele e todos os outros abutres sabem que ela é *minha*. Só minha.

Estaciono à entrada da minha garagem e a vejo levar a mão à maçaneta da porta.

— Não ouse, Lilian — declaro, antes de sair e dar a volta para abrir para ela.

A loirinha aceita a minha ajuda para descer da caminhonete e continuo a segurar sua mão enquanto caminhamos até a entrada.

Atticus se agita com a presença dela e dou a eles um momento para se cumprimentarem. Minha garota acaricia o pelo do cachorro, enquanto ele abana o rabo; mais empolgado do que o normal.

— Certo. Agora chega — anuncio, voltando a segurar a mão dela.

Lilian dá uma risadinha e acena para o cachorro, que late, contestando.

— Vá dormir, Atticus — ordeno e a puxo para o quarto, trancando a porta atrás de mim para que ele não a abra com a pata no meio da noite.

— Eu estava com saudades dele — ela confessa, assim que ficamos a sós.

— Nós também estávamos — admito.

— Você não queria isso há três dias.

— Isso? — pergunto, cercando-a como um predador.

Ela dá um passo para trás e depois outro.

— É... *Isso*... — Gesticula com um dedo entre nós.

— Eu sempre quis... *isso* — utilizo a mesma palavra, repetindo seu gesto.

— Mas...?

— Mas não achava que tinha direito de estragar a sua vida.

Ela franze a testa, mas não pergunta o porquê. Lá no fundo, ela sabe.

— E agora? — sussurra.

— Ainda acho que vou estragar a sua vida — admito.

— Mason...

Toco seus lábios, calando-a.

— Mas já fui burro o bastante para abrir mão uma vez. Não o farei de novo, Lilian. Só tem uma possibilidade de eu me afastar e é você me pedir para ir embora.

— Você iria se eu pedisse?

— Eu faria qualquer coisa que você pedisse, Meu Lírio.

Ela me fita com tanta intensidade que consigo sentir seu corpo vibrar.

— Qualquer coisa?

— Sim.

— Então fica. É tudo o que eu quero. Que você fique.

— Estou aqui — respondo, incapaz de prometer que ficarei para sempre.

Estou ciente de que seria uma promessa em vão, pois dentro de alguns meses eu voltarei ao Exército e só Deus sabe para onde me enviarão. Ainda assim, não chego a tocar no assunto. Não agora. Não ainda.

Seguro seu rosto e encosto nossas testas.

— Eu estou aqui, Meu Lírio.

— E é meu?

— Tanto quanto você é minha.

Não sei quem encurta primeiro a distância entre nós, mas logo estamos nos beijando tão intensamente que seus gemidos reverberam pelo meu próprio corpo, como se fôssemos a extensão um do outro.

Deito-a na cama com cuidado, mesmo que a minha vontade seja empurrá-la e fodê-la com força até perder o controle.

Essa noite, no entanto, serei gentil.

Apoio um joelho no colchão e deslizo as pontas dos meus dedos por todo o corpo esguio.

— Não precisamos fazer nada — aviso.

— Não ouse me deixar chupando o dedo, Professor!

Rio baixinho com a afronta. Essa garota acaba com o meu juízo.

Passo um joelho de cada lado do corpo dela e monto em cima, apoiando o meu peso neles, e me inclino para lamber a boca carnuda. Desço roçando a ponta da língua por seu pescoço, marcando-a com a minha saliva.

Continuo o caminho pelo decote redondo, finalmente tocando a pele de seus seios. Mas isso é muito pouco.

Enfio as minhas mãos por baixo do *cropped* que veste e o puxo para cima sem cerimônias.

— Com pressa, Professor?

— Afrontosa você, não, senhorita Nevill? — respondo à provocação.

Ela levanta um pouco o tronco e coloca as mãos para trás, livrando-se do sutiã.

— Você nem imagina o quanto eu ainda pretendo afrontá-lo.

Seguro suas mãos acima de sua cabeça, dominando-a.

— Estou contando com isso, Meu Lírio — murmuro roçando nossas bocas.

Mordo seu lábio inferior e giro com ela, deixando-a por cima. Ela monta no meu corpo, com as pernas abertas. A saia sobe e ela senta bem em cima da minha ereção. Meu jeans roçando contra sua calcinha.

Subo as mãos calejadas pela lateral do corpo delicado, encantado pelos seios pesados, que balançam de leve conforme ela treme sob o meu toque. Deslizo até encaixar as minhas palmas nos dois montes fartos, confirmando que não cabem por inteiro ali, por mais que eu tenha mãos grandes.

— Tão gostosa, Meu Lírio.

Ela fecha os olhos e geme quando aperto os mamilos rosadinhos entre os meus dedos, em um leve beliscão. Aperto a carne macia, encantado. Preciso vê-los saltando. Seguro-a pela cintura e levanto meu quadril, fazendo-a pular como se cavalgasse no meu pau. Algo que eu espero que ela faça muito em breve.

— Mason! — grita, de susto, mas logo se torna um choramingo de prazer.

Além de fazer seu quadril saltar, esfrego a minha ereção em sua calcinha.

— Acho que encontrei a minha visão favorita no mundo — afirmo, secando a forma como os seios pesados balançam no ar.

Paro o movimento e volto a girar com ela pela cama, voltando a ficar por cima.

Afasto suas pernas com as minhas coxas e a rendo embaixo do meu corpo. Dessa vez, abaixo e abocanho um dos mamilos, sem deixar de encará-la um segundo sequer.

Lilian fecha os olhos e geme. Paro de sugá-la.

— Já disse que a quero olhando nos meus olhos enquanto te dou prazer, Lírio. Não me faça pedir novamente — alerto.

Ela me chama de mandão, mas volto a sugar o pontinho sensível com tamanha intensidade que a palavra se esvai em seus lábios.

Minha garota quase vai à loucura, lutando para não fechar os olhos, enquanto aproveito os seios mais lindos do Universo. Mas quando beijo sua cintura, seu gemido aumenta consideravelmente.

Parece que descobri um ponto sensível. Lambo a curva delicada, sentindo-a tremer embaixo de mim. Quando mordisco ali, ela praticamente grita, implorando para fodê-la.

Puxo sua saia e a jogo para trás, dando de cara com uma calcinha minúscula de renda preta.

— Por que você vestiu essa calcinha, Lilian? — pergunto, lembrando-me da lingerie de algodão simples que ela usava no outro dia.

Seu sorriso é tão bonito que quase esqueço o sentimento ruim que me consome nesse momento.

— Com ciúmes, Professor?

Franzo a testa, respirando forte pelo nariz.

Minha garota levanta o tronco, apoiando-se em um dos cotovelos, e estica a outra mão para tocar meu rosto.

— Acho que inconscientemente, eu a vesti para você.

Beijo a palma da mão suave, sentindo-me relaxar um pouco.

— Vou fazê-la gozar sem tirá-la, então — anuncio.

Ainda com os lábios em sua palma, puxo a calcinha para o lado e a penetro com dois dedos, socando de uma só vez.

Seu gemido é um convite a explorá-la ainda melhor.

Afasto bem suas coxas e vejo a fenda rosada, brilhando de excitação. Tiro os dedos e os levo até a boca para provar seu sabor. Sugo tudo e então volto a penetrá-la com eles, brincando com meu polegar em seu clitóris.

Lilian responde tão rápido aos estímulos que temo que goze nos meus dedos como da outra vez. Sem querer perder seu líquido precioso, decido mudar de posição.

Apoio uma de suas pernas no meu ombro, vendo-a me observar, intrigada. Quando repito o gesto com sua outra perna, ela me questiona.

— Mason?

— Confia em mim, Meu Lírio.

Seguro-a forte e levanto seu quadril até levar sua boceta à minha boca. Um gritinho de surpresa preenche o quarto, mas assim que sugo sua carne sensível, ela relaxa.

Deixo a minha língua invadi-la, exigindo cada gota da lubrificação que a havia encharcado.

Minha garota treme quando a chupo como se sua boceta fosse uma fruta suculenta. Enfio dois dedos novamente em sua abertura e concentro os movimentos da minha língua no nervo pulsante.

Olho para baixo, encontrando-a de olhos fechados.

Afasto meus lábios só o suficiente para chamar seu nome.

— Lilian! O que eu disse?

Os olhos verdes, agora quase injetados de tanto tesão, se arregalam.

— Isso. Boa menina. Goza na minha boca enquanto olha nos meus olhos, Meu Lírio.

Volto a socar a língua na boceta apertada e ela imediatamente começa a gemer. Sinto o gosto de seu mel invadir as minhas papilas gustativas e me deixo levar, acelerando ainda mais.

Lilian goza tão forte que suas pernas tremem em espasmos. Adoraria comê-la assim, enquanto ainda está envolvida no primeiro orgasmo, só para saber se consigo levá-la ao segundo em um espaço tão curto de tempo.

Mas vejo como suas pálpebras pesam, então me deito ao seu lado, puxando-a para meu peito.

— Mas, e você? — pergunta, em meio a um bocejo.

— *Shhh*. Eu estou exatamente onde quero estar, Meu Lírio — digo, acariciando suas costas nuas.

Sinto meu corpo latejar, como se ainda conseguisse sentir os resquícios do orgasmo delicioso que a boca do Mason me proporcionou ontem à noite.

Adormeci em seus braços fortes, tremendo devido à intensidade do momento.

Estico meu braço, querendo senti-lo novamente, mas encontro a cama vazia. O som do chuveiro sendo ligado termina de me despertar.

Olho ao redor, notando a penumbra. Poucos raios solares passam pela cortina, indicando que ainda é bem cedo.

O som da água escorrendo me deixa curiosa. Até o momento só vi Mason sem camisa. Pelo volume que senti em sua calça, imagino que seja grande; e grosso. Mas não tenho ideia da dimensão.

Chuto as cobertas e me levanto, ainda vestindo a calcinha de renda babada com meu gozo e a saliva dele. Mason havia encostado a porta do banheiro, mas não trancado.

Sinto-me envergonhada, mas um lapso de coragem me faz abri-la. Vejo-o de costas, com a cabeça bem embaixo da água. Ele não percebe a minha aproximação até que toco em seus ombros.

O militar vira de uma só vez, segurando meu braço e me prende contra a parede. Seus olhos parecem fora de órbita, mas quando me reconhece ele me solta imediatamente, dando um passo para trás.

— Perdão, Lírio — murmura, esfregando o rosto. — Me perdoa! Eu...

— Você se assustou — concluo, aproximando-me novamente. — É compreensível. Invadi sua privacidade, me perdoa...

Ele toca meus lábios com o polegar, calando-me.

— Só eu tenho de pedir perdão aqui.

Acaricio seu rosto com cuidado, deixando minhas mãos passearem pela pele marcada pelo sol. Algumas pequenas cicatrizes se espalham por ali, escondendo-se embaixo da barba que ele sempre mantém bem aparada.

Mason fecha os olhos sob meu toque e me deixa explorá-lo. Massageio seus ombros largos, deixando meus dedos trabalharem nos nós na base de seu pescoço.

Dou um passo para trás para poder vê-lo melhor. O corpo do homem parece esculpido. Os músculos são reais, definidos pelo trabalho duro, as pernas cobertas de uma penugem e as coxas mais fortes que já vi na vida.

Seu pau, já ereto, parece sofrer um espasmo e ficar ainda mais duro diante da minha atenção. É ainda maior e mais grosso do que eu tinha imaginado. Nem com as duas mãos conseguiria cobri-lo por inteiro. Deve ter pelo menos 20cm... Eu diria 21, aliás.

Consigo força de vontade suficiente para desgrudar os olhos do membro, subindo pelo tronco forte, onde uma marca avermelhada chama a minha atenção.

Lembro-me da cicatriz que praticamente divide seu peito ao meio, mas agora me permito observá-la atentamente.

— Parece mais grave do que é.

— Jura? — pergunto, levantando a sobrancelha.

Ele sorri de lado e confessa a pequena mentira.

— Não. Foi bem ruim mesmo.

— Mas tem algum...

— Risco? Não. A recuperação foi dolorosa e lenta, mas não sinto mais nada.

Continuo a olhar, hipnotizada.

— Posso tocar?

— Se você quiser...

— Quero.

Encosto as pontas dos dedos no início da marca e as deslizo para baixo, sentindo cada pequena elevação. Não cicatrizou perfeitamente, mas pelo tamanho do corte isso nem me parece possível.

— É feio, não é?

— Não. Na verdade, eu acho lindo.

Olho no fundo dos olhos castanhos, notando-o franzir a testa.

— Essa cicatriz significa que você sobreviveu e por isso está aqui comigo. Sou grata a ela.

Inclino-me para frente e trilho um caminho de beijos pela marca avermelhada.

Quando termino, Mason toca meu rosto, fazendo-me encará-lo. Assisto seus olhos se dilatarem com devoção.

— Meu Lírio...

Nossas bocas se encontram ao mesmo tempo em que ele me prensa contra a parede. A água ainda lava nossos corpos, mas agora estamos mais preocupados em nos devorar.

Ele me levanta e enrosco as pernas ao redor do quadril ligeiramente mais estreito do que o tronco. Sua boca desliza pelo meu pescoço e gememos juntos quando nossas intimidades se roçam.

O homem esfrega o nariz pelo lado do meu pescoço, farejando-me como um animal, então suspira pesado e me coloca de novo no chão.

Abro a boca para reclamar, mas ele pousa o indicador ali, calando-me.

— Tenha calma, Meu Lírio — murmura e sela meus lábios com os dele.

Mason pega o sabonete líquido e esfrega toda a minha pele, dando-me um banho demorado e delicioso. Quando termina, ele me seca com uma toalha macia e então me carrega até a cama, onde me deita, nua.

O homem segura a minha perna e beija a sola do meu pé, roçando os dentes na curva, fazendo-me sentir cócegas. Sua boca segue pela parte interna da minha perna até alcançar a minha coxa.

Gemo em antecipação, já prevendo a sensação de ter sua boca novamente cobrindo a minha boceta. Mas é ainda mais delicioso do que a lembrança.

Mason não tem pressa em me devorar, apesar do pau inchado que continua tão duro quanto antes.

Sinto sua língua me abrir, enquanto as mãos grandes apertam as minhas coxas, quase as marcando. Quando o orgasmo chega, dou um gritinho que o faz tirar o rosto do meio das minhas pernas para me encarar, sorrindo.

O homem fica ereto e segura o pau, chamando-me com a outra mão. Fico de joelhos na cama e engatinho até a ponta.

— Agora, sim, Meu Lírio — diz, envolvendo meu cabelo molhado com uma das mãos.

Ele puxa os fios, fazendo-me inclinar a cabeça para trás, então ordena:

— Chupa.

Mason Reed

Minha garota arregala os olhos, mas não decepciona.

Primeiro ela lambe a minha glande, engolindo a gota de líquido pré-ejaculatório que escapa dali.

Quando abocanha a ponta do meu cacete, chego a trincar os dentes para controlar a forma como meu corpo chacoalha de tesão. A boquinha delicada desliza pelo comprimento, mas não dá conta de chegar à base. Tudo bem. Sei que sou grande.

Deixo-a se acostumar ao diâmetro do meu pau, chupando em seu próprio ritmo, até que a sinto relaxar a garganta. Seguro mais forte nos cabelos úmidos e só então começo a guiar o movimento, fodendo a boquinha gostosa.

Meu Lírio se empolga e deixa os dentes roçarem de leve, mas isso só me causa mais tesão. Puxo mais forte seus cabelos para que pare o movimento, pois preciso me controlar para não gozar.

Quando a deixo retomar o ritmo, ela assume e chupa como se a minha rola fosse um sorvete delicioso.

— Chega, Meu Lírio — murmuro, puxando novamente seus cabelos para fazê-la parar.

Abaixo e beijo a boca inchada, sugando seus lábios gostosos, onde consigo sentir meu próprio gosto.

— Pronta? — pergunto, oferecendo a possibilidade de recuar.

A loirinha morde meu queixo e lambe a minha boca, encarando-me com o olhar mais sensual que eu já vi na vida.

— Sim.

Afasto suas coxas com as minhas e me inclino sobre seu corpo, sentindo o calor de sua virilha enquanto me estico para alcançar a gaveta da mesa de cabeceira, de onde tiro um pacote de camisinhas.

Rasgo-o com os dentes e visto ainda pairando sobre o corpo pequeno, sentindo suas mãos macias massagearem as minhas costas. Já com a proteção no lugar, seguro a cintura fina e a penetro em um impulso, parando mais ou menos quando a metade do meu pau a preenche.

Minha garota solta um gritinho, que logo se transforma em um gemido profundo. Deixo-a se acostumar ao meu tamanho, mexendo um pouco o quadril, em movimentos circulares.

Lilian arranha as minhas costas, seu corpo implorando por mais. Abaixo mais para reivindicar sua boca e a beijo com veneração, enquanto penetro mais e mais.

Quando toda a minha extensão entrou na fenda pequena, solto um gemido. Não costumo ser barulhento, embora goste de ouvir os gemidos, mas simplesmente não consigo evitar.

— Tão apertada — digo, tremendo, tamanha a força que preciso fazer para não gozar.

Encosto nossas testas e capturo seu olhar, saindo da boceta gostosa só para meter de novo. E de novo. Tento ser delicado, mas a vontade de fodê-la é tão grande que me vejo socando forte. Interrompo o movimento, ofegante, para me certificar de que não a estou machucando, mas antes que pudesse questionar, minha garota implora:

— Não para!

Solto um grunhido por saber que ela está preparada para tudo o que quero dar. Seguro firme na cintura delicada e lambo seus lábios, sem desviar o olhar.

— Nunca, Meu Lírio.

E então a fodo de verdade, socando até ouvi-la gritar meu nome e gozarmos juntos.

CAPÍTULO 26

Lily Nevill

Quando acordo pela segunda vez, sinto imediatamente o cheiro de café fresco e panquecas. Espreguiço-me e empurro as cobertas, com preguiça de vestir a roupa de ontem.

Decido procurar algo mais confortável no *closet* dele. Não é muito grande, mas todas as roupas estão tão perfeitamente dobradas e organizadas que chega a sobrar espaço. Parece o lado da Hailey no nosso guarda-roupa.

Pego uma camiseta em uma pilha com várias iguais e ela fica como um vestido no meu corpo. Passo no banheiro para escovar os dentes, surpreendendo-me ao ver que ele deixou a escova que havia me dado na semana passada dentro do pote, junto com a dele.

Cada pequena atitude como essa vai me deixando ainda mais na dele, mesmo que ainda não esteja disposta a admitir em voz alta que estou apaixonada.

Mason está terminando de montar uma pilha de panquecas, que cobre com mel e *blueberries*, minha fruta favorita.

— Bom dia! — diz, sem se virar, como se tivesse sentido a minha presença.

— Bom dia! Gosto de panquecas — anuncio.

— Imaginei que sim — responde, virando para mim.

Seus olhos se demoram no meu corpo, analisando a camiseta que chega à metade das minhas coxas. Sua expressão é de apreciação.

— Peguei no seu *closet*. Tudo bem?

— Você pode pegar qualquer coisa por aqui, Lírio.

Ele encolhe os ombros e sorri de lado, encostando o quadril na pia para me observar melhor.

— De qualquer modo, o uniforme fica muito melhor em você.

— Uniforme?!

— De treino.

— Tinha um monte igual e eu pensei que você apenas gostasse...

— De camisetas verde e marrom?

Faço uma careta, envergonhada e ele realmente sorri. Com os dois cantos da boca! Isso é quase um milagre.

Mason anda na minha direção, com aquele gingado de predador que sempre me deixa excitada. Dou um passo para trás, esbarrando na mesa, onde ele me prensa.

— Só gostaria de saber uma coisa, senhorita Nevill.

— Sim, Professor?

— O que você está vestindo por baixo da minha camiseta?

Abro um sorriso descarado e espalmo as mãos em seu peito, empurrando-o de leve.

— Conto só depois de comer. Meu estômago está implorando por panquecas.

Ele pisca para mim e parece ter concordado, mas quando passo ao seu lado, desfere um tapa na minha bunda.

— Mason! — exclamo, rindo.

— Sabia que não estava usando nada — declara, convencido.

O homem brincalhão à minha frente nem parece o professor estressado que me fez passar raiva no primeiro dia de aula.

A expressão "ficar de preguiça" nunca fez tanto sentido. Até Atticus parecia só querer descansar. Em toda a minha vida, nunca pude viver momentos assim, em que apenas optamos por não fazer nada.

Jay sempre foi festeiro, então não chegamos a passar muitos finais de semana só nós dois. Acho que se aconteceu uma ou duas vezes foi muito. Sempre tinha bastante gente por perto ou estávamos circulando da casa de um amigo para a de outro.

Antes dele também não costumava ter finais de semana realmente de folga. Os ensaios e apresentações de balé nunca foram um problema para mim, mesmo que fossem desgastantes. Mas eu amava dançar. O chato mesmo era lidar com os eventos dos meus pais.

Sempre tínhamos algum jantar de negócios ou festa beneficente para comparecer. Sempre tínhamos que estar perfeitamente vestidas, impecáveis.

Minha mãe ficaria horrorizada se me visse agora, deitada no colo do Mason, vestindo sua camiseta surrada e assistindo televisão.

Já ele parece confortável acariciando a minha coxa, como se fosse algo corriqueiro nós dois estarmos assim.

Até começa a parecer que é...

Mason Reed

Não chegamos a combinar o que faríamos. Ela apenas foi ficando na minha casa de sexta para sábado, então até domingo. Mas no início da noite, veste suas roupas da festa de sexta-feira após tomarmos banho juntos.

— Não vai dormir aqui? — pergunto, sentindo um aperto estranho no peito.

— Preciso de roupas para ir à faculdade amanhã.

Quero argumentar que podemos só buscar algumas peças e voltar, mas também tenho receio de soar invasivo. Talvez ela queira dormir em sua própria cama.

No caminho para o sobrado, percebo que ela não consegue parar de mexer as mãos, um sinal claro de ansiedade. Lilian tem muito disso. Chacoalhar as pernas, mexer as mãos. São sintomas de que algo a está incomodando.

Viro o volante e encosto o carro no meio-fio.

Ela olha para fora e vejo pelo reflexo no vidro que franze a testa.

— Onde estamos?

Seguro uma de suas mãos e a levo até os meus lábios, chamando sua atenção.

— O que houve, Lírio?

— Nada.

Levanto uma das sobrancelhas, deixando claro que não acredito que nada a esteja incomodando. A garota evita meu olhar, mas acaba se abrindo.

— O que acontece a partir de amanhã, Mason?

Beijo novamente sua mão antes de responder:

— O que acontece é que continuamos exatamente de onde paramos. Nem um passo para trás. Recuar não é uma opção, soldado.

Ela me abraça e esconde o rosto na curva do meu pescoço. Beijo o topo de sua cabeça, enquanto faço carinho em suas costas.

— Quer mesmo ficar na república?

A loirinha demora uns instantes, mas nega com a cabeça.

— Ótimo! Vamos pegar suas coisas e voltar para casa.

Só muito tempo depois eu me dou conta de que me referi a "casa" como não sendo apenas minha.

Na manhã seguinte, acordo antes do sol nascer, saio para a minha corrida matinal, depois levo Atticus para fazer suas necessidades e por fim preparo o café da manhã, tudo antes de acordá-la.

Lilian dorme como um anjo, com os cabelos loiros espalhados pelo meu travesseiro. Ajoelho no chão, ao lado da cama e a observo por um instante, tentando capturar a beleza dessa cena na minha mente. Não tiraria uma foto, pois não gostaria de correr o risco de qualquer outra pessoa ver algo que é somente meu. Somente nosso.

Estico a mão e desenho o contorno do corpo esguio sem realmente tocá-la, só pairando sobre sua pele.

A minha vontade é acordá-la com a minha boca sugando seu mel, mas me contenho em admirar a beleza estonteante.

— Está fazendo *cosplay* de Atticus? — diz, sem nem ao menos abrir os olhos.

— Você me comparou com o cachorro? — pergunto, indignado.

A garota gargalha, ainda de olhos cerrados.

— Talvez?

Mordo o ponto sensível em sua cintura e ela se contorce, rindo mais ainda.

— Atticus é que costuma ficar no chão me olhando dormir — explica, finalmente revelando as duas esmeraldas brilhantes.

Adoro ver seus olhos assim. Vivos.

— Alguém está muito saidinha para uma manhã de segunda-feira.

— Estou, é? E o que você fará a respeito?

Antes que ela pudesse sequer notar o movimento, viro seu corpo e desfiro uma sonora palmada em suas nádegas.

Lilian dá um gritinho, ainda gargalhando, então dou outro tapa.

É claro que não uso força. Jamais a machucaria. Uso a técnica de anos de artes marciais apenas para fazer a leve palmada soar alta, mesmo que indolor.

O que acontece a seguir, surpreende tanto Lilian quanto a mim.

Atticus invade o quarto e por pouco não me morde. Pela primeira vez em oito anos de convivência, o cachorro mostra os dentes para mim.

Sabendo da letalidade do meu cachorro, eu levanto as mãos lentamente para chamar sua atenção.

— O que houve? — Lilian pergunta, chocada.

— Ele está protegendo você — sussurro sem mexer muito os lábios, para que o pastor continue focado em minhas mãos, que abaixo devagar.

— Calma, amigão. Eu não a estava machucando — digo, encarando-o.

O cachorro deixa de mostrar os dentes, mas continua em posição de alerta.

— Ei, garoto — a loirinha chama, estendendo a mão para tocá-lo.

— Não! — alerto, com medo de que ele a morda, mas o safado abana o rabo e esfrega o focinho na mão dela para ganhar carinho. Levantando do chão, resmungo: — Seu vendido!

Mais tarde, meu companheiro parece se atentar ao fato de que mostrou os dentes para mim e passa todo o tempo até irmos para a faculdade se esfregando nas minhas pernas, envergonhado.

Não que eu esteja irritado. Gostei de saber que ele a protegerá quando eu não estiver mais aqui.

Causa-me até um pequeno alívio.

Pequeno, pois, pela primeira vez na vida, voltar ao Exército não me soa como voltar para casa.

CAPÍTULO 27

Lily Nevill

Chegamos mais cedo do que o necessário. Mason não chega a dizer o porquê, mas desconfio que queira evitar que muitas pessoas nos flagrem.

Não posso culpá-lo. Da última vez as coisas saíram tanto do controle que aquele babaca me seguiu pela rua.

Assim que ele estaciona, faço menção de sair, mas o homem segura meu braço, fazendo-me olhar em sua direção.

— Entenda de uma vez por todas, Lilian: eu abro a porta do carro.

Mordo as bochechas para controlar um sorriso e aceno, concordando.

Ele desce e dá a volta, abrindo para mim. Seguro a mão que estende para me ajudar a descer e fico parada enquanto fecha meu casaco para me proteger do vento que vem esfriando bastante nos últimos dias.

Gostaria de beijá-lo, mas contenho o impulso, ciente de que isso seria ir muito além.

Não há muitas pessoas ao redor, mas se o objetivo dele era ser discreto ao chegar mais cedo, acredito que tenha falhado na missão a partir do momento em que apoia a mão nas minhas costas e me guia para dentro do prédio.

— Até daqui a pouco — murmuro, ganhando apenas um olhar cúmplice em resposta.

Tudo bem. O que eu esperava?

Que ele me dissesse: Até depois, amo você.

É... Talvez eu esperasse isso mesmo.

Passo na cafeteria para ver as meninas.

— Bom dia, estranha! — Paige me cumprimenta, encostando-se na cadeira.

— Pelo visto, alguém aproveitou bem a minha festa — Cathy comenta, com um sorriso travesso.

Sinto as minhas bochechas queimarem com a insinuação.

— Vocês são insuportáveis, sabiam disso? — Hailey me defende, piscando para mim.

Quando finalmente entro na sala, sigo para a primeira fileira, onde sei que ele gosta que eu me sente. Noto uma sacola de papelão com a palavra "Lírio".

Viro em direção à mesa dele, encontrando seu olhar intenso. Nem preciso abrir para sentir o aroma. *Muffin* de *blueberry*.

Sorrio e me sento leve e feliz, como há muito não me sentia.

No dia seguinte, ele também deixa algo em cima da "minha mesa". Dessa vez, é um café *mocca* com *chantilly* extra.

Enquanto desfruto a minha bebida quentinha, fico completamente obcecada por observar a forma como ele se move enquanto dá a aula.

Mason é grande. Muito grande. Mas seus gestos são leves, quase ensaiados. Parecem uma coreografia rústica, bruta, que combina perfeitamente com a sua postura de macho alfa.

Já havia passado metade da aula, quando ele me encara com uma sombra de sorriso que só pode indicar que estou em apuros.

— Você concorda, senhorita Nevill? — pergunta em voz alta, fazendo todos os alunos se virarem para mim.

Pilantra. Ele sabia que eu não estava prestando atenção.

Arregalo os olhos e arranho a garganta, pensando em como escapar dessa situação.

— Se é o que o professor alega, só posso concordar — digo, finalmente, correndo o risco de me foder.

Ele poderia ter dito algo absurdo como "a Terra é plana" ou até mesmo um "viva a segunda emenda e o porte de armas". Nesse caso, eu estaria aqui concordando como uma otária sem nem ao menos saber.

Mason parece se divertir muito com o meu pânico. Vejo que quer me apertar mais, mas meu olhar assassino o faz recuar.

— Exatamente, senhorita Nevill. A globalização tem mesmo seus prós e contras.

Ufa. Não concordei com a defesa do fascismo ou invasão do capitólio.

Mason Reed

Dar aula com a minha garota me comendo com os olhos logo na primeira fileira é uma tortura que eu nem sei como consegui vencer.

A guerra foi fichinha perto do meu desespero, tentando controlar meu pau, que queria inchar a cada vez que ela me media. A safada ainda colocava a ponta da língua no maldito copo de café, como se me lambesse.

Nunca passei por tamanha provação.

Quando finalmente dispenso os alunos, sei que ela continuará no lugar. Conheço bem Meu Lírio.

Apoio as mãos na mesa, diante da sala, e abaixo a cabeça controlando a minha respiração. Só ao ouvir os últimos passos chegarem ao corredor é que levanto os olhos.

Lilian continua sentada na mesma carteira, com as pernas cruzadas me dando uma visão privilegiada das coxas finas e lisas. Todos os demais alunos já tinham saído e a porta estava encostada.

— Contente com seu feito, senhorita Nevill?

Um sorriso toma conta do rosto delicado e faz seus olhos brilharem.

— Qual feito, *Professor*?

Rio baixinho, indignado com quão afrontosa ela gosta de ser.

Endireito a postura e ando até ela, cercando-a como se fosse dar o bote. Abaixo e roço os lábios em sua orelha e praticamente rosnar:

— De me deixar de pau duro a *porra* da aula toda!

Ela tem a cara de pau de rir. Juro que só queria poder encher essa bunda de tapas bem dados.

— Só acredito vendo, Professor.

— Lilian... — alerto.

— Sim, Professor? — pergunta, fazendo a expressão angelical mais cínica que eu já vi.

— Não brinca com fogo se não estiver disposta a se queimar, princesa.

A garota se inclina para frente e apoia a mão na parte da frente da minha calça, bem em cima da minha ereção.

— Eu adoro uma boa fogueira.

Solto um gemido de tesão, que ela entende como um convite. Era mesmo um. Lilian desabotoa a minha calça e abre o zíper, puxando a cueca para baixo para libertar meu pau.

As veias do meu membro parecem ainda mais saltadas, tamanho o desejo de fodê-la. Foram duas horas controlando a excitação e falhando miseravelmente. Por isso, quando ela se inclina e lambe a pontinha eu quase sofro uma ejaculação precoce.

— *Porra*, Lilian!

— Senhorita Nevill — diz, deixando-me intrigado.

— Como é?

— Aqui na sala eu sou a senhorita Nevill e você é o professor Reed. — Ela tem a ousadia de me corrigir.

Passo uma das mãos por seus fios dourados e puxo o cabelo com força, fazendo-a me encarar.

— Ah, é?

— Sim — responde, toda abusada.

Decido entrar no jogo.

— Sim, o quê?

Ela demora apenas um segundo para entender o que quero.

— Sim, *senhor*.

— Boa menina — murmuro, ainda segurando seus cabelos com força. Uso a outra mão para acariciar seu rosto. — Agora, engole meu pau.

Não preciso ordenar uma segunda vez. Ela apoia uma das mãos no meu quadril e a outra na base do meu membro pulsante, enquanto suga a glande como se experimentasse um doce delicioso.

Aos poucos seus lábios deslizam até que sinto meu pau tocar sua garganta. Lilian faz um som de engasgo e afasta o rosto para puxar o ar. Deixo-a ter um momento antes de guiá-la para me abocanhar novamente.

Ela intercala entre lambidas, sugadas curtas na minha glande, enquanto me masturba, e chupadas profundas, em que deixa meu pau tocar sua garganta até quase engasgar.

Fecho os olhos, controlando a vontade de gozar em sua boquinha deliciosa.

— Não para, minha safada. Agora chupa olhando para mim.

Os olhos verdes se abrem, obedecendo-me. Adoro a forma como é aberta aos meus comandos quando estamos sozinhos entre quatro paredes, mesmo que passe a vida me afrontando em todas as outras situações. Adoro tudo a respeito dela. Tudo mesmo.

Seus olhos marejam quando engole meu pau, dessa vez me deixando realmente tocar sua garganta. O som de engasgo é ainda mais alto e eu poderia gozar imediatamente, mas quero que seja bom para ela também.

Saio de sua boca e ela resmunga.

— Quero engolir sua porra, Professor.

Juro que essa garota vai ser o meu fim. Fecho os olhos para controlar o espasmo e não derramar tudo de uma vez por todas.

Abaixo e beijo a boquinha inchada e vermelha.

— Hoje não, senhorita Nevill. Agora é hora de fazer a minha garota gozar.

Antes que ela pudesse reclamar novamente, levanto-a no colo e carrego até a minha mesa, onde a coloco sentada de pernas abertas.

Esfrego as mãos calejadas pela coxa levemente bronzeada, subindo seu vestido no processo. Chupo seu pescoço, contendo-me para não deixá-lo marcado.

Meus dedos afastam a calcinha para o lado. Nem preciso tocar sua boceta para saber que está babando. Seu tesão escorre entre suas coxas.

Puxo-a mais para a beirada ao mesmo tempo em que estoco dois dedos bem no fundo de sua intimidade pulsante. Lilian solta um gemido tão alto que eu me lembro de onde estamos e que qualquer som elevado pode chamar a atenção de quem passar em frente à sala. Afinal, nem ao menos trancamos a porta.

— *Shhh*. Sem fazer barulho, Meu Lírio — murmuro, roubando um beijo da boquinha gostosa que me chupou tão deliciosamente.

— O-O-Ok... — gagueja, tentando controlar a reação aos meus dedos, que continuo a mover em círculos dentro da boceta apertada.

— Boa menina — sussurro, então abaixo para abocanhar seus seios por cima da roupa mesmo.

Nem em um milhão de anos eu a despiria aqui, correndo o risco de alguém ver o que é *só meu*. Vou comê-la vestida, garantindo que a melhor visão do mundo seja unicamente minha para sempre.

Chupo o mamilo por cima do tecido e mordisco a carne farta, ao mesmo tempo em que uso meu polegar para estimular o clitóris inchado.

— Puta merda! — Lilian xinga baixinho quando seu corpo começa a tremer, prestes a gozar. — Preciso de você dentro de mim.

Sem parar, levo uma das mãos ao bolso de trás da calça e pesco minha carteira, desesperado por uma camisinha.

— Anda logo, Mason!

— Apressadinha — murmuro, mas ela me puxa pela camisa social.

— Me come agora, Mason Reed!

Quase gargalho ao notar o desespero da safada que me provocou a manhã toda. Adoraria torturá-la um pouco mais, mas a verdade é que nem sei como consegui me controlar até agora. Preciso de seu calor para gozar o mais rápido possível.

Visto a camisinha com pressa e a puxo pelo quadril, empalando-a de uma só vez.

— Isso! — grita. — Não para!

Uso a minha boca para abafar seus gritos, beijando-a enquanto nossos quadris se chocam, cada vez acelerando mais.

Embora ela seja apertadinha, está tão melada que quase escorrego para fora. Preciso soltar seus cabelos para usar as duas mãos em sua cintura para firmá-la no lugar.

Lilian segura nos meus ombros e fodemos tão forte que a minha mesa desliza pelo chão, acompanhando nosso ritmo.

Soco fundo, sentindo-a se abrir mais e mais a cada investida.

— Goza no meu pau, Meu Lírio — ordeno. — Agora!

Como se seu corpo obedecesse ao meu comando, ela fecha os olhos e se retesa, alcançando um orgasmo intenso. Não chego a precisar mandá-la abrir os olhos. Ela mesma nota que os havia cerrado e volta a me encarar, com a sombra de um sorriso safado brincando em seus lábios.

Gozo logo em seguida, enchendo a camisinha como se não transasse há meses, quando na verdade mal conseguimos ficar algumas poucas horas afastados.

Encosto nossas testas suadas esperando nossos corpos se acalmarem e a beijo sem pressa.

A cada dia tenho mais certeza de que ela nasceu para ser minha.

CAPÍTULO 28

Lily Nevill

Nos dias seguintes, a calmaria parece tomar conta de tudo. Continuamos nessa rotina. Mason não chega sequer a perguntar, ele apenas dirige até a república após a aula e me espera buscar uma muda de roupas antes de nos levar para sua casa, onde algumas das minhas peças já começam a se misturar às dele.

É simples, natural, confortável.

No parque, as duas senhoras que nos olharam com tanto desdém daquela vez continuam a nos encarar como se fôssemos uma aberração, mas passamos a andar de mãos dadas, sem esconder que não somos apenas conhecidos um do outro.

Fico tão bem, que acabo baixando a guarda e envio uma mensagem para minha irmã com meu novo número de telefone.

Depois disso, pouco a pouco volto a receber mensagens da minha mãe, cobrando pela minha ausência, e da senhora Porter, com fotos minhas e do Jay e perguntas constantes sobre quando vou visitá-la e se comparecerei à festa de aniversário dele.

No começo, as mensagens não são tão invasivas. Uma foto aqui, outra ali. Mas logo ela volta a tentar falar comigo três ou quatro vezes ao dia, o que volta a mexer com meu psicológico, deixando-me mais e mais ansiosa.

Estou na aula dele, umas duas semanas depois, quando meu celular toca dentro da bolsa. Eu tinha me esquecido de colocá-lo no silencioso.

Pego a bolsa e recuso a ligação, silenciando o aparelho o mais rápido possível, porém já esperando a bronca do "professor carrasco", mas ela não vem. Olho ao redor e percebo que todo mundo também parece esperar que ele diga algo.

A voz grave rompe o silêncio estranho, mas não para falar o que eu imaginava.

— Perderam alguma coisa? Voltem ao exercício — ordena e imediatamente os olhares desgrudam de mim e voltam para as folhas à sua frente.

Não deveria ficar contente por ele demonstrar publicamente sua "preferência" por mim, mas sua preocupação acalma a ansiedade que havia agitado meu peito ao ler o nome da minha ex-sogra na tela.

Ainda sinto o aparelho vibrar com pelo menos uma dezena de mensagens enviadas após eu recusar a chamada.

Não contente, Mason se aproxima e para na minha frente, batendo com o indicador na minha mesa para chamar a minha atenção.

— Tudo bem? — pergunta em um tom que só eu posso ouvir, encarando-me com a testa franzida.

Aceno pouco confiante e ele percebe. Noto a veia de seu pescoço se dilatar, como se duvidasse da resposta.

— Prometo — minto.

Ele sabe que menti.

Mason Reed

Nem sei como consegui conter a necessidade de pegá-la no colo e protegê-la tanto dos olhares curiosos, quanto do que quer que a tenha chateado tanto naquele maldito telefone.

Estou perto de imitá-la e atirá-lo pelo terraço, se isso significar que a minha garota não vai mais ficar assim.

Termino de juntar as minhas coisas, após uma reunião com a coordenação, e desço, na expectativa de que ela esteja me esperando ao lado do carro como nos outros dias.

Fico subitamente irritado ao ver que não.

Entro no carro, ainda puto, e faço a coisa mais ridícula que eu já me submeti a fazer. Envio uma mensagem.

Mason: Onde você está?
Lírio: *Estou bem, Mason. Prometo.*
Mason: Manda a localização.
Lírio: *Por quê?*
Mason: Você precisa teimar por tudo?
Lírio: *Você precisa dar ordens o tempo todo?*
Mason: Localização.

Esfrego as têmporas, imaginando que ela vai continuar com a discussão, mas o mapa surge na tela do *smartphone*, apontando o local.

Franzo a testa ao notar que é uma das praças do campus, que mais parece um parque. Ao estacionar lá, logo a vejo sentada na grama, sozinha. Algumas pessoas conversam, espalhadas aqui e ali.

— Queria ver o pôr do sol — declara assim que eu me aproximo, como se pudesse me reconhecer, mesmo que esteja de costas.

— Como...

— Acho que já conheço o som do seu andar — explica.

Sorrio de lado, mais uma vez impressionado com o quanto ela é perceptiva e inteligente.

— Tinha pensado em ir ao terraço, mas achei que alguém ficaria irritado — comenta, inclinando a cabeça para trás, para me ver.

— Muito.

Lilian sorri discretamente, então aponta com o queixo para o lugar ao seu lado. Olho ao redor, afinal, não estamos sozinhos. O parque é longe o suficiente do prédio de administração para que ninguém aqui nos conheça, mas ainda assim são alunos.

Ela abraça os joelhos e apoia o queixo, olhando para o horizonte. Lembro de suas palavras, dizendo que não precisa de alguém que a faça feliz, sim, que a deixe ser quem é até quando só precisa ficar em silêncio. O ponto aqui é que mesmo calada, ela quer companhia e eu acabei de rejeitá-la.

Então ignoro os alertas na minha cabeça, bem como o preconceito por parecer um adolescente, e apenas me sento no chão ao seu lado, apoiando os braços nos meus joelhos.

O movimento chama sua atenção e ela me encara de olhos arregalados, porém mais felizes do que dois minutos atrás.

— O que aconteceu, Meu Lírio?

— Nada — mente de novo.

Puxo uma de suas mãos e beijo a palma, gentilmente. Então a encaro, mais severo.

— Eu posso ignorar muita coisa, Lilian. Mas não minta para mim de novo.

Sua expressão se retrai, mas logo ela encosta a cabeça no meu ombro.

— Desculpa.

— Não precisa pedir perdão. Só não quero ficar no escuro quando o assunto é você. Tudo o que acontece me importa.

A garota suspira e pega o celular no bolso da calça, desbloqueando-o e apertando o *play* em um vídeo.

É uma filmagem de uma apresentação de balé. A imagem começa aberta, com várias bailarinas no palco. Reconheço-a antes mesmo do *zoom* ser acionado, fechando só nela.

Lilian dança como um anjo, suave, leve, perfeita, tanto em técnica quanto em emoção. É uma das coisas mais bonitas que eu já vi.

O vídeo termina e a encaro, sem entender o porquê de tanta tristeza por algo tão belo.

Ela fecha a imagem e a tela retorna para a conversa de onde a reproduziu.

Shannon Porter: *Nosso menino filmou isso. Ele adorava ver você dançar, minha querida.*

Shannon Porter: *Sentimos sua falta.*

Shannon Porter: *Volte para nós.*

Franzo a testa diante das mensagens. A mulher fala no plural, como se o filho estivesse bem ao seu lado, mas até onde sei, ele morreu em um acidente.

— É sempre assim? — pergunto.

Minha pequena volta a olhar para o horizonte, parecendo apenas a sombra da mulher alegre que acordou cantarolando e preparou o café da manhã vestindo a minha camiseta surrada do Exército.

— O tempo todo — diz, finalmente.

Isso me gera uma mistura de sentimentos que eu nem consigo expressar. Primeiro, a angústia por vê-la assim, tão triste. Segundo, uma vontade louca de poder assisti-la dançar daquele jeito, parecendo um anjo caído diretamente do céu para iluminar a minha vida. O terceiro sentimento é o mais intenso, por mais feio que isso possa soar. Ciúme. Um ciúme que me sufoca ao imaginar que talvez essa tristeza toda seja um indício de que ele foi o grande amor da vida da minha mulher.

Sentir algo assim já é horrível. Mas sentir ciúme de uma pessoa morta soa quase cruel da minha parte. Só não tão cruel quanto a sensação de que é simplesmente impossível superar alguém que nem está mais aqui.

Engulo em seco e a abraço, tentando consolá-la enquanto empurro a dor que começa a irradiar por toda a minha cicatriz. Quase como se esse medo pudesse realmente me infligir dor física.

CAPÍTULO 29

Lily Nevill

Queria que as mensagens não me afetassem tanto.

Por um lado, sinto uma angústia com a marcação cerrada da minha ex-sogra. Por outro, sinto-me culpada por esses sentimentos.

Ela perdeu o único filho e me recebeu em sua família, cinco anos atrás. Sei que devo gratidão e carinho pelos anos em que convivemos como se fôssemos para sempre ter um laço entre nós.

Adoraria poder falar com ela sobre Jay. Lembrar os momentos de felicidade, de seu sorriso incrivelmente lindo e da forma como ele conseguia transformar qualquer coisa simples em um evento especial.

Mas não é assim que acontece.

Shannon fala como se ele fosse passar pela porta a qualquer momento, o que desperta gatilhos que eu nem consigo começar a descrever. Além disso, ela não se contenta em partilhar a saudade. Ela suga a minha energia, como se qualquer sinal de felicidade pós-acidente fosse um crime.

Mostrar isso para Mason tira um pouco do peso que carrego nos meus ombros, mesmo que eu não consiga falar a respeito. Ele segura a minha mão e me acompanha pelo resto do dia, fazendo-me sentir melhor pouco a pouco.

Mas na manhã seguinte, percebo que alguma coisa havia mudado. Ele me toca um pouco menos, ele me olha um pouco menos. Só um pouco, mas é suficiente para despertar as trevas que começam a subir pelo meu peito, como uma praga que se alastra por baixo da minha pele.

À noite quando, ao invés de me seduzir com suas mãos quentes e seu corpo forte, ele apenas me abraça até achar que caí no sono, então sai do quarto, tenho certeza de que estraguei tudo.

Só não sei por quê.

Mason Reed

A certeza de que Lilian ainda ama Porter me consome de dentro para fora. Por isso, tento oferecer todo o meu suporte, sem forçá-la a me aceitar. Apenas entregando cuidado, atenção e carinho. Deixando-a livre para saber que pode ir embora quando quiser.

Ainda assim, isso não parece ser suficiente.

Meu Lírio anda triste, apagado. Pensando nisso, planejo algo que espero que seja o suficiente para resgatar um pedaço importante de sua vida.

Organizo tudo e a busco na faculdade na sexta-feira.

— Oi — diz, ao entrar no carro, parecendo envergonhada.

Seguro sua mão e beijo a palma, chamando sua atenção.

Os olhos de esmeralda da minha garota parecem tão tristes que chega a doer no meu peito.

Atticus escolhe esse momento para latir, anunciando sua presença no banco de trás. Pelo menos ele consegue tirar um sorriso verdadeiro daquele rosto tão lindo.

— Oi, garoto! — diz, esticando-se para passar a mão no cachorro.

— Vamos a um lugar — digo, estudando sua expressão.

— Acho que prefiro ir para casa.

Ela não especifica qual, mas pela forma como não alcança meus olhos ao dizer, imagino que se refira à república.

— Se você não gostar da surpresa, prometo levá-la para onde quiser.

Seu suspiro baixo me machuca ainda mais.

— Ok.

Lily Nevill

Mason não me tocou pelo resto da semana, embora tenhamos ficado juntos todos os dias. Na sexta-feira, já começo a me sentir um fardo. Como se ele não me abandonasse apenas por pena.

Não quero ser a caridade de ninguém. Muito menos a dele.

Se não puder tê-lo por inteiro, prefiro nem ficar por perto.

Por isso, decido que é hora de voltar para a república e terminar o que eu nem deveria ter começado.

Eu estava quebrada ao chegar a São Francisco, mas descubro que os cacos da minha alma ainda eram grandes naquela época. A mera ideia de não ter mais Mason por perto me estilhaça, dessa vez realmente em pedaços tão minúsculos que não sei se consigo colá-los de volta. Não faço ideia do que será de mim sem ele.

Vejo seu carro estacionado e entro antes que ele pudesse descer. Sei que prefere abrir para mim, mas não posso suportar seu cavalheirismo nesse momento.

Quando ele anuncia que vamos a um lugar misterioso, sinto a ansiedade crescer ainda mais.

Ele estaciona em frente a um prédio simples. Novamente me adianto, descendo antes de seu gesto gentil e evitando encontrar seus olhos a todo custo.

Mason deixa Atticus sair e pendura uma mala em seu ombro.

A grande mão é apoiada em minhas costas e me guia para dentro do prédio. Subimos juntos um lance de escada e, quando ele tira um molho de chaves do bolso, fico ainda mais intrigada.

— Onde estamos? — pergunto.

— Você já vai ver, Meu Lírio.

O apelido carinhoso é meu estopim.

— Você pode parar de me chamar assim?! Você deixou claro durante toda a semana que não me quer, então por que *caralho* me iludir com apelidos e gestos gentis?

Mason me observa com a testa franzida, enquanto Atticus late, angustiado pelos meus gritos.

— Não aguento mais isso — declaro e viro para ir embora, mas ele me puxa para si. — Me solta, Mason!

— Não.

— Que droga! — grito.

— Eu te chamo de Meu Lírio porque é o que você é. Como pode pensar que não a quero?

— Talvez porque você esteja me tratando como se eu tivesse uma doença contagiosa durante toda a semana?!

— O quê?!

— Você nem tem me beijado, Mason!

— Eu...

O homem parece não ter reação, pela primeira vez. Ele pisca algumas vezes e xinga baixinho.

— Eu só queria deixá-la livre para seguir seu coração.

— Do que você está falando?

Mason suspira e abre a porta, sem me soltar. Entramos juntos, com Atticus ao nosso redor.

Percebo onde estamos antes mesmo que ele acenda todas as luzes. Noto os espelhos por todas as paredes, as barras posicionadas em frente a eles e no meio do cômodo.

— Um estúdio de balé? — balbucio.

Ele acena, deixando a mala cair aos nossos pés.

— Eu quero vê-la feliz, Lilian. Como você estava naquele vídeo.

— Eu não danço mais! — afirmo, quase grosseiramente, desvencilhando-me de seus braços.

— Não aceito que você abandone algo que ama tanto quanto dançar. Você não precisa deixar nada para trás para recomeçar.

As palavras me atingem em cheio e meus olhos transbordam de dor.

— Nem o balé, nem seu amor. Não tem nada de errado em amar alguém que não está mais aqui.

— O quê?!

Viro-me, encarando-o com as sobrancelhas erguidas.

— Não quero que você se force a viver algo se ainda não superou o que passou. Não importa o quanto você encha o meu coração de uma alegria que eu nem sabia ser capaz de sentir. Eu prefiro deixá-la livre.

— Do que você está falando?

— Na segunda-feira, eu percebi o quanto você sente falta de Jason e...

— É óbvio que eu sinto falta dele. Era meu melhor amigo.

— Eu sei.

— Não. Não sabe. Você não pode agir como se fosse terminar comigo, e de repente me trazer a um estúdio de balé e dizer que eu encho seu coração de alegria. E aí do nada voltar a dar a entender que quer que eu vá embora!

— É óbvio que eu não quero que você vá embora. Eu sou louco por você!

— E eu por você, *droga*! — grito.

Atticus late ainda mais alto, agitado.

— Desculpa, garoto — murmuro, abaixando para acariciar seu pelo.

Mason faz o mesmo, coçando atrás da orelha do cachorro.

Nós nos encaramos, com o cão entre nós.

— Sempre vou sentir falta de Jay, mas eu estou exatamente onde e com quem eu gostaria de estar — digo.

Mason segura meu rosto e toca nossas testas. Ficamos em silêncio, acalentando o cachorro agitado e conversando apenas com nossos olhares. Quando Atticus finalmente parece se acalmar, o militar beija a minha testa, a ponta do meu nariz, meu queixo e então a minha boca.

Vou para seus braços, montando no corpo forte e me entregando ao beijo repleto de saudades. Uma de suas mãos acaricia as minhas costas e a outra sobe para meu cabelo, envolvendo os fios em seu punho, como se precisasse disso para ter certeza de que ainda estou aqui.

Imito o gesto, puxando seus fios curtíssimos e arranhando seus ombros por cima do moletom que veste. Gememos juntos, envolvidos na nossa bolha de paixão. Ele não diz que me ama. Nem eu. Mas a cada beijo é como se carimbasse as palavras nos meus lábios. Como se seu corpo falasse por si. O meu também.

Depois de um tempo, desgrudo nossas bocas e encosto a testa na dele.

— Você trouxe alguma sapatilha nessa sua mala? — pergunto, roçando nossos narizes em uma carícia.

Ele beija meu queixo e sorri de lado.

— Abra.

Engatinho até a mala e puxo o zíper, surpreendendo-me ao encontrar um kit completo de balé. *Collant*, meia-calça, sapatilhas, saia de cetim. Tudo.

Fico de pé em um salto, segurando tudo contra meu peito.

— Já volto — anuncio.

Quando retorno, Mason e Atticus estão sentados junto da parede de trás do estúdio, lado a lado. Escolho uma música no meu celular e a coloco para tocar nos alto-falantes.

Ando até o meio da sala e começo a me alongar, deixando a música guiar meus movimentos e me fazer relaxar.

Pouco a pouco me entrego à dança, sentindo um pedaço muito importante da minha alma voltar ao lugar. Isso preenche meu coração de paz.

Apoio uma das pernas na barra, alongando-me, e encontro o olhar dele pelo reflexo do espelho. Observando Atticus deitado ao seu lado e a forma doce com que me observa dançar, percebo que tenho tudo o que eu preciso bem aqui.

Tudo que eu sempre sonhei.

Espero que ele tenha entendido isso de uma vez por todas. Meu homem. Meu Mason.

CAPÍTULO 30

Observo Meu Lírio se mover como um anjo, dançando pelo estúdio. No vídeo, ela estava linda. Mas ao vivo, é absolutamente encantadora. Como se a cada giro jogasse um pouco mais de sua magia sobre mim.

Acredito que Atticus esteja sob o mesmo efeito, pois o cachorro permanece deitado, com os olhos vidrados nela.

— Parece que fomos rendidos, soldado — murmuro.

Meu fiel companheiro solta um muxoxo e tapa o focinho com as patas. Entendo perfeitamente a sensação.

Quando ela está em uma crise de ansiedade, costumo dizer que "eu a peguei", mas a verdade é que quem me pegou foi ela.

Nessa manhã, acordei disposto a deixá-la livre, mesmo que isso doesse mais do que um tiro de fuzil e queimasse mais do que estilhaço de mina.

Sentia a dor, mas nem sabia que ela estava ali até ouvi-la dizer que está exatamente onde gostaria de estar. O alívio em saber que é recíproco, mesmo que ela ainda não esteja pronta para se declarar, é como se tivesse tirado um peso do meu peito.

Luto uma batalha interna entre dizer o que nunca nenhuma outra mulher ouviu sair da minha boca e guardar esse segredo para mim. Afinal, quando eu partir, se ela não souber tudo talvez seja mais fácil me esquecer.

Talvez...

Acordo do mesmo pesadelo que tive inúmeras vezes ao longo dos meses. Estou no avião e somos alvo de um míssil. Wyatt consegue desviar, mas uma das asas é danificada. Tento trocar de lugar com meu piloto, mas ele dá um jeito de me derrubar antes de outro míssil atingir a aeronave militar.

O grito preso faz minha garganta arder. Mais uma vez assisti os últimos segundos de vida do meu amigo. Mais uma vez falhei com ele. Mais uma vez sobrevivi, enquanto ele deixou a esposa e dois filhos sozinhos no mundo.

Tateio, querendo sentir o calor da minha garota, mas me deparo com a cama vazia.

— Lírio? — chamo, imaginando que esteja no banheiro.

Quando não ouço resposta, levanto da cama às pressas e saio do quarto só de boxer, sem nem ao menos vestir uma camiseta.

— Lilian? — chamo novamente, mas minha dúvida é sanada rapidamente ao ouvir o som de louça batendo na pia.

Ela está com um grande fone de ouvido, dançando de um jeito que faz até a minha velha camiseta do Exército parecer sensual.

Desde que a levei ao estúdio pela primeira vez, ela voltou a incluir a dança em sua rotina. Nessa semana, eu a deixei lá duas vezes. E isso parece ter devolvido um pouco mais de sua alegria.

A garota dos olhos mais tristes que eu já vi, agora vivia com um brilho encantador ao seu redor, com uma luz própria tão ofuscante que nem precisa das estrelas.

Chego por trás e a abraço, rindo baixo ao ouvir o gritinho que escapa da boca perfeita.

— Meu Deus, amor. Que susto!

Acho que ela nem percebe o que falou, mas eu ouvi muito bem. Amor. Ela me chamou de amor.

— O café já está quase pronto.

Giro-a nos braços e a beijo com paixão, entrelaçando os dedos pelos fios loiros.

Lilian geme contra os meus lábios, mas se afasta, rindo, quando Atticus late atrás de nós.

— Não podemos fazer isso na frente das crianças.

— Crianças... É um idoso intrometido, isso sim.

Seguro minha mulher pelas coxas e a jogo por cima do meu ombro, andando de volta para o quarto.

— Mason, seu doido! Me coloca no chão! — reclama, rindo.

Desfiro um sonoro tapa em sua bunda descoberta, fazendo-a rir mais alto.

— Quem é Mason? — pergunto.

— *Hã*?

Dou outro tapa forte, fechando a porta com os pés ao passar, com ela ainda pendurada no meu ombro.

— Quem é Mason?

— Não é você?

Quando bato pela terceira vez, faz ainda mais barulho do que nas outras.

— Ok. Ok. Me coloca no chão, *amor*.

Aí está. De novo.

Deslizo-a pela frente do meu corpo, sorrindo de orelha a orelha.

— Queria ouvir isso, grandão?

Coloco seu cabelo para trás da orelha.

— Sim — admito.

A confissão desperta algo dentro dela. Lilian usa toda a sua força para me empurrar sobre a cama. Então a vejo rebolar, sem entender o que estava fazendo até que ela chuta a calcinha para longe.

Meu pau, que já estava acordado desde que a viu dançar na cozinhar, endurece ainda mais.

Minha mulher monta no meu corpo e esfrega a boceta na minha ereção. Sinto a minha glande entrar, tentando fodê-la, mesmo que a cueca ainda forme uma barreira entre a nossa pele.

Ela abaixa e lambe meu peito, mordiscando os dois mamilos, um de cada vez. A esse ponto já estou completamente ensandecido e descontrolado.

Seguro seus cabelos com tanta força que acho que ela vai reclamar, mas a garota sorri, provando que gosta. Abocanho um dos seios, por cima da camiseta mesmo, pois adoro a ideia de comê-la usando meu uniforme.

Suas mãos puxam a minha boxer para baixo, tão desesperada quanto eu para sentir o contato entre os nossos sexos.

Meu cacete quase a rasga no meio quando senta de uma só vez, deixando que a penetre até o talo.

Mordo os seios macios ainda por cima do tecido, ouvindo-a gemer de prazer e dor ao mesmo tempo. Uso a mão livre para segurar seu quadril e ajudá-la a subir e descer mais rápido.

Meu Lírio me cavalga com pressa, sem preliminares, sem rodeios, sem preocupações. É uma foda crua, rude, quase violenta, mas quando gozamos, juntos, posso dizer que foi a melhor transa da minha vida: só ela, eu e o nosso desejo incontrolável.

CAPÍTULO 31

— Tem certeza de que não quer pedir para alguém ficar aqui com você, Meu Lírio? — pergunto, preocupado em deixá-la sozinha.

— Absoluta. Atticus e eu temos um encontro marcado essa noite.

Como se conseguisse entender suas palavras, meu cachorro levanta e late.

Balanço a cabeça para o vendido. Bastou Lilian chegar que ele já adotou uma humana favorita. Aliás, mais uma. Na ordem de importância, com certeza, eu estou em terceiro lugar, sendo que Lilian e Hailey se revezam em primeiro e segundo.

Enlaço a cintura da garota que virou a minha vida perfeitamente ordenada do avesso e que me fez preferir um uniforme amassado do que um perfeitamente engomado.

Claro que apenas quando a roupa em questão está amassada no corpo dela.

A loirinha fica na ponta dos pés e beija meu queixo, apoiando as mãos no meu peito para me encarar.

— É perigoso?

— O que, Meu Lírio? — pergunto, colocando uma mecha de seu cabelo atrás da orelha delicada.

— Esse treinamento — murmura em um fio de voz.

Toco seu rosto com o polegar, acariciando de leve, enquanto penso em como responder sem assustá-la.

Periodicamente fazemos treinamentos de manuseio de armas, defesa pessoal, estratégia e alguns de sobrevivência. Esse último é um pouco mais radical e, portanto, perigoso.

São 48 horas de imersão, o que significa que ficarei incomunicável até domingo, quando volto para a cidade.

Mais do que isso, esse treinamento significa que o final da minha licença está próximo e, depois disso, só o Alto Comando poderá saber para onde eu serei designado.

— Não — minto.

— Sabe que consigo ler a mentira nos seus olhos não é, Mason Reed?

Sorrio de lado e roubo um beijo para calá-la.

— Volto domingo, são e salvo.

— Acho bom.

Escuto uma buzina, o que significa que o comboio chegou. Pego a mala no chão e a jogo por cima do meu ombro.

— A chave do meu carro está no aparador. Não se esqueça de trancar as portas, ok? — digo, beijando-a de novo.

Lilian concorda com a cabeça, mesmo que eu desconfie de que ela optará por pedir um carro de aplicativo em vez de usar o meu carro. Por via das dúvidas, sugiro outra opção.

— Se precisar de algo, ligue para Hailey ou Heyes.

É. Assim é melhor. No caminho para a base enviarei uma mensagem para o jogador e para o meu Raio de Sol, deixando-os a par.

— Atticus — chamo e o cachorro se coloca ao meu lado, imediatamente. — Você tem de cuidar dela, garoto. Entendeu?

Após seu latido, finalmente saio, fechando a porta de casa atrás de mim. Sei que as chances de acontecer algo errado são mínimas, mas por alguma razão meu peito parece apertado.

Será que é assim que vou me sentir todas as vezes que me despedir dela?

Lily Nevill

De pessoa que adorava ficar sozinha, eu me tornei quase uma viciada na companhia dele.

Talvez por ser uma presença confortante e, muitas vezes silenciosa, mas a verdade é que estudar, ler ou fazer qualquer outra coisa sem tê-lo por perto se tornou desagradável.

É por isso que, no domingo à tarde, decido ir até o campus para buscar algum livro na biblioteca e aproveitar para passear com Atticus.

Mason não mora na cidade universitária, mas não deve dar mais do que uns vinte e poucos minutos de caminhada e podemos passar pelo parque na volta.

Não temos aulas aos finais de semana, mas acontecem algumas atividades, então nunca é completamente vazio. Pelo menos, eu achei que não.

Neste dia, está um pouco mais deserto do que eu esperava, mas ainda passo por um aluno aqui e outro ali.

Ao chegar ao prédio da biblioteca, amarro Atticus na lateral, em uma barra metálica daquelas usadas para prender bicicletas.

— Desculpa, garotão. Prometo que vai tomar apenas cinco minutos, ok? — sussurro, acariciando seu focinho.

Ele parece irritado por ficar preso, mas não late quando me afasto.

Por um instante, sinto como se alguém estivesse me seguindo, mas ao virar não vejo ninguém ali.

Entro na biblioteca e vou direto ao setor de relações internacionais. Embora eu realmente adore as disciplinas do Mason, as demais não vêm me chamando tanto a atenção.

Verdade seja dita, dançar ainda é a minha maior paixão. Cada vez mais tenho cogitado a ideia de trancar esse curso e me matricular em licenciatura para, quem sabe, abrir um estúdio para crianças.

São planos que eu nem ousaria fazer alguns meses atrás. Eu nem sequer tinha trazido minhas roupas de balé para a Califórnia. Deixei tudo para trás quando entrei no avião com Hailey e Cathy.

Quando Mason me levou àquele estúdio, ainda relutei, mas agora parece que as coisas estão se encaixando. Venho dançando algumas vezes na semana e já sinto que posso fazer isso sem sentir a saudade apertar tanto quanto antes.

Parece que, afinal, eu não precisava me desfazer de toda a Lily para encontrar a minha nova e melhorada versão. Só precisava me conectar com quem eu realmente sou.

Pego os livros que queria e os entrego para a bibliotecária incluir na minha ficha. Sei que é um pouco ultrapassado fazer isso, já que quase tudo pode ser encontrado na internet, mas o trabalho em questão exige fontes bibliográficas relevantes e eu preciso garantir uma boa nota.

Coloco-os na bolsa e decido passar no banheiro antes de voltar para onde deixei Atticus. O corredor está um pouco escuro. Imagino que não acendam o prédio todo aos domingos.

Mais uma vez os pelos da minha nuca se arrepiam e eu tenho a impressão de não estar sozinha, mas contrario meus próprios instintos ao olhar ao redor e ver que não há ninguém.

Continuo a andar, mas o barulho de passos vindos da outra ponta do corredor, onde está ainda mais escuro, me faz parar de repente.

— Quem está aí? — pergunto.

De primeira, ninguém responde. Então, consigo ouvir uma risada.

— Quem é? — insisto, já recuando, mas não rápido o bastante.

O mesmo rapaz que há dois meses tentou me agarrar surge e segura meu pulso, torcendo-o com força.

— Sozinha hoje, boneca?

— Me solta!

— Não mesmo. Hoje não tem professorzinho para salvá-la.

Tento acertar um chute em suas bolas, novamente, mas ele me vira de costas, impedindo-me de me mover.

— Já conheço seus truques, mocinha.

— Me solta, seu nojento! — exclamo, então grito: — Socorro!

— Não entendeu que está sozinha, boneca?

Ele lambe a minha orelha e eu grito mais uma vez. Sua mão tapa a minha boca, bem na hora em que um estrondo soa lá fora, na frente do prédio.

— Quem está aí? — o agressor pergunta, parecendo preocupado.

Ninguém responde.

Pelo menos, ninguém que possa realmente falar.

Atticus surge correndo, arrastando a barra de metal toda atrás de si. O pastor alemão pula em cima dele, mordendo seu braço como se estivesse disposto a arrancá-lo.

Com o impacto, o sujeito me atira contra o chão e eu me arrasto para trás, em choque.

O cachorro chacoalha o braço dele tão forte que realmente começo a me preocupar com o que possa acontecer, então alcanço a minha bolsa e ligo para Hailey.

Mason Reed

— Acelera, cabo — ordeno, sentindo uma angústia crescente no meu peito.

Não sei o motivo, mas algo está me deixando completamente desesperado.

— Sim, senhor — o rapaz responde, aumentando a velocidade do jeep militar.

Eu seria o último a ser deixado em casa, mas usei minha patente para demandar que invertessem o trajeto. Não gosto de abusar da minha posição como superior e a atitude deixou todos surpresos.

É claro que nenhum dos rapazes questionaria meus motivos, afinal, sabem que ordens são ordens. Ainda assim, sinto-me um pouco culpado por ir contra as minhas próprias regras de não favorecimento.

Assim que viramos na minha rua, no entanto, constato que algo está mesmo errado.

Há muitos carros e duas viaturas policiais paradas.

— Será que aconteceu alguma coisa, tenente-coronel?

— Não consigo ver onde estão estacionados — respondo.

O jeep se aproxima mais e finalmente vejo que toda a comitiva está exatamente no gramado da minha casa.

— *Porra* — xingo.

Pulo do carro antes mesmo de estar completamente parado e corro em direção à entrada.

— Não pode passar — um policial que tem idade para ser meu filho tem a ousadia de tentar me impedir.

— Saia da frente, garoto — exclamo, mostrando a minha carteira funcional de oficial das Forças Armadas. — Essa é a minha casa.

Não espero sua resposta para entrar, preocupado que algo possa ter acontecido com a minha mulher.

Dou de cara com Greenwood e D'Angellini, que tentam me abordar, mas também ficam no vácuo quando praticamente os empurro para saírem da frente.

Entro na sala de casa e dou de cara com Lilian sentada no sofá, abraçada ao pescoço de Atticus, que estava sentado no chão. Cathy, Emma e Paige estão sentadas ao seu lado e Heyes e Hailey estão de pé, bem em frente a eles, como se fizessem uma barreira. Outros dois policiais estavam conversando com o casal, um deles com uma focinheira nas mãos.

— Que *porra* está acontecendo aqui? — esbravejo, chamando a atenção de todos.

Lilian fica de pé e faz menção de correr até mim, mas sou mais rápido e a alcanço em duas passadas largas, abraçando-a apertado.

Minha garota esconde o rosto na curva do meu pescoço e soluça enquanto chora. Meu cachorro também se aproxima e choraminga, esfregando-se nas minhas pernas.

Quando a tremedeira de seu corpo parece diminuir, a seguro pelos braços e a afasto só o suficiente para verificar seu corpo. As mãos estão levemente raladas e vejo um hematoma em seu pulso.

— O que houve, Meu Lírio?

— Eu estou bem. Atticus me protegeu.

Franzo a testa, começando a compreender o porquê da presença das viaturas e da focinheira na mão do policial. Ela chora muito e não consegue falar, então Hailey assume a frente e relata o que aconteceu na faculdade.

Não posso evitar o arrependimento por não ter quebrado as duas pernas daquele moleque filho da puta quando tive a oportunidade.

Deixei que resolvessem "pacificamente", apenas o excluindo do convívio com os demais alunos, mas agora acredito que a decisão mais acertada seria tomar medidas com as minhas próprias mãos.

Por sorte, meu cachorro estava por perto e a ouviu gritar. Segundo Hailey, quando ela e Chase chegaram lá, Atticus ainda estava com a barra de bicicletas presa ao pescoço. Já o vi defender soldados no Afeganistão. Sei muito bem do que ele é capaz em uma situação de perigo. O que significa que é sorte o desgraçado ainda estar vivo.

Pelo menos, por enquanto, pois quando eu colocar as minhas mãos dele, o medo que passou com Atticus terá sido pouco.

— Você não pode deixar que eles o machuquem, Mason. Eles querem...

— Ninguém vai tocar nele, fique tranquila — afirmo.

Hailey se aproxima, com o semblante preocupado, e aceno.

— Fica com as garotas, Lírio. Eu cuido disso.

Ela ainda hesita, mas acaba voltando para o sofá, onde senta novamente abraçada a Atticus. Abaixo em frente ao meu fiel companheiro e acaricio seu focinho.

— Bom menino — murmuro, encostando nossas testas. — Bom menino.

Levanto, sentindo fogo correr pelas minhas veias.

— Vocês dois. Lá fora.

— Nós temos de levar o cachorro — um dos policiais argumenta, estufando o peito.

— Pode sair por bem ou eu mesmo o colocarei para fora — aviso, dando um passo na direção deles.

Hailey segura meu braço, pedindo que eu tenha calma.

— O senhor está cometendo desacato.

— Na verdade, vocês é que estão violando a residência de um oficial das Forças Armadas. — A voz autoritária vem da entrada da minha casa e a reconheço imediatamente.

— E quem é a senhora? — o policial folgado pergunta.

Péssima escolha.

— A pessoa que vai fazer seu distintivo virar pó se não sair imediatamente desta propriedade — Gail Frazier diz com asco.

O policial que estava lá fora entra e diz algo para os dois colegas, que parecem se assustar.

Eles se desculpam e saem. Sigo-os para me certificar de que não pretendem mesmo levar o meu cachorro. Atacar um civil é passível de sacrifício e não há a menor chance de eu deixar alguém matá-lo.

Por fim, Gail e eu conseguimos negociar e meu fiel companheiro fica fora de risco. Pelo menos, por enquanto.

Amanhã teremos de forçar a segurança do campus a abrir uma investigação contra Jackson White e convencê-lo a não prestar queixa contra Atticus.

CAPÍTULO 32

Lily Nevill

Chacoalho as pernas, ainda sentindo a ansiedade consumir meu juízo. Mason saiu para falar com os policiais e a mulher mais velha, que aparentemente é sua superior no Exército, ficou para trás.

Ela e Hailey conversaram um pouco e então ela o seguiu para o jardim. Antes de sair, no entanto, a mulher olhou diretamente para mim, com olhos tão penetrantes que eu diria que conseguiu enxergar a minha alma.

— Vai ficar tudo bem, amiga — Cathy diz, segurando a minha mão.

Atticus continua enroscado nas minhas pernas e o restante discutindo o que fazer a seguir.

— O problema era a reitoria — Emma murmura.

— Como assim, Em? — Paige pergunta.

— Ele não a machucou da primeira vez, não tinha nenhuma prova física, nem testemunhas. Infelizmente, a maioria das instituições só age quando as provas são irrefutáveis e só para se protegerem também.

— Mas agora ele ultrapassou essa barreira — Dylan comenta e a irmã confirma, acenando.

— Eu nem sei se ele tentaria algo mesmo. Talvez só quisesse me assustar — balbucio.

— Você nos contou as palavras dele, Lily. Com certeza aquele desgraçado tentaria algo — Hailey alega.

— E agora Atticus está em risco.

— Mase vai cuidar disso — Hailey reforça, embora sua expressão não pareça tão tranquila assim.

— Posso pedir que meu pai analise o caso. Ele é advogado e é bom nisso — Emma oferece.

— Toda ajuda é bem-vinda — Paige comenta.

— Sim — Mason diz, entrando novamente em casa. — Mas amanhã pensaremos nisso. Agora, acho que tanto Lilian quanto Atticus precisam descansar.

O homem nem parece envergonhado por praticamente expulsar todo mundo. Também noto que a mulher fardada não volta para dentro de casa.

Meus amigos se despedem e nos deixam à sós após alguns minutos.

Quando Mason retorna, depois de fechar a porta, reparo que ainda está fardado, dos pés à cabeça e coberto de uma grossa camada de poeira.

— Você foi para a guerra? — Tento brincar.

Ele olha para as próprias vestes e dá um meio-sorriso, sua especialidade.

— Nem perto disso, Meu Lírio. Lá, banho nem chega a ser uma opção.

O homem mais bruto que conheci se ajoelha diante de mim e de Atticus e beija as minhas mãos.

— Me perdoa por não estar aqui?

— O quê?! — pergunto, boquiaberta.

— Eu prometi protegê-la e falhei.

— Você não falhou! — exclamo cada vez mais indignada.

Ele se culpar era mesmo só o que faltava.

— Você estava trabalhando e não tínhamos como saber que algo assim aconteceria. Se alguém deve ser culpada, essa pessoa sou eu. Não tinha de ter ido à biblioteca em pleno domingo. Eu só...

— Pare — diz, em tom de ordem. — Você nunca pode ser culpada por exercer seu direito de ir e vir, Lilian.

— Ainda assim...

— O único culpado é aquele desgraçado e ele vai ter o que merece.

Suspiro, afagando o pescoço de Atticus. Nós o levamos ao veterinário, com receio de que tivesse se machucado, mas sofreu apenas alguns arranhões. Ainda assim, ele se encolhe com meu toque.

— Você foi um bom soldado hoje, garoto — Mason conversa olhando nos olhos do cão e juro que acho que ele entende.

Eles se encaram por um tempo, então o pastor alemão esfrega o focinho no rosto do dono.

— Bom menino. Eu vou cuidar de tudo, ok?

Fungo alto, sentindo as lágrimas voltando a embargar minha garganta.

— Não chora, Meu Lírio. Vai ficar tudo bem.

— Você não tem como saber — sussurro, enxugando os cantos dos olhos.

Mason fica de pé e estende a mão na minha direção.

— Confia em mim?

Mordisco o lábio e chacoalho a cabeça, concordando. Então apoio a mão na dele.

Não tenho sequer tempo de apoiar o peso nas pernas para me levantar. Ele se inclina e me pega no colo, como se eu não pesasse nada.

O homem me carrega até o banheiro, onde me coloca sentada sobre a pia. Então despe a farda e depois tira as minhas roupas, levando nós dois para debaixo do chuveiro.

Mais uma vez, ele se dá ao trabalho de ensaboar meu corpo, massageando de leve os meus músculos, enquanto sussurra que "me pegou".

Aos poucos, meu corpo relaxa e a ansiedade pelo dia apavorante se dissipa. Ele chegou e Atticus e eu estamos seguros. Nada pode nos acontecer.

Chega a parecer impossível que mãos tão calejadas e pesadas pudessem ser tão gentis assim. Mason tem, sim, seus momentos brutos. Muitos, aliás. Mas quando me toca, é sempre venerando cada pedaço meu. Até mesmo quando está me fodendo com força.

Apoio as minhas costas em seu peito forte, sentindo-o me abraçar por trás.

— Mason? — chamo-o.

— Sim, Meu Lírio?

As palavras "eu te amo" parecem prestes a sair da minha boca, mas não sei se estou preparada para colocá-las para fora.

Ele roça o nariz no meu pescoço e sussurra:

— Eu sei. Eu também.

E, assim, nos declaramos sem realmente usar as palavras. Mas nossos corpos sabem. E isso é tudo o que importa.

Por ora.

Mason Reed

A situação não foi tão simples assim de resolver.

O safado tentou culpar meu cachorro e ainda arranjou um advogado de porta de cadeia para ajudá-lo.

Alegaram que o pastor alemão era perigoso e não deveria ficar livre, o que é mentira! Atticus nunca atacaria alguém voluntariamente. Ele apenas reagiu ao constatar que a pessoa que ele considera como uma de suas tutoras estava em perigo.

Pelos meus critérios, deveria receber uma medalha por mérito. Mas a justiça não pensa igual a mim.

Chegaram a tentar levá-lo mais uma vez da minha casa. De novo, não deixei ninguém entrar na minha propriedade. Só passando por cima do meu cadáver.

Por fim, com o auxílio de Greenwood, advogado e pai de amigos da Hailey e do Chase, conseguimos contrabalancear as acusações, ameaçando processar White criminalmente.

Gail também emitiu uma notificação em nome das Forças Armadas, declarando que Atticus é um herói de guerra e, portanto, deveria ser poupado.

Após quase dez dias de tensão, conseguimos que Jackson White fosse expulso e meu cachorro isento.

O lado ruim foi que, para não prejudicar as negociações, não pude ter o prazer de esmagar o desgraçado com as minhas próprias mãos. Pelo menos Atticus fez as vezes por nós dois. A mordida deslocou o ombro do sujeito e demandou mais de quarenta pontos para costurar sua pele.

Bom garoto!

CAPÍTULO 33

Mason Reed

Nunca imaginei que a notícia que eu esperei por um ano inteiro fosse me deixar angustiado ao invés de aliviado.

Leio a carta enviada pelo Exército mais uma vez e só consigo pensar em como poderia deixar a minha mulher sozinha por tanto tempo.

Como se pudesse ler a minha expressão preocupada, Atticus deita aos meus pés, com o focinho apoiado nas patas.

— É, garoto... Pelo menos um de nós estará aqui.

Depois que ela sofreu aquele ataque quase dez dias atrás, tornei-me ainda mais superprotetor. Mas, ao mesmo tempo em que aquilo me deixou preocupado em ter de me afastar por um longo período, também me acalentou saber que meu fiel soldado cuidará do Nosso Lírio mesmo que custe sua própria vida.

Segundo o documento oficial, estou sendo convocado para uma missão de pacificação no Oriente Médio a partir de 27 de dezembro. Ou seja, daqui a pouco mais de um mês.

Pondero a situação e decido não contar para Lilian por enquanto. Hoje à noite teremos o jantar de Ação de Graças lá na república. A mãe do Heyes havia insistido para que Hailey e ele passassem a data com ela, mas meu Raio de Sol negou o convite.

Já fazia algumas semanas que ela e as meninas estavam organizando um jantar especial, em que todos se sentissem parte de uma família.

Depois da festa de hoje, reavalio e decido se conto sobre a missão ou espero passar o Natal.

Atticus parece discordar de mim, olhando-me de forma julgadora.

— É para o bem dela, soldado — murmuro, tentando convencer a nós dois.

Guardo a carta em uma gaveta, na sala de casa, e saio para buscá-la no estúdio de balé.

Lilian vinha cada vez mais ao espaço. Ela sempre sai de lá renovada, como se o balé fosse a força motriz de sua alma. Enquanto deixar a dança guiá-la, seus olhos não voltarão a ficar tristes como outrora e isso é tudo o que me importa.

Aproveito que cheguei um pouco mais cedo do que o esperado para assisti-la. Seu corpo se move com tanta graça e leveza que nem parece real.

Lilian termina sua sequência de piruetas e para de frente para o espelho, assistindo-me pelo reflexo. Seu peito sobe e desce devido à respiração ofegante causada pelo esforço físico.

Meus olhos descem para seus seios marcados na roupa justa. É impressão minha ou parecem ainda maiores? Minha boca saliva.

— Por que parece um predador querendo pegar sua presa, Professor? — pergunta, com um sorriso atrevido brincando em seus lábios carnudos.

— Porque eu sempre quero devorá-la, senhorita Nevill — respondo, aproximando-me, mas sem desviar nossos olhos, ainda que pelo reflexo no espelho.

Sua respiração se intensifica e os mamilos enrijecem, marcando a *lycra* do *collant*. Encosto meu peito em suas costas e aperto seus seios, ainda observando pelo reflexo.

Lilian fecha os olhos e abaixa o rosto, gemendo baixinho, derretendo-se sob o meu toque.

Mas eu quero mais. Uso uma das mãos para enfiar os dedos entre os fios de cabelo presos em um coque que começa a se desfazer e puxo sua cabeça para cima.

— Qual é a regra, senhorita Nevill?

Os olhos verdes imediatamente se abrem.

— Boa menina — murmuro, roçando a boca em sua orelha, mas sem desviar do seu olhar.

Prendo um dos mamilos entre os meus dedos e puxo, assistindo a sequência de emoções que cruzam suas íris. Esfrego a barba na curva do pescoço delicado e abocanho o lóbulo de sua orelha, mordiscando de leve.

— Tira — demando.

— O-o quê?

Minha mulher mal consegue falar sem gaguejar, o que me deixa ainda mais excitado.

— Tudo — ordeno.

Um sorriso volta a brincar em seus lábios. Ela desliza as alças da *lycra* apertada pelos ombros, enquanto ainda puxo seus cabelos. O tecido parece pintado em seu corpo, mas ela consegue passá-lo pelos seios cada dia mais fartos, que praticamente saltam, comemorando quando ficam livres.

Solto seu coque, deixando a cascata de cabelos loiros cair para trás, então volto a segurar os dois montes pesados que me deixam louco, de uma só vez.

Ela rebola mais do que o necessário ao passar a *lycra* pelo quadril, esfregando-se na minha ereção que a calça jeans não esconde.

— Safada — murmuro, lambendo sua orelha.

— Você gosta — retruca, mordendo o próprio lábio ao passar o tecido pela bunda pequena e redonda, levando a calcinha junto.

Desfiro um tapa gostoso na pele macia de seu traseiro e ela dá um gritinho excitado, deixando-me com vontade de bater de novo.

Ela nem espera que eu o faça e pede por conta própria:

— Bate mais.

Solto um gemido contra seu pescoço cheiroso e atendo ao pedido, ouvindo o som da minha mão atingindo a bunda gostosa ecoar pelo estúdio. Por um instante, acho que seus quadris também estão mais largos e até as coxas mais cheias.

Lilian faz menção de remover o restante da roupa, que ficou preso na metade de suas coxas, agora levemente roliças, mas a impeço, colando-a ainda mais contra a minha ereção.

— Quero comer você assim, ainda com roupa de bailarina e sapatilhas nos pés — sussurro, enfiando a língua em sua orelha.

Seu gemido intenso é resposta mais do que suficiente.

Mantenho uma das mãos sobre os seios, revezando apalpadas em ambos, e deslizo a outra mão para o meio de suas pernas, mergulhando dois dedos na boceta gulosa, que já está toda melada de tesão.

Giro os dedos em sua entrada, lambuzando-os com sua excitação, e então os removo, levando à minha boca para sentir seu gosto.

— Deliciosa — murmuro, puxando um dos mamilos entre os dedos, um pouco mais forte.

Seu corpo treme, mas consigo ler dor e prazer em suas microexpressões faciais.

Empurro-a suavemente, aproximando-nos da barra de alongamento que fica em frente ao espelho.

— Segura firme, Meu Lírio. Vou comê-la bem aqui — digo, mordendo a pele sensível logo abaixo de seu pescoço.

Ela se inclina para frente e eu abro a calça, libertando meu pau em um só movimento. Lilian já está prestes a gozar só com os meus dedos, então quando coloco a cabeça do meu membro em sua entrada, ela praticamente derrete nos meus braços.

Empurro para dentro, tomando tudo o que é meu. Nós nos olhamos pelo espelho, vibrando com o prazer que enxergamos nos olhos um do outro.

Nossos corpos se movem como se fossem um só. Meto com força por trás do corpo delicioso da minha garota, sentindo-a tremer a cada vez que meu pau a invade de novo.

— Mason! — grita.

— Isso, Meu Lírio. Goza junto comigo. Quero ser o dono de todos os seus orgasmos.

Então deixo meu líquido quente preenchê-la, reivindicando-a mais uma vez.

Não me canso de fazê-la minha.

Nunca fui tão ativa sexualmente. Eu até me considerava um pouco fria, por não querer transar sempre. Mas Mason simplesmente desperta meu lado mais descarado.

No começo, eu até me controlava. Mas nas últimas semanas eu quero que ele me faça gozar praticamente o tempo todo. E ele nunca decepciona. Deve ser por isso que sinto meu corpo inchado e os seios mais pesados.

Quando saímos para a noite fresca de final de novembro, de mãos dadas, estou me sentindo leve e satisfeita como nunca antes.

— Estamos atrasados — meu namorado murmura, abrindo a porta da caminhonete para mim.

— Mas valeu a pena — respondo, selando seus lábios.

— Sempre vale a pena, Meu Lírio.

Chegamos à república depois de todo mundo. Todos estavam presentes: Hailey, Chase, Paige, Cathy, Brycen, Emma, Dylan e até Melissa.

Comemos espalhados entre a mesa de jantar e a sala de estar, parecendo realmente uma família. E eu só tenho ainda mais certeza de que estou exatamente no lugar onde eu deveria estar.

CAPÍTULO 34

Lily Nevill

Apresso o passo em direção à minha sala. Tive que passar na biblioteca para concluir um trabalho e acabei atrasando para a aula do professor mais encrenqueiro de todos.

Aposto que, mesmo que a gente esteja junto, ele não perderá a oportunidade de me fazer passar um pouco de vergonha.

Já estou com a mão na maçaneta quando sinto a minha bolsa vibrar. Puxo o celular de dentro a tempo de ver o nome da minha irmã brilhar na tela antes da chamada cair na caixa postal.

Desbloqueio o aparelho e vejo que há dezenas de chamadas de Shannon Porter, algumas da minha mãe e a última da minha irmã.

Tanta agonia assim, desperta em mim um gatilho do dia em que atendi a ligação daquele xerife e descobri que Jay e Drew haviam se acidentado.

Ignoro o contato das duas mulheres mais velhas e ligo direito para Jackie, que ainda vinha me evitando desde que me mudei.

— Jackie! Tudo bem, maninha?

— *Lily, onde você estava?* — responde, com um tom de desdém que corta meu coração.

— Na biblioteca e já estou atrasada para a minha aula — digo, ainda sentindo a ansiedade vibrar por todo o meu corpo. — Aconteceu alguma coisa?

— *Sim! Acharam Jay! Você desistiu dele, mas ele está vivo!*

Não sei o que me choca mais, o tom acusatório ou o que está dizendo em si.

— O-o quê?

Escuto a voz da minha mãe e Jackie entrega o telefone sem nem ao menos se despedir.

Nesse momento já estou escorregando pela parede do corredor, sentindo o ar rarefeito.

— *Lily, é a sua mãe*.

Tento falar, mas a voz não sai.

— *Acredito que sua irmã tenha passado as boas notícias. Não está confirmado, mas há uma grande chance de que seja ele.*

— C-como a-assim?

— *O rapaz não tem memória e está em uma cidade tão arcaica que a comunicação foi difícil. Não temos realmente uma foto dele para comprovar, mas ao que tudo indica é Jason.*

— Onde? — sussurro, mesmo que meu cérebro não absorva tudo.

Minha mãe dispara a falar, fazendo questão de jogar na minha cara que eu fui embora, assim como Jackie também o fez. Ela também fala sobre o quanto decepcionei a senhora Porter.

Quando percebe que eu não respondo nada, conclui que a estou ignorando e desliga, após mais um sermão. Nem passa pela cabeça dela, que eu simplesmente não consigo falar ou me mover.

Minha visão está embaçada e mal consigo sentir as minhas pernas. As paredes parecem se fechar ao meu redor, prendendo-me. Consigo ouvir meu coração bater, mas não consigo absorver mais nada.

Não sei quanto tempo se passa. A crise me engole tão rapidamente que só consigo tremer e olhar para o nada, lutando para respirar.

Quando dou por mim, alguém se abaixa na minha frente e estende a mão como se fosse me tocar, mas eu me encolho, rejeitando o contato.

O rapaz levanta e abre a porta gritando pelo professor. Nem três segundos depois, Mason se abaixa diante de mim e me pega no colo. Meu corpo se encolhe ao primeiro toque, tal como com o garoto, mas começo a relaxar quando escuto sua voz bem perto do meu ouvido.

— Eu peguei você, Meu Lírio.

Mal sabe ele, que nossa vida está prestes a virar de ponta-cabeça.

Com as orelhas baixas, Atticus me observa fazer a mala. É como se ele pudesse sentir a minha tensão e isso se refletisse em seu comportamento.

— Vai ficar tudo bem, menino — digo.

O cachorro faz um som de contemplação, mas continua amuado.

Entro no *closet* para procurar uma blusa de lã. Nem sabia que tinha trazido tanta coisa para a casa de Mason.

Só me dei conta ao me preparar pra viajar até a cidadezinha de Vermont onde supostamente Jay esteve nos últimos sete meses. Sairia de uma média de 12ºC para -2ºC, então precisava de todas as roupas quentes que havia trazido.

Quando volto ao quarto, com a blusa dobrada, Mason está parado à porta com o mesmo olhar preocupado e perdido.

Em sua defesa, ele fez tudo por mim. Pegou-me literalmente do chão, ajudou-me a sair da crise e me convenceu a, finalmente, conversar com uma profissional.

Nos dois dias seguintes, passei por duas sessões de terapia para me preparar para viajar com Shannon até Vermont. Ela já queria ter ido, mas o jovem encontrado parecia relutante em aceitar o contato.

Se não fossem as sessões, não sei como conseguiria lidar com a pressão psicológica da minha ex-sogra e de toda a minha família nos últimos dias.

Voltando a Mason. Apesar de ser um dos maiores afetados, ele me apoiou em cada decisão. Inclusive a de viajar.

Uma parte minha queria pedir que viesse comigo. Eu me sentiria mais confiante se ele estivesse segurando minha mão. Porém, independente dos meus sentimentos, não queria colocar ninguém em uma situação desconfortável. Principalmente, o homem que conquistou meu coração.

— Vão se comportar sem mim? Nada de festas, mocinhos — brinco, mas a piada não atinge o objetivo.

Ao notar que ele não vai me dar um daqueles raros sorrisos, nem Atticus parece disposto a se animar, suspiro e fecho a mala, colocando-a no chão.

— Pronta? — ele pergunta, com a ruga entre seus olhos ainda mais evidente, assim como as olheiras de quem não tem dormido direito.

— Sim, amor — respondo, usando o apelido que eu sei que gosta.

Ainda assim, parece não ser suficiente para acalentar seu coração.

Ele pega a mala e sai à frente, enquanto eu tomo um tempo acariciando o pelo do cachorro que eu amo como se fosse meu.

— Volto logo, menino — sussurro e ao ouvir mais um muxoxo vindo dele, reafirmo: — Eu prometo.

Mason continua tenso por todo o trajeto até o aeroporto, mas faz questão de me acompanhar até o portão para a área de embarque, de onde não pode passar.

O militar toca meu rosto com devoção e me puxa para um abraço, beijando a minha testa como se fosse uma despedida de verdade.

— Volto logo, amor — sussurro.

Ele se afasta só o suficiente para me olhar nos olhos ao roçar os lábios nos meus.

Começo a me afastar, mas ele me puxa de novo pela mão, abraçando-me mais uma vez.

— Promete que, independente do que aconteça, você vai continuar a sorrir? Não quero que seus olhos voltem a ficar tristes. Você é a flor mais linda do jardim, Meu Lírio.

Nós nos beijamos de novo e eu passo pelo portão, muito ciente do que preciso fazer.

Algumas decisões não podem esperar.

CAPÍTULO 35

Ando de um lado para o outro da sala, ora passando minhas mãos nervosamente pela cabeça, ora esfregando o rosto como se isso pudesse conter minhas emoções à flor da pele.

— Vai fazer um buraco no chão — Hailey aponta, com uma expressão espertinha.

— Foda-se!

— *Outch!* Desde quando você fala palavrão, Mason Reed?

— Desde que estou de mau humor, Hailey Reed.

— Mudou de nome é?

— *Ahn*?

— Chama mau humor agora?

— Do que está falando?

— Ciúme e medo agora se chamam mau humor, Mase?

Reviro os olhos, controlando-me para não mandar Hailey à merda. Nunca usei palavras assim para me dirigir a ela, nem de brincadeira. Não começarei agora. Mas posso pensar, não é?

— Vai atrás dela, Mase.

— Não tenho direito de me envolver.

— Direito?

— É, Raio de Sol. Direito. Ela não me pediu para acompanhá-la. Não tenho direito.

Hailey gargalha, irritando-me ainda mais.

— E como Lily pediria isso, Mase? — Faz uma pose e começa a imitar a voz da Lilian. — *Por obséquio, Mason, será que poderia me acompanhar a Vermont onde vou descobrir se meu ex-namorado está morto ou não?*

— Você é ridícula — respondo, sentindo-me tão imaturo quanto ela por só conseguir pensar que Meu Lírio não me chamaria de "Mason".

— Não, Mase. Você é quem está sendo ridículo. É óbvio que Lily quer você lá. Só não quis te magoar pedindo isso.

Franzo o cenho, pensando na forma como me olhou ao contar o que estava acontecendo.

Será que ela teve mesmo só medo de me magoar?

— Não acho que esse seja o problema, Raio de Sol.

— Então qual é?

— E se for ele? — retruco em uma batida do meu coração.

Minha amiga arregala os olhos e inspira fundo.

— Isso seria uma boa notícia, Mase. Se Jay...

— Eu sei, droga! É claro que eu quero que seja ele, que esteja vivo. O que estou perguntando é: e se for ele o cara com quem ela quer ficar? E se ela escolhê-lo?

A jovem de olhos intensos me encara boquiaberta, como se enxergasse a vulnerabilidade que habita dentro de mim pela primeira vez.

Hailey se aproxima e toca meu rosto com carinho.

— Então, você prefere abrir mão a lutar?

Engulo em seco, sem conseguir responder nada.

— Porque o Mason Reed que eu conheço respeitaria a decisão dela com toda a certeza, mas moveria montanhas antes disso para provar seu amor.

Suas palavras me atingem como socos impiedosos, porém necessários. O choque de realidade que faltava.

— Vai mesmo desistir sem nem tentar, Mase?

— Não — afirmo. — Não mesmo.

— Ótimo. Ou eu perderia 500 dólares.

Franzo a testa, sem entender.

— Comprei uma passagem no último voo para *Vermont* de hoje — declara, olhando seu relógio de pulso. — Você tem cinquenta e cinco minutos para chegar ao aeroporto. Vamos. Eu dirijo.

Seguro seu rosto e beijo as duas bochechas rosadas.

— Eu te amo, Raio de Sol.

— Eu sei. Por acaso também te amo um pouco.

Eu a abraço de lado enquanto andamos para o carro.

— Um pouco, não é?

— Bem pouco.

— Sei.

Minha garota tinha chegado ao estado de Indiana de manhã. Já passava das 19h quando finalmente pousei na cidade.

Sabia em qual hotel ela estaria hospedada e, também, que o "reencontro" aconteceria em um dos salões de reunião de lá hoje à noite, a pedido do garoto. Do suposto Jason.

Fui direto para o local.

— Preciso saber qual sala está reservada para a família Porter — peço assim que alcanço o balcão da recepção.

— Boa noite, senhor! — a atendente responde, com um sorriso simpático, mas bem pouco flexível. — Infelizmente não podemos divulgar essa informação. É uma reunião particular, afinal.

— Eu sou...

O quê? Namorado da ex-namorada do garoto desaparecido?

Se é que posso me denominar assim, afinal, fui burro o suficiente para nunca ter oficializado nosso *status* de relacionamento.

— Da família Porter? — a recepcionista pergunta.

— Não.

— Então lamento muito.

A jovem começa a digitar algo no computador, como se eu tivesse me tornado transparente aos seus olhos.

Pensa rápido, Mason...

— Eu quero um quarto — declaro.

— O senhor tem reserva?

— Não.

A atendente torce os lábios em uma crítica velada.

— Vou ver o que podemos fazer.

Após alguns minutos em que ela praticamente só digitou, sem nem olhar no meu rosto, volta a sorrir daquele jeito de antes.

— O senhor está com sorte. Temos um cancelamento.

Não me senti tão sortudo assim ao pagar a diária ridiculamente cara do hotel cinco estrelas.

Não sou pobre. Mas com certeza nunca gastei tanto dinheiro assim em uma cama para dormir. Afinal, estou acostumado a dormir no chão de terra batida com uniforme no corpo, botas nos pés e um fuzil semiautomático bem ao meu lado, pronto para me levantar atirando caso seja atacado.

— Obrigado — murmuro alguns minutos mais tarde, quando a recepcionista me entrega o cartão do quarto.

— Posso chamar alguém para levar sua bagagem — diz, cínica, pois está na cara que eu não tenho nenhuma mala comigo.

— Não será necessário.

— Bom descanso, então, senhor Reed.

Balbucio novamente um "obrigado" e sigo para o elevador.

Para a minha sorte, havia uma espécie de mapa na parede de alumínio. Ao invés de selecionar o andar da minha suíte, vou direto para aquele apontado no mapa como sendo destinado às salas de conferência.

Saio da caixa metálica e olho ao redor no corredor. Tem mais salas do que havia imaginado. Começo pelo lado esquerdo, verificando uma a uma, até que vejo os cabelos loiros da minha Lilian.

Ela estava de costas para a porta, conversando com uma mulher mais velha, que pelas características físicas deve ser a mãe de Jason Porter. Penso em anunciar a minha chegada, mas acabo optando por ficar calado e dar espaço a elas.

Quando estou prestes a sair, a mulher mais velha levanta a mão e bate com tanta força no rosto da minha mulher que chego a ouvir o estalo.

— Ei! — rosno, mal conseguindo me conter.

Ando apressado em direção a ela, mas Lilian se coloca no caminho, apoiando as mãos no meu peitoral.

— Tudo bem — sussurra. — Eu estou bem.

A súplica em seu olhar me impede de falar algumas verdades.

— É ele? — a mulher pergunta com asco na voz.

Lilian vira para ela, colocando-se à minha frente em posição protetora.

— Sim — responde com uma firmeza que eu não esperava.

A mulher faz um som de desprezo.

— Sua mãe terá um grande desgosto — declara antes de sair da sala a passos apressados.

Seguro minha garota pelos ombros e a viro em minha direção para ver seu rosto. A bochecha esquerda está vermelha e um pouco inchada, bem como seus olhos estão marejados.

— Tudo bem, Meu Lírio? — sussurro, passando os nós dos meus dedos calejados pela pele irritada.

— Sim — murmura em um suspiro pesado.

— O que houve?

— Não importa.

— Importa, sim. Ela a machucou! — exclamo, minha indignação levando a melhor sobre o meu autocontrole.

Ela fica na ponta dos pés e sela meus lábios com os dela.

— Não importa, meu amor.

Lily Nevill

Senti o tapa antes mesmo de a mão da senhora Porter tocar na minha pele.

A violência não me afetou, pois imaginei que nossa conversa não seria fácil. Desde o momento em que me despedi de Mason no aeroporto, soube que era para os braços dele que eu queria voltar, independente das notícias que me esperavam.

Saber que Jay poderia estar vivo encheu meu coração de uma esperança renovada. Sonhei tanto em reencontrá-lo, em poder ver seu sorriso brilhante mais uma vez, que a ideia de abraçá-lo novamente me fez flutuar.

Jason foi a luz da vida de tantas pessoas que a ideia de um mundo em que sua alma inspiradora não esteja mais presente me faz sangrar.

Ele merecia mais.

Merecia a chance de ser o maior astro do hóquei mundial. Merecia se casar com uma mulher por quem fosse completamente apaixonado e ter filhos que herdassem seu sorriso.

Fomos importantes para a vida um do outro, entregamos ao nosso relacionamento o que tínhamos de mais bonito para oferecer. Ele, sua alegria. Eu, minha compreensão.

Fomos suporte um do outro nos momentos mais difíceis e nunca chegamos a discutir ou nos desentender. Foi um namoro leve e feliz.

Mas Jay sempre foi um dia ensolarado. E eu uma noite de luar bem tímido.

A questão nem era a diferença de personalidade. O fato de ele preferir estar cercado por muitos amigos e eu gostar do silêncio da solidão era um mero detalhe. Nunca foi realmente um problema para nenhum de nós. Lidávamos com o que tínhamos a oferecer um ao outro e fazíamos dar certo mesmo assim.

O ponto-chave aqui é que hoje eu entendo perfeitamente que eu não me enquadro na pintura que acabei de descrever para o futuro que eu gostaria que ele tivesse. Não sou a garota por quem ele foi ou algum dia poderia ser loucamente apaixonado.

E nem ele é o amor da minha vida.

Fomos um dos amores da vida um do outro. Não um amor qualquer e sem importância. Longe disso. Fomos algo tão puro que ninguém jamais poderia apagar.

Fomos nosso primeiro amor.

Aquele a quem entregamos nosso coração, quando nem sabemos realmente o que queremos. Aquele amor gostoso que sempre será lembrado com carinho e saudade, mas que não é nem de longe a paixão que ateia fogo à nossa alma.

Hoje eu sei o que é amar como se pudesse sentir o coração do outro bater dentro do meu peito.

E sou tão sortuda que tenho certeza de que sou correspondida, mesmo que Mason e eu ainda não tenhamos colocado em palavras o que nosso espírito já sabe de cor.

Foi sabendo de tudo isso que decidi contar à mãe do meu primeiro amor que eu havia encontrado alguém. Na minha mente, era o mais honesto a ser feito.

Quis dizer a ela o quanto Jay tinha sido e continuaria a ser especial por todos os dias da minha vida, mas que, independente do que acontecesse hoje, eu não voltaria. Nem para ele, nem para a cidade onde nasci, nem para a vida que eu quero deixar para trás.

Afinal, meu futuro está em São Francisco, seguindo meus sonhos pessoais e ainda por cima ao lado do meu amor.

Mas quando vi rancor nos olhos da mulher, soube que havia escolhido o momento errado, mesmo que fosse o mais coerente para com a minha própria verdade.

Ela me bateu não só por estar brava comigo, mas por não ter ninguém mais para culpar por não ter seu filho consigo. Por isso, eu a perdoei antes mesmo do tapa acertar a minha face.

A chegada do Mason a magoou ainda mais. Eu entendo.

Já para mim, sua vinda foi a comprovação de que tudo o que eu já sabia lá no fundo do meu coração era real.

Ele cruzou o país só para segurar a minha mão, mesmo achando que eu poderia escolher não voltar para casa ao seu lado. O quanto alguém precisa te amar para estar disposto a isso?

Esse é o tanto que Mason Reed me ama.

Sorrio com carinho, tocando o rosto barbado.

— Não importa, meu amor — repito.

— Mas...

Quero interrompê-lo para dizer o que está transbordando do meu peito, mas vozes chamam a nossa atenção. Alguém havia chegado ao corredor.

Viro para a porta, na expectativa de ver meu amigo entrar, e entrelaço meus dedos nos do amor da minha vida.

Mais cedo, quando cheguei ao hotel, tive a impressão de ter ouvido sua voz. Cheguei a sentir um arrepio na nuca, como se meu corpo reconhecesse a presença de Jay.

Mas quando a pessoa passa pela porta, a esperança vai embora, partindo meu coração.

CAPÍTULO 36

Mason Reed

Lilian se coloca ao meu lado enquanto algumas pessoas entram na sala. Cogito sair para deixá-la à vontade, mas seus dedos finos e delicados se entrelaçam aos meus. O gesto responde qualquer dúvida que eu pudesse ter: ela quer que eu fique.

Não conheço ninguém, mas não me passa despercebida a raiva com que a mulher de antes me olha, tampouco o fato de que seu marido parece evitar contato visual com Lilian e comigo a todo custo.

Uma assistente social conversa com todos, explicando que o jovem foi encontrado em uma fazenda da região. Ele havia chegado ali pegando carona em caminhões. Segundo a funcionária pública, ele perdeu a memória ao sofrer um acidente. Tudo fazia sentido. Parecia ser a história de Jason Porter.

Mas quando o homem entra na sala, eu soube que não era ele.

Só tinha visto Jason uma vez, quase um ano atrás, mas tinha certeza de que não era aquele rapaz. O choro sofrido da mãe, que parecia perder as esperanças, confirmou minhas suspeitas.

Olho para o lado e vejo lágrimas silenciosas riscarem o rosto do Meu Lírio. Queria colocá-la no meu colo e consolá-la, mas não poderia ser desrespeitoso com a dor daquela família.

A senhora Porter sai sem olhar para trás. Já o marido, hesitante, encara-nos. Vejo em seus olhos quando falha na tentativa de dizer algo. Ele não consegue e é compreensível. Com um aceno discreto, também deixa a sala, seguindo a esposa.

Puxo a minha garota para os meus braços e a deixo chorar contra meu peito.

A pedido de Lilian, fomos direto para o aeroporto, na esperança de conseguir um voo de volta ainda nessa noite.

— Sinto muito — murmuro, assim que sentamos na sala de espera, onde aguardaremos quase duas horas antes de embarcar.

Minha garota me encara com aqueles olhos verdes que marcaram a minha alma desde o primeiro dia.

— Eu também.

Toco a bochecha ainda avermelhada da agressão sofrida.

— Não foi nada — sussurra, ciente de que meu cérebro está preso ao tapa que levou. — Hoje, ela perdeu o filho de novo.

— Não justifica agredir você.

— Não. Mas também não escolhi o melhor momento para contar.

— Contar o quê?

A loirinha suspira, então vira de lado na poltrona, voltada para mim, e abraça os joelhos.

— Eu precisava me abrir antes de saber se era Jay ou não.

— Por quê?

— Porque não importava se fosse. Minha escolha não mudaria.

Afago meu peito, sentindo-o apertar.

— Jay foi melhor amigo — diz, então se corrige: — É meu melhor amigo, estando vivo ou não. Eu o amei muito. Sempre o amarei.

Tento não esboçar nenhuma reação quando ela se inclina para frente e toca meu rosto.

— Você foi o primeiro homem que me fez sentir desejada, amada, protegida — sussurra. — Eu ficaria muito feliz em saber que meu amigo está vivo, mas isso não muda de forma alguma o fato de que eu pertenço a você. Meu corpo, meu coração, minha alma. É tudo seu. Você é o amor da minha vida.

Beijo suas mãos frias, sentindo sua pele macia roçar na minha barba por fazer.

— Você é tudo para mim, Meu Lírio.

Encostamos nossas testas, deixando que todas as outras declarações de amor sejam ditas apenas com o olhar. Meus lábios passeiam por sua testa, depois capturam lágrimas teimosas em suas bochechas e, por fim, tomam seus lábios em um beijo que nos deixa ofegantes.

— Eu te amo — admito.

— Eu sei. Eu sempre soube — diz, escalando meu corpo para se sentar no meu colo.

Seguro sua cintura e a levanto, passando o corpo leve por cima do descanso de braço da poltrona. Lilian se aconchega no meu colo, enroscando-me em meu abraço.

Sei que estamos em um local público, mas, nesse momento, o que eu mais quero é sentir o corpo da minha mulher contra o meu.

Que se fodam as pessoas ao redor! Tudo o que importa está bem no meu colo.

A bailarina roça o nariz no meu e deposita um beijo casto nos meus lábios.

— Eu amo você, Mason Reed.

Mais do que o alívio por ouvir as palavras que evitamos por tanto tempo, sinto também uma gratidão profunda ao Universo que deu um jeito de fazer nossos caminhos se cruzarem.

CAPÍTULO 37

Lily Nevill

Passo as duas horas de espera pelo nosso voo, sentada no colo dele, fingindo não ver os olhares de reprovação. Pouco me importa se as pessoas não aceitam que uma pessoa da minha idade, esteja com um homem como Mason.

Dezessete anos de diferença não deveriam ser um tabu para a sociedade quando as pessoas envolvidas são dois adultos conscientes e independentes.

Mas, aparentemente, muitas pessoas ainda se importam com a vida alheia.

Também ignoro o telefone vibrando dentro da minha bolsa. Sei quem é. Conhecendo a senhora Porter, ela já deve ter contado sua versão da história para a minha mãe e, nesse momento, ambas decidiram sozinhas qual o melhor caminho para resolver o que imaginam ser o problema da minha vida.

Elas não são pessoas ruins. Só não aceitam que alguém não esteja disposto a fazer exatamente o que elas definem como certo. E eu, finalmente, estou livre de toda essa pressão.

— Não vai mesmo atender? — Mason pergunta, apontando o queixo para a minha bolsa.

— Não. Uma batalha de cada vez.

Chegamos à casa de Mason no meio da madrugada. O cansaço da viagem longa me faz dormir no ombro dele ainda no táxi, e só acordar na manhã seguinte.

Como sempre, ele já havia se levantado e provavelmente estava terminando sua corrida matinal. Aproveito para tomar um banho demorado, deixando a água quente massagear meus músculos cansados e toda a tensão do encontro com a minha ex-sogra.

Choro mais uma vez por não termos sido agraciados com um resultado diferente. Queria tanto que fosse realmente Jay. Ainda não consigo acreditar que não era.

Juro que senti a presença dele naquele hotel. Será que foi só a minha esperança cega?

Visto mais uma das camisetas camufladas de Mason e seco meus cabelos sem pressa. Ao chegar à cozinha, encosto na parede, admirando o corpo daquele homem.

— Me sinto usado quando você me seca assim, senhorita Nevill — ele fala, ainda de costas para mim.

Rio de seus superpoderes. Parece que tem olhos na nuca!

— Eu é que devia me sentir usada, Professor — enfatizo o cargo, mordendo o lábio inferior.

Meu guerreiro vira na minha direção com a expressão perigosa e anda sorrateiro até me prender contra a parede.

— Gosta de me afrontar, não é, senhorita Nevill?

— Eu, Professor? Imagina.

Ele ri, balançando a cabeça e beija meus lábios, mordiscando-os de leve.

— Vou tomar uma ducha. Já volto — anuncia.

Sendo bastante sincera, eu adoro quando ele me come todo suado após sua corrida. É cru e nem um pouco romântico, como se apenas sentisse vontade de me marcar como sua.

E eu adoro.

Hoje, no entanto, deixo que vá para o banho. Estou cansada do dia agitado que tivemos e não comi nada ontem à noite, apesar de sua insistência.

Começo a preparar o café, então me lembro do meu celular, que havia desligado antes de entrar no avião de volta para casa. Coloco as fatias de pão na torradeira e vou até a minha bolsa, que tinha deixado no sofá da sala.

Atticus me segue pela casa como o fiel escudeiro que é. O cachorro latiu desesperadamente quando me viu chegar nessa madrugada. Acho que estava mesmo preocupado que eu não fosse voltar.

Acaricio o focinho dele, enquanto ligo meu *smartphone*.

— Quem é o menino bonzinho da mamãe? — murmuro, beijando o topo da cabeça ele, que pula na minha barriga, todo agitado.

A cafeteira apita e a torradeira faz a mola levantar, indicando que os pães estavam no ponto. Volto para a cozinha carregando o celular comigo e com o cachorro em meu encalço.

O aparelho ainda estava atualizando o sistema, então o deixo sobre a mesa e decido fazer ovos mexidos para acompanhar.

Mason retorna quando estão quase prontos. Ele se inclina atrás de mim e beija meu pescoço, roçando a barba na curva suave.

— Seu celular está piscando — diz, antes de se afastar para colocar a mesa.

— Pode ver se é algo urgente? — peço, ainda mexendo os ovos na frigideira. — A senha é 0808.

— Claro, Lírio.

Aguardo-o ler as principais mensagens em voz alta, mas seu silêncio me intriga. Desligo o fogão e levanto a panela para levá-la à mesa.

Mas, ao virar, sua expressão profundamente irritada me desestabiliza. Quase derrubo a panela quente, mas consigo apoiá-la na mesa

— Por que não vamos tomar café da manhã na sala? — meu namorado sugere, bloqueando o celular.

Estendo a mão, suspirando.

— Não leia isso, Meu Lírio — pede, cobrindo o celular com sua mão pesada.

Aproximo-me e deito a cabeça em seu braço.

— Eu preciso ler.

Mesmo relutante, Mason respeita minha escolha e entrega o aparelho.

Abro direto a conversa com a minha mãe no aplicativo. Já sabia que seria ruim. Só não imaginava o quanto. São dezenas de mensagens com palavras que eu jamais usaria para me referir a alguém que amo.

Mamãe me chamou de vagabunda, egoísta e nojenta, em um resumo por alto. Disse que Shannon descreveu meu "namorado", aspas dela, como alguém que poderia ser meu pai e, juntas, chegaram a questionar se eu já não estaria me relacionando com ele antes do acidente do Jay.

Exigiu que terminasse meu relacionamento e ameaçou me deserdar. Como não li, respondi ou atendi qualquer uma das dezenas de chamadas na noite anterior, ela informou que meu pai congelaria também o fundo fiduciário que minha avó deixou em meu nome.

Mason afaga as minhas costas ainda com o rosto desfigurado pela raiva.

— Isso foi um pouco... — balbucio, mas não consigo concluir a frase.

Fecho essa conversa para abrir a do meu pai. Ele não me ofende, mas também não me defende. Apenas atende ao que lhe é solicitado, como se o fato de ser meu pai e poder opinar a meu favor nem sequer passasse por sua cabeça.

Pai: *Sua mãe me contou o que está havendo.*
Pai: *Sua mãe quer que eu bloqueie sua conta bancária e o fundo da vovó.*

Duas horas depois, uma única palavra:

Pai: *Lamento.*

Fecho também a conversa com ele e vou finalmente para a pessoa que mais me importa: minha irmã.

Jackie não havia enviado uma mensagem sequer e sua foto de perfil sumiu.

Trêmula, digito um "oi" que não é entregue.

Minha irmãzinha me bloqueou de sua vida.

Mason Reed

Não queria que ela lesse as mensagens, mas sabia que apagá-las seria ultrapassar qualquer limite aceitável.

Havia pelo menos duas dezenas de mensagens de sua mãe, a maioria delas questionando até mesmo a dignidade da própria filha. Ela a chamou de nomes que eu jamais repetiria sobre ninguém, muito menos a respeito da minha mulher.

Assisti a expressão de Lilian se tornar mais e mais dura conforme lia. Quando abriu a conversa com seu pai, o que parecia raiva virou tristeza. Mas foi quando tentou chamar a irmã e descobriu que estava bloqueada que ela desabou.

Pelo resto do dia, ela apenas ficou na cama, abraçada a Atticus e chorando pela reação da família.

Esfrego o rosto, sentado no sofá, e envio uma mensagem para Hailey pedindo ajuda. Meu Raio de Sol me orienta a não forçar a barra. Deixá-la sentir a dor, mostrando que estou ao seu lado.

O problema é que não consigo evitar que me sinta culpado por tudo o que está acontecendo.

Se não tivesse me conhecido, nada disso aconteceria.

CAPÍTULO 38

Lily Nevill

A angústia por ser simplesmente excluída da minha própria família é algo que tenta me consumir o tempo todo, mas Mason me cerca com todo o cuidado e atenção possíveis. Isso me ajuda a me manter sã.

Na segunda-feira, logo após voltarmos da universidade, decidimos sair um pouco mais cedo para o passeio diário do Atticus. O vento de dezembro já está mais gelado e eu decido procurar meu protetor labial.

Depois de revirar a minha bolsa, o banheiro e até o *closet* do Mason, começo a checar as gavetas da sala, acreditando que posso ter colocado em uma delas por engano. Na última, um envelope com o brasão das Forças Armadas chama a minha atenção.

Eu o seguro, mas não chego a abrir.

— Atticus está ansioso, Meu Lír...

Olho para meu namorado, que engole em seco me encarando com a testa franzida. A cena por si só já é suspeita, mas são as suas palavras que confirmam que algo está errado.

— Eu posso explicar — diz.

Trinco o maxilar, sentindo a ansiedade subir pelo meu peito, querendo me levar à beira da crise.

— A carta chegou no Dia de Ação de Graças e eu não quis estragar as comemorações. Logo em seguida, aconteceu tanta coisa que simplesmente não encontrei o momento certo para dizer, Lilian.

— Dizer o quê? — balbucio, letárgica.

— Você não... Não leu?

Balanço a cabeça, negando. Mason fecha os olhos e suspira pesado, esfregando o rosto.

— Fui convocado para uma missão.

— Quando? — interrompo-o.

— Não será muito longa e...

— Quando? — repito.

— Nem é algo muito perigoso. É apenas uma missão de pacificação...

— *Quando*? — berro, para forçá-lo a me responder.

O grito atrai o cachorro, que para entre nós, como se tentasse entender o que está havendo.

— Dia 27.

— De dezembro? Daqui a uma *fucking* semana, Mason? — grito novamente, fazendo Atticus latir de ansiedade.

Meu namorado tenta se aproximar, mas dou a volta no sofá, afastando-me.

— Não.

— Lilian, deixe-me explicar. Por favor! Eu te amo!

— Não quero ouvir nada agora.

— Por favor, Meu Lírio. Vamos conversar!

— Não! Eu vou para minha casa e nós vamos conversar quando eu quiser — decreto e vou em direção ao corredor para pegar minhas coisas.

— Lilian...

Ele avança e tenta segurar a minha mão, mas Atticus avança rosnando para o próprio dono.

— Calma, soldado. Eu não a estou tentando machucar. Você sabe disso — explica, mas o cachorro se recusa a sair da frente.

Aproveito a barreira formada por ele para buscar a minha bolsa.

— Deixa pelo menos que eu leve até lá — Mason pede, parecendo abatido.

Meu coração está acelerado e não sinto muito bem as pontas dos dedos, conforme a ansiedade me absorve. O dia está nublado e frio, então acabo aceitando a carona.

Ele tenta avançar quando me vê concordar com um meneio de cabeça, mas Atticus permanece tal qual um guarda-costas. Toco o pelo do pastor alemão, acariciando suas costas, para acalmá-lo.

— Tudo bem, garoto. Ele não vai me machucar.

Só depois da minha anuência é que o cachorro se afasta, permitindo que seu tutor me siga para fora de casa.

Assim que o carro começa a se movimentar, uma chuva torrencial despenca do céu, parecendo combinar com os nossos ânimos sombrios.

Ao chegarmos, Mason estaciona e tento impedi-lo de dar a volta para abrir a porta para mim, mas ele apenas franze a testa, indignado pela mera sugestão de que me deixaria sair sozinha.

O homem corre usando a jaqueta de couro para cobrir a cabeça, mas assim que abre a porta, usa a peça de roupa para me envolver por completo, deixando o próprio corpo totalmente exposto ao tempo ruim.

Tento argumentar que ambos podemos usar a jaqueta, mas ele não responde nada enquanto me guia até a varanda do sobrado. Ele usa as mãos para dispersar algumas gotas de água que escorrem pelos meus braços.

— Você vai ficar doente — alerto, não conseguindo não me preocupar com ele. — Vá para casa para tomar um banho quente.

Ele continua com a testa franzida e a expressão tensa.

— Busco você amanhã? — pergunta, parecendo ansioso. — Pelo menos para conversarmos.

Nego com a cabeça, mesmo que parta meu coração vê-lo parecendo tão desesperado.

— Lilian, por favor!

— Eu ligo quando estiver pronta — respondo, trocando o peso de uma perna para a outra.

Vejo-o engolir em seco e dilatar as narinas, respirando fundo.

— O que for melhor para você, Meu Lírio — diz após algum tempo.

Pela primeira vez, não nos beijamos ao nos despedirmos e isso parece simplesmente errado. Mas é tudo o que posso oferecer nesse momento.

— Vai ficar suspirando a noite toda? — Cathy pergunta, atirando uma pipoca na minha cara.

Desde que cheguei aqui, as meninas vêm se revezando para não me deixar sozinha. Emma nos convenceu a jantar na casa de seus pais, na festa que eles fazem anualmente na véspera de Natal, mas no dia seguinte já voltei a me isolar o máximo possível.

Mason embarca amanhã, dia 27, e ainda não conversamos. Ele tentou todos os dias. Ligou para mim, mandou mensagens e veio até a nossa porta. Mostrou o tempo todo que queria resolver as coisas, embora tenha mantido o limite aceitável. Ele não forçou sua presença, nem ficou gritando meu nome como um macho tóxico. Apenas estava ali, dizendo que se importava.

Ainda assim, eu não consegui me convencer a encará-lo.

Saber que ele embarcaria em uma missão já havia me desestabilizado. Quando Hailey me contou que seria no Oriente Médio e por seis longos meses, isso me levou a um estado de ansiedade tão grande que eu simplesmente me sentia afogar nos meus próprios medos.

Ele estaria longe de mim e, pior ainda, em perigo.

Para piorar ainda mais as coisas, minhas contas bancárias continuavam bloqueadas e, por causa das festas de final de ano só conseguiria saber em janeiro quando reaveria o controle sobre a minha herança. Vovó não deixou nenhuma fortuna, mas seria suficiente para abrir meu estúdio de balé, pagar a licenciatura em Pedagogia e me sustentar até que tivesse alunos.

— Não estou suspirando — respondo, após alguns instantes.

— Está, sim. O tempo todo — Paige confirma.

— Não estou!

Hailey me observa atentamente, então engancha o dedo mindinho no meu. Um toque singelo, mas que me acalma. Sei que ela quer que Mason e eu nos entendamos. Ele é o melhor amigo dela, afinal. Mas também não forçou o assunto, permitindo-me ter meu tempo de reflexão.

Suspiro mais uma vez e Cathy pausa o filme, sentando à minha frente.

— Certo. Vamos conversar. Quer começar pelo assunto: "você e o bonitão, brigados" ou pelo assunto "família tóxica"?

— Não quero conversar — murmuro.

— Essa não é mais uma opção, mana. Porque amanhã aquele homem que te ama loucamente vai embarcar para a puta que pariu e você vai se arrepender se não for pelo menos abraçá-lo. Então a gente vai conversar, sim.

— Cathy...

— Ela tem razão — Emma intervém.

— Podemos começar conversando sobre o que seus pais fizeram, se for mais fácil para você — Paige diz, apertando a minha mão.

Puxo o ar, tentando controlar a ansiedade, e esfrego as têmporas. A dor de cabeça de tensão começando a querer dar as caras.

— Ok...

— Eu sou a pior pessoa para dar conselhos sobre relacionamentos familiares saudáveis, já que nunca tive uma família até conhecer Mason...

— Agora você tem uma família enorme! — Paige interrompe, gesticulando na direção de todas nós; inclusive Emma, a caçula.

— Tenho mesmo — minha amiga responde, piscando para a asiática. — Mas lá atrás não tinha e só conhecia aquele relacionamento abusivo com meu genitor. Não que seus pais sejam tão ruins quanto Richard, mas...

— Mas também passaram longe na fila do "serem pessoas legais".

— Cathy! — as meninas exclamam, olhando para mim de soslaio, mas não posso reclamar do que ela disse.

É a mais pura verdade.

— A questão, é: por que você está dando a eles o poder de te magoarem assim? — Emma questiona, soando sábia demais para uma garota de dezoito anos.

— Eles são tudo o que eu tenho...

— Não são, não.

Mordo o lábio, sentindo meu peito formigar.

— Meu pai conseguiu congelar minhas contas e até a herança da minha avó. O gerente do banco explicou que posso vir a reaver o controle da minha parte, mas só depois que forem feitos todos os procedimentos de segurança para averiguação de quem tem direito ao dinheiro.

— Você precisa de grana? — Cathy, que é tão dura quanto eu estou agora, pergunta. — Posso ajudar, amiga.

Hailey e Paige ecoam a oferta, enquanto Emma digita algo no celular.

A questão é que nenhuma delas tem dinheiro sobrando. Como vou pagar o primeiro ano de licenciatura que pretendia iniciar? Ou a entrada para alugar o espaço que encontrei não muito longe da faculdade e que pretendo transformar em um estúdio de balé?

Mais urgente ainda: como vou arcar com o aluguel do sobrado?

Já basta que Mason nunca tenha me deixado pagar nada na casa dele, mas pelo menos tenho a desculpa de que minha residência oficial é aqui.

— Não quero depender da caridade de ninguém — murmuro, finalmente.

— Não é caridade, mana.

— Vamos com calma, gente. Identificamos então mais um problema. A briga com seus pais, a viagem do Mason e também a questão financeira — Paige enumera.

— Sim.

Eu poderia acrescentar o fato de que ando extremamente sensível, angustiada, chorando à toa e que não consigo parar de me entupir de *muffins* de *blueberry*, mas guardo essas informações para mim.

— Ter de voltar para Augusta por não ter onde morar é atualmente uma das minhas maiores preocupações — admito.

— E por que você não teria onde morar? — Emma pergunta, finalmente voltando a prestar atenção ao redor.

— Ela está preocupada com o aluguel... — Paige começa a explicar, mas a garota apenas levanta a mão, calando-a.

— Isso já está resolvido.

— Como assim?

— Acabei de pagar o aluguel do ano que vem.

— Todo? — Cathy grita, chocada.

— Emma! — Hailey exclama.

— Ah, qual é, Hails? Não finja que não está planejando ir morar com Chase no ano que vem.

— Eu...

— Está, sim, e todo mundo sabe. E você, Lily, vai levar sua escova de dentes embora assim que o fardado bonitão voltar.

— Deus abençoe aquela farda! — Cathy diz, abanando-se, antes de levar um tapa da Paige.

— Eu não sei... — sussurro.

— Sabe, sim. Mas concordo que o ideal é que sua mudança para lá seja uma escolha e não uma necessidade. Então resolvi o problema número 1.

— Você pagou doze meses de aluguel só para "resolver o problema", Em? — Paige questiona, fazendo uma careta.

— Treze. Paguei o desse mês também — responde, como se não fosse nada.

Ao notar nossos olhares chocados, a loirinha encolhe os ombros.

— O que é? É só dinheiro.

— "Só" e "*grana*" são palavras que não podem ser ditas em uma mesma frase — Cathy alega.

— A não ser que a frase seja: na minha carteira tem *só tem 10 dólares* — Paige complementa, fazendo-nos rir.

Emma faz um gesto com as mãos, encerrando o assunto.

— Não façam disso uma grande coisa. Eu tenho consciência de que dinheiro é uma preocupação para muitas pessoas, mas todo mundo sabe que não é o meu caso. Aproveitem o aluguel grátis e pronto.

— Você é insana.

— Mas do melhor jeito possível.

Abraço a garota, sussurrando um agradecimento.

— Podemos voltar ao problema da família tóxica? — Cathy estala os dedos, chamando a nossa atenção.

— Sinto falta da minha irmãzinha.

— Ela ainda não te desbloqueou? — Hailey pergunta.

— Não. Tentei contato em todas as redes sociais, mas ela me bloqueou.

— Ela é muito apegada à sua mãe, Lily — Cathy segura a minha mão. — Lembro como sempre fazia de tudo para chamar a atenção da senhora Nevill.

— Jackie sempre teve essa necessidade de competir comigo. Ela queria ser "mais perfeita do que eu". Só que ela nem imaginava que de perfeição eu nunca tive nada. Sempre foi tudo uma farsa. Nunca fui feliz quando tinha de agir como a princesa delicada e indefesa dos Nevill.

— Mas só ela pode mudar esse cenário, Lily — Paige avalia. — Um dia ela vai enxergar o outro lado.

— Tomara...

— Tirando sua irmã, você também sente muita falta dos seus pais?

Penso na pergunta da Emma por um momento e nego com a cabeça.

— Não sinto raiva deles. Eu os amo. Mas já tinha decidido deixar de ser a boneca sem vida que eles queriam como filha perfeita. Se eles não querem ter contato comigo, eu fico triste, mas não vou parar de seguir meus sonhos.

— Ótimo — Hailey murmura.

— Sinto que devo isso a Jay, sabe? Ele não teve escolha, mas eu tenho. E quero escolher viver tudo que me faz feliz.

Emma segura meus ombros e me faz encará-la, mais uma vez soando muito mais sábia do que sua pouca idade.

— Agora responda para valer, Lily: por que você está aqui? Aposto que tem um fardado muito gato se sentindo arrasado por ter sido abandonado pela mulher que ele ama.

Olho ao redor, vendo que todas concordam com o que ela disse.

— Ele mentiu...

— Não — Hailey me interrompe. — Ele só não quis despejar mais uma preocupação no seu colo quando você já estava lidando com tanta coisa.

De repente, eu me sinto tão tola por me afastar da pessoa que só demonstrou amor, até mesmo quando ele "nem gostava de mim".

— Vocês me desculpam se eu sair antes do final do filme?

— Anda logo, mulher! — Paige aponta para a porta de entrada.

— Dê "um chá" no bonitão por mim! — Escuto Cathy gritar e Hailey repreendê-la, horrorizada.

Abro a porta bem na hora em que Brycen chega.

— E aí, Lilizinha? — diz, abraçando-me.

— Pode me dar uma carona?

— Claro! Aonde vamos?

— Para casa.

O jogador me olha com carinho e beija a minha testa.

— Fico feliz, Lilizinha.

CAPÍTULO 39

— Não me olhe assim, soldado — falo para meu cachorro. — Eu sei que errei, mas ainda tenho esperanças de que ela me perdoe e volte para nós.

Atticus faz um som amuado e cobre o focinho com as patas.

— Você está reclamando do quê? — resmungo. — Hailey vem buscá-lo amanhã antes de me levar à base e você passará os próximos meses podendo curtir a companhia do Nosso Lírio.

Ele dá um latido.

— É, eu também não estou ansioso para ir.

O pastor alemão late mais uma vez e deita a cabeça no meu colo, olhando-me, tristonho.

— Também sentirei sua falta, amigão. Vou tentar me cuidar.

A verdade é que quase recusei a missão e entrei com a papelada para a minha reforma ou transferência definitiva para o setor administrativo. O que me impediu de tomar essa atitude foi a certeza de que se eu não estiver na ativa, ninguém mais vai investigar a morte de Wyatt.

Já se passou um ano e não obtivemos nenhuma resposta. Preciso voltar para poder dar o descanso que meu tenente merece. Ainda sonho com ele eventualmente, mas se intensificou desde que a minha mulher foi embora de casa. Com ela por perto, meu sono é muito mais tranquilo.

Levanto do sofá para tentar descansar, mas o som de um carro parando à entrada da minha casa chama tanto a minha atenção quanto a de Atticus.

Escuto passos e me adianto, abrindo a porta da frente, pronto para espantar qualquer invasor.

Mas quem está parada embaixo da chuva com os braços abertos é o amor da minha vida.

— Lilian?

Pego o casaco, pendurado à porta de entrada de casa e corro até ela.

— Você vai ficar doente, Meu Lírio.

Tento cobri-la, mas ela me impede, segurando meu rosto.

— Eu tenho uma pergunta, Professor.

Engulo em seco, morrendo de vontade de beijá-la.

— Você ainda me quer?

Franzo a testa, sem entender.

— Do que você está falando?

A garota fica na ponta dos pés e encosta a testa na minha.

— Você me quer mesmo que eu seja complicada e insegura?

Seguro seu rosto e fito bem no fundo dos lindos olhos verdes.

— Eu amo você, Meu Lírio. Eu vou querê-la até o meu último suspiro.

Ela se apoia nos meus ombros e dá impulso, subindo no meu colo. Seguro apertado, cobrindo seu rosto de beijos enquanto a carrego para dentro de casa.

Mal fecho a porta e já começamos a nos beijar.

Até mesmo Atticus respeita o momento de reconciliação, embora esteja com tanta saudade dela quanto eu. Arrancamos as roupas molhadas, deixando-as jogadas no chão da entrada.

Levanto-a no colo novamente e a levo ao banheiro, onde ligo o chuveiro quente em cima dos nossos corpos gelados.

— Eu te amo tanto — diz, beijando a cicatriz no meu peito.

Selo seus lábios com os meus e encosto nossas testas.

— Me perdoa, meu amor? — imploro.

A bailarina chacoalha a cabeça, confirmando.

— Sim. Sim. E você? Me perdoa por demorar quase uma semana para voltar?

— O importante é que você está aqui.

Voltamos a nos beijar e a saudade fala mais alto. Minha intenção era só aquecer seu corpo para que ela não adoecesse, mas quando dou por mim já estou pedindo passagem para dentro de sua boceta, usando meu pau para mostrar o quanto senti sua falta.

— Não para, amor. Preciso de você — pede, arranhando as minhas costas.

Lily Nevill

Usando a parede para me apoiar, meu homem sai de mim e volta a me preencher com um movimento rápido. Estar com ele me faz sentir viva de novo.

Nós nos beijamos como se nem precisássemos de ar para viver enquanto nossos quadris se chocam a cada vez que ele soca o pau dentro da minha boceta.

Meu corpo todo se arrepia à medida que sinto o orgasmo começar a querer me tocar.

— Mason... — gemo.

— Olhando para mim, Meu Lírio — ordena e eu abro os olhos imediatamente. — Todos os seus orgasmos são meus, lembra?

Não chego a responder, pois nesse momento ele mete tão forte que eu simplesmente perco a noção de tempo e espaço, entregando-me ao prazer.

Ele treme como um louco e percebo que está tentando conter o próprio orgasmo, provavelmente para me dar mais prazer. Uso os músculos que vinte e três anos de balé me deram e contraio as paredes da minha intimidade, fazendo-o soltar um gemido rouco e alto.

Ainda continuamos abraçados por um bom tempo, recuperando-nos do orgasmo, até que ele me coloca no chão e beija a minha testa.

— Promete voltar por mim?

— Eu prometo qualquer coisa por você, Meu Lírio.

Eu espero que ele faça de tudo para cumprir.

Entre mim, Atticus e Hailey formamos uma comitiva para levá-lo até *Fort Irwin*, de onde partirá para sua nova missão.

Mal dormimos na noite passada, pois ocupamos o tempo conversando sobre tudo o que era mais importante. Decidimos que eu continuaria na república, para não ficar sozinha, mas que essa seria sua última missão. Que, quando voltasse para mim, em junho, seria para não me deixar nunca mais.

— Amo você — sussurra contra os meus lábios mais uma vez antes de se afastar.

Ele já estava quase subindo no comboio, quando eu chamo seu nome e corro em sua direção, atirando-me em seus braços.

— Eu peguei você — diz, roçando os lábios na minha orelha ao me pegar no colo.

— Volta para mim, por favor! — imploro.

— Eu vou — reforça, beijando-me mais uma vez.

Mason me coloca no chão e vai para o Jeep, entregando sua mala a outro homem fardado. Antes de subir, no entanto, ele vira para trás e grita:

— Casa comigo, Meu Lírio?!

Levo um susto com o pedido inesperado, mas me recupero rápido, pois sei que não há tempo a perder.

— Você só vai descobrir se voltar para casa.

O amor da minha vida sorri, repuxando mais um dos cantos da boca do que o outro e pisca para mim antes de subir no veículo e ir embora.

Atticus trota até mim e esfrega o focinho gelado na minha mão.

— Ele vai voltar, garoto — sussurro, acariciando seu pelo.

Vai, sim. Não é?

CAPÍTULO 40

Lily Nevill

Janeiro chega e vai embora tão depressa que eu mal consigo me equilibrar. Decido trancar definitivamente a faculdade, já que escolhi estudar licenciatura em Pedagogia a partir de agosto e não faz sentido continuar com o curso de Relações Internacionais.

Com Mason longe, a vida parece um borrão, mesmo que as meninas tenham se revezado para não me deixar sozinha em casa por muito tempo. Além disso, tenho a companhia diária do fiel pastor alemão.

Meu corpo continua estranho. Além do inchaço e cansaço extremos, também comecei a ter náuseas constantes, o que me deixa ainda mais desanimada.

No começo de fevereiro, finalmente consigo reaver o acesso à minha poupança, onde está o dinheiro da herança da minha avó, e decido retomar o projeto do estúdio.

Até lá vinha usando o dinheiro que Mason fazia questão de enviar a cada duas semanas. Onde ele estava não era exatamente uma zona militarizada, mas não havia acesso diário à internet. Conseguíamos nos falar algumas vezes por semana, sempre em ligações às pressas, sem um horário marcado.

Foi por isso que não achei estranho quando passou mais de três dias sem me contatar. Já tinha acontecido antes.

Sei que, da última vez em que nos falamos, ele estava partindo para uma missão fora da base e não teria acesso à internet ou telefonia até retornar.

— O bonitão deve ligar hoje — Cathy comenta, colocando uma bacia de salgadinho à minha frente.

É sábado à tarde e decidimos fazer uma reunião só de garotas. Vamos comer besteira, assistir filmes e mais tarde o jogo de futebol do Chase. Fomos todas intimadas a torcer à distância pelo *namorido* da Hailey. Ah, e, sim, ela se mudou definitivamente para o apartamento dele no mês passado.

Emma mal havia apoiado os copos de refrigerante, quando Atticus se levanta do chão, latindo muito.

Um minuto depois, alguém toca a campainha.

— Calma, menino! Deve ser alguma escoteira vendendo biscoitos — digo, fazendo um carinho em seu focinho para tentar acalmá-lo, mas o cão continua com as orelhas de pé e em pose de defesa.

— Deixa que eu atendo — Paige diz, pegando uma batatinha antes de se levantar.

Hailey tinha subido para buscar o carregador do celular e o restante de nós já ocupava nossos lugares no sofá.

— Oi? — Escuto minha colega falar, logo após abrir a porta.

— Essa é a residência da senhora Reed? — Ouço um homem dizer, em tom baixo.

Cathy e eu nos entreolhamos, achando estranho.

— Da Hailey? É, sim. Vou chamá-la — Paige diz e imediatamente grita o nome da nossa amiga tão alto que o sujeito deve ter ficado surdo.

O visitante tenta falar algo, mas é cortado pela morena insana.

— Só para a sua informação, é senhorita. Ela não é mais senhora Reed.

O silêncio que ocorre após isso arrepia a minha nuca de uma forma incômoda. Logo em seguida, outro homem, que soa muito mais velho do que o primeiro, reafirma:

— Estamos procurando a senhora Reed.

— Sim, ela já vem. Mas, como eu já deixei claro, não é mais senhora.

— Isso é impossível — o homem rebate.

Minha garganta se fecha e o ar parece não conseguir alcançar meus pulmões. Atticus começa a latir novamente, agitado, e Cathy pergunta se estou bem, dando tapinhas simpáticas nas minhas costas, como se eu tivesse engasgado ou algo do tipo.

Ao longe, Paige segue "discutindo" com o homem, sem entender o que está acontecendo.

Em um esforço descomunal, consigo forçar uma lufada de ar para dentro das minhas vias aéreas e me levanto. Atticus continua agitado e me rodeia enquanto caminho para o *hall* da casa.

Vejo os dois fardados parados à porta, ainda discutindo o mesmo imbróglio com Paige. Mas não estou atenta à conversa em si. Meu foco está no fato de que dois militares vieram até aqui.

O que isso pode significar?

— Senhorita, por gentileza, afaste-se — o homem mais velho alerta, quando ela começa a gesticular em sua direção. — Nós estamos aqui para falar com a senhora Reed.

— Eu sou Hailey Reed — minha amiga diz, surgindo às minhas costas.

— A senhora é a esposa do tenente-coronel Mason Reed?

— Sou a ex-esposa — ela explica.

Eles se entreolham e o mesmo homem volta a falar. Minha amiga segura a minha mão e me apresenta.

— Esta é Lilian, a noiva dele.

O mais velho me avalia, então acena para o mais jovem.

— Desculpe, imaginamos que fossem casados. Temos ordens para escoltar a família do tenente-coronel até a base.

— Será que vocês podem parar de enrolar? — grito, finalmente encontrando minha voz. — Onde ele está?

O silêncio que toma conta do ambiente responde a pergunta. Um som esganiçado, quase como um choro humano, soa ao nosso lado, vindo de Atticus. Naquele momento, eu soube.

— Lamento muito, senhorita, mas...

Um zumbido me distrai, fazendo meu cérebro girar dolorosamente. Meu corpo cede e só não caio no chão porque sou amparada por Hailey.

Todos se agitam, em uma confusão de mãos e vozes. Nos poucos lapsos de consciência que tenho, escuto minha amiga pedir para chamarem uma ambulância, afirmando que estou grávida e preciso de cuidados. Como que ela sabe disso?

Não contei a ninguém. Nem Mason sabe.

Provavelmente nem mesmo saberá.

Puxo o ar com força, mas parece mais com fogo em brasa do que oxigênio.

— Lily, respira, por favor! — Escuto alguém implorar, mas tudo fica escuro.

Acordo, mas permaneço de olhos fechados, ainda tentando lidar com os meus sentimentos. Alguém se aproxima e segura a minha mão. Quando escuto a voz da Hailey, aperto de volta, o mais forte que consigo.

— Assim está ótimo. Eu aviso quando ela acordar, ok? — minha amiga diz e logo em seguida escuto uma porta se fechar.

— Estamos sozinhas.

Abro os olhos, sentindo a minha cabeça latejar.

— O que... — balbucio, mas não consigo concluir.

— Você desmaiou, querida.

Aceno com a cabeça, engolindo em seco. Lá no fundo eu já sabia, mas não cheguei a fazer um teste, justamente para que não se tornasse real demais. Não quando estou sozinha.

— O bebê está bem — sussurra, fazendo um carinho na minha mão.

Soluço, sentindo meu corpo todo chacoalhar diante das emoções.

— E...?

Quero perguntar sobre Mason, mas não consigo.

— Não sabemos. Houve outro atentado e... o comboio dele desapareceu no deserto.

Observo seu rosto. Ela parece tão destruída e triste quanto eu me sinto, mas está controlando a dor para que eu possa chorar.

E eu choro.

Ah... Como choro.

Não sei por quanto tempo dormi, mas demoro a reagir por completo, sentindo-me letárgica como se tivesse sido dopada.

— Sargento. — Alguém com voz bastante autoritária diz.

— Boa tarde, senhora general.

— Fui informada de que a noiva do meu sobrinho não reagiu bem às notícias. — Após uma breve pausa, a mulher continua: — Como a moça está?

— Arrasada, senhora. Precisou ser sedada há algumas horas.

— Mas e quanto ao...

— Eles estão bem. Tanto ela, quanto o bebê.

— Ótimo! — declara, então faz um som de estalo com a língua. — O tenente-coronel ficará bem.

— Já enviaram equipes de resgate, senhora?

— Sabe que não posso discutir estratégias militares, sargento.

— Sim, senhora. Mas é... Mason.

A mulher fica em silêncio novamente, então suspira.

— Farei tudo o que estiver ao meu alcance, Hailey.

— Obrigada, senhora!

— Preciso voltar à base — declara, ignorando o agradecimento.

Antes de sair, no entanto, escuto quando pede que minha amiga dê notícias sobre mim e o bebê tão logo seja possível. Dessa vez, seu tom foi bem menos autoritário e muito mais... maternal.

CAPÍTULO 41

Lily Nevill

Ao longo dos dois dias seguintes, tenho várias crises de ansiedade e a equipe médica opta por me manter sob observação. Meus amigos se revezam cuidando de mim durante o dia, mas Hailey se recusa a deixar que qualquer outra pessoa a substitua durante as noites.

— Você precisa dormir — digo, ao reparar nas olheiras dela.

— Você também.

— Mais do que estou dormindo?

— É diferente. Você está sendo medicada para dormir. Quero que durma sem remédios, Lily.

Suspiro, desviando o olhar. Hailey se encosta à poltrona e estala a língua.

— Exatamente. Quando a senhorita dormir, eu durmo.

Mordo o lábio, segurando o choro, e estico a mão em sua direção.

— Obrigada, Hailey!

Ela aperta os meus dedos e beija a minha palma.

— Você é o amor da vida do meu melhor amigo, ou irmão, ou pai. Mase é a minha pessoa. Então, é aqui que eu vou ficar, sentada nessa poltrona, até que ele possa ocupar esse lugar.

Uma lágrima solitária escorre pela minha bochecha. Espero que ele realmente possa voltar.

No dia seguinte, finalmente decidem me dar alta. Estava de pé, arrumando os presentes que meus amigos trouxeram, quando alguém bate à porta.

— Pode entrar — digo em voz alta, imaginando que sejam as meninas para me levar para casa.

— Com licença? — Reconheço a voz imediatamente.

— Jackie?

Minha irmãzinha aperta os lábios trêmulos e corre na minha direção. Ela me abraça apertado e chora me pedindo desculpas.

— Eu não queria me afastar, mana. Eu só estava tão brava pelo que aconteceu com Jay e...

— Eu sei — sussurro, beijando sua testa.

Eles sempre foram próximos. Jay foi o herói da infância e adolescência da Jackie e perdê-lo deve ter sido um baque tão grande para ela, quanto foi para mim.

— Cathy disse que você está...

— Grávida — concluo.

— E que seu...

— Ele vai voltar.

A adolescente chacoalha a cabeça, concordando comigo.

— Desculpa por não estar aqui, mana.

— Tudo bem, meu amor. Tudo bem — murmuro, abraçando-a novamente.

Depois de algum tempo, eu me dou conta de que estamos a quase três mil milhas de distância do Maine.

— Como você chegou aqui?

Ela enxuga as bochechas e aponta para o corredor.

— Papai veio comigo.

— Veio?

— Sim. Nós queríamos ter vindo antes, mas...

Não conclui a frase, mas consigo imaginar o que possa ter acontecido. Minha mãe não tem o costume de perdoar falhas. Aposto que ela ainda não conseguiu aceitar que eu escolhi Mason e não a nossa família.

— Está tudo bem — afirmo.

Outra batida soa à porta e vejo meu pai parado, parecendo envergonhado.

Estendo a mão em sua direção, chamando-o e ele nós abraça de uma só vez.

— Desculpa por demorar tanto, querida — sussurra, beijando minha testa.

Mal entrei em casa e Atticus pulou sobre mim, praticamente me abraçando pela cintura.

— Calma, menino! Calma — murmuro.

— Segura a onda, soldado. Ela ainda está se recuperando — Hailey diz, puxando-o pela coleira para me soltar.

— Tudo bem. Eu também estava com saudades dele — digo, acariciando o pelo macio do pastor alemão.

Meu pai e minha irmã foram para um hotel, mas prometeram voltar para me ver pela manhã. Eles queriam que eu me hospedasse por lá também.

Neguei, pois imaginava que Atticus estava desesperado, sem me ver há mais de três dias.

Com Mason desaparecido, Hailey e eu somos a família dele e ela também ficou mais tempo no hospital, acompanhando-me, do que em casa.

Na semana seguinte, papai e Jackie precisam voltar para que ela não perca as provas do colégio. Eles me pedem para ir passar o resto da minha gestação em Augusta, no Maine, e até convencem minha mãe a falar comigo em uma videochamada para me convidar pessoalmente.

Sei que fazem isso por amor, mas não existe a menor chance de eu ir embora daqui enquanto meu amor não for encontrado.

A general Frazier me visitou duas vezes, sempre trazendo algum presente para mim ou para o bebê. O que não chegava nunca eram notícias sobre meu namorado.

Depois de tomar um longo banho, visto uma das camisetas camufladas que trouxe do *closet* do Mason quando vim para o sobrado. Gostava de usá-las por me fazerem sentir como se estivesse em seus braços, mas também porque nenhuma das minhas roupas cabia em mim.

Descobri que a gestação está bem mais avançada do que eu imaginava e já estava na 21ª semana, indo para a 22ª. Daqui a menos de cinco dias, entro no sexto mês.

Até então, eu havia ganhado alguns quilos, mas sempre fui tão magra que não aparentava. Nos últimos tempos, no entanto, senti como se a minha barriga realmente começasse a inchar.

Terminava de secar os cabelos, quando escuto a campainha tocar. Como todo mundo tinha retomado as aulas, eu estava sozinha com Atticus, então me arrasto, desanimada, para atender à porta.

Assim que piso na sala, percebo a agitação do cachorro, que late e gira de um lado para o outro.

— O que houve, garoto? — pergunto, preocupada.

Ele late de novo e morde a barra da camiseta para me puxar em direção à entrada.

A pessoa volta a tocar a campainha no mesmo momento em que eu abro a porta e por pouco não desmaio ao ver quem está do outro lado.

CAPÍTULO 42

Oito semanas atrás...

Mal pisei em *Kandahar*, no Afeganistão, e já percebi que havia alguma coisa errada. Estava disfarçado, assim como os poucos militares designados para me acompanhar, mas percebi que a fiscalização da milícia estava bem mais incisiva para quem chegava pela fronteira com o Paquistão. A expressão das pessoas também era ainda mais assustada do que da última vez que estive aqui.

A intervenção americana no país terminou oficialmente em 2020, após um acordo de paz com o Talibã. Assim que nossas tropas foram retiradas, militantes iniciaram uma ofensiva e conseguiram comandar todo o país em poucos meses.

Em nome do acordo, já não cabia aos Estados Unidos intervir, mas à revelia mantivemos bases estratégicas, escondidas das Nações Unidas e do próprio Estado Afegão, para acompanhar possíveis movimentações terroristas.

Foi em uma dessas idas e vindas que sofri um atentado, um ano atrás. Não foi em uma missão de pacificação, como o Exército informou na nota oficial enviada aos meios de comunicação.

Na verdade, estava com uma equipe de elite, averiguando a possível formação de uma nova célula de uma organização criminosa que nós havíamos extinguido há vários anos.

Na ocasião, não conseguimos confirmar a criação do grupo terrorista, embora uma pessoa tenha chamado a minha atenção: *Sheik Al'Sabir*, um bilionário extremista que ascendeu à posição de líder após a morte de seu pai.

Ele era jovem, inconsequente, tinha os meios e o interesse por trás. Se conseguisse reacender o grupo, multiplicaria sua fortuna diversas vezes financiando uma nova guerra.

Por fim, não encontramos nenhum documento oficial que o ligasse às acusações. Teríamos continuado a investigação, se a presença da minha tropa não tivesse sido denunciada ao Talibã, que não perdeu tempo em ameaçar criar um incidente diplomático. Afinal, nosso acordo de paz não incluía a presença de um grupo de militares bisbilhotando pelo Afeganistão.

As suspeitas, que na época já eram mais do que plausíveis, tornaram-se praticamente uma certeza quando o avião em que a minha equipe e eu viajávamos foi derrubado.

O que também deixou claro que a denúncia da nossa presença não viera da Polícia Investigativa do Talibã, sim, de algum traidor, que também denunciou nossa volta aos Estados Unidos naquele dia específico.

Quando recebi aquela carta, solicitando a minha apresentação para uma missão de pacificação, soube imediatamente que alguma coisa tinha saído do controle.

Se conheço bem Gail Frazier, a mulher deve ter tentado de tudo para me manter longe, mesmo que eu tenha deixado clara a minha intenção de voltar à ativa. Se ela recorreu a mim, é porque não confiava em mais ninguém.

Foi por isso também que, pela primeira vez em muitos anos, eu senti medo. Medo de não voltar para a mulher da minha vida.

Quando embarquei, depois de pedi-la em casamento aos gritos, sabia que talvez eu não pudesse cumprir a promessa que fiz. Talvez eu não voltasse para casa.

Agora, vendo como as movimentações em *Kandahar* parecem realmente suspeitas, tenho quase certeza disso.

Duas semanas atrás...

Estou instalado em um dos apartamentos utilizados pelo Exército Americano para acompanhar as movimentações do Talibã. Fui recebido pelo major Dixon, oficial responsável pela operação, que está destacado em *Kandahar* há vários anos e tem sua equipe própria.

Os dois sargentos e a tenente que embarcaram comigo estão espalhados pela cidade, cada um em um esconderijo diferente. Nós não nos encontramos, apenas nos comunicamos por celulares descartáveis e mensagens deixadas em jornais, em locais públicos.

Confirmamos as suspeitas de que Al'Sabir está envolvido até o pescoço no que eles chamam de "Retorno ao Alicerce", cujo intuito é criar uma potência militar que possa bater de frente com outros países.

— Achei que fosse ficar seis meses, tenente-coronel — Dixon comenta, quando me vê preparar a minha mochila de viagem.

Já vinha suspeitando de suas atitudes e o flagrei mais de uma vez tentando obter informações que estavam acima de sua liberação de segurança. Não poderia, no entanto, denunciá-lo como traidor sem colocar a minha equipe em risco.

Voltaríamos para casa e, de lá, eu informaria a general para que fossem tomadas as medidas necessárias.

— Não avançamos como o esperado nas investigações — respondo, tentando despistá-lo. — Ainda desconfiamos de Al'Sabir, é claro, mas nenhuma comprovação surgiu — acrescento, ciente de que não dar nenhuma informação coerente o deixaria ainda mais desconfiado.

— Nada mesmo, chefe? — O tom debochado acende um alerta vermelho na minha cabeça.

— O Alto Comando quer algo mais concreto — disfarço arrumando uma muda de roupas na mala só para alcançar uma das minhas armas.

Saco a pistola o mais rápido possível, ao mesmo tempo em que ele mira um fuzil semiautomático em meu peito.

— Não tão rápido, chefe.

Nós nos encaramos, disputando com o olhar. Então, eu me lembro de que ele tinha o tornozelo esquerdo mais fraco, após levar um tiro há muitos anos, e vou direto no ponto fraco, conseguindo desarmá-lo.

Rolamos no chão, trocando socos, e consigo subjugá-lo. Porém, alguém me acerta por trás e a última coisa que eu vejo antes de apagar é o chão empoeirado do apartamento popular.

Quando acordo, sabe-se lá quantas horas depois, sinto o sacolejar de um caminhão. Reconheço imediatamente o desconforto que é viajar pelo deserto, sentindo os solavancos de subir e descer os bancos de areia.

Merda!

O calor infernal e a desidratação me fazem desmaiar novamente e, dessa vez, quando acordo já estou em um buraco escuro, provavelmente no porão de uma casa no meio do deserto. Certamente pertence a um dos aliados de Al'Sabir, que está cedendo o espaço para esconder prisioneiros.

Os dois sargentos que vieram comigo para *Kandahar* também estavam amarrados ali embaixo. Um deles muito machucado, sangrando de um ferimento no abdômen que só pode ter sido feito à faca.

— Davis — chamo o outro sargento, tentando acordá-lo sem chamar a atenção dos nossos algozes. — Davis!

O rapaz acorda, grogue pela desidratação, e demora a entender onde está e o que aconteceu. Ele se debate, fazendo as correntes baterem contra a barra de ferro onde fomos amarrados.

Estico o braço até quase distender o ombro e consigo segurar sua mão, o que o acalma aos poucos.

Quando o garoto volta a si, peço que verifique o outro companheiro, que está longe demais para que eu consiga alcançá-lo.

— Smith não está legal não, senhor. Ele está tremendo muito e suando frio.

Droga! O ferimento deve ter infeccionado.

— Consegue acordá-lo?

— Vou tentar, senhor.

Davis e Smith foram os militares que passaram por um dos apartamentos de conhecimento do Dixon. A nossa esperança é que a tenente Taylor, que, a meu pedido, não foi apresentada a nenhum militar destacado em *Kandahar*, suspeite do nosso sumiço e traga ajuda.

Não sei ao certo quantos dias se passaram desde que fomos trazidos para cá. Smith não passou das primeiras 24 horas. Seus ferimentos eram graves demais e seu corpo acabou entrando em choque.

Então começaram as sessões de interrogatório. Queriam saber tudo o que conseguimos levantar de informações sobre o "Retorno ao Alicerce", então fomos torturados de inúmeras formas.

A cada dia, nossos ferimentos se agravam e as técnicas são alteradas. Afogamento, choque, todos os tipos e tamanhos de cortes, fome e sede.

Eu já tinha passado por uma situação assim e não havia nada que pudessem fazer que me levasse a entregar os meus companheiros e colocar milhões de vidas em risco.

Mas Davis é jovem, não chegou a viver uma guerra, e está perto de quebrar.

De tudo, a única coisa que realmente me leva realmente perto do desespero é pensar que nunca mais eu verei Meu Lírio.

Cinco dias atrás...

Já fazia mais de 24 horas desde a última vez em que nos deram um gole de água. Por isso, demoro a perceber que o estrondo lá fora não é alucinação.

Davis estava com um corte feio no rosto e havia apanhado tanto no dia anterior, que eu desconfiava de que havia uma hemorragia interna em seu abdômen.

Eu também estava bastante machucado, mas nenhum ferimento era fatal por enquanto.

Outro estrondo, dessa vez mais perto, e a porta de aço do buraco onde fomos deixados se escancara. Davis se encolhe, imaginando que será levado para outra sessão de tortura, mas eu me mantenho de queixo erguido, preparado para provocar tanto nosso carcereiro que ele escolheria me levar no lugar do jovem sargento.

Quando a poeira começa a abaixar, no entanto, reconheço o uniforme do Exército dos Estados Unidos.

— Desculpa a demora, tenente-coronel — a tenente Taylor diz, enquanto outros soldados soltam Davis e eu.

A equipe de resgate consegue nos levar ao helicóptero e saímos de lá antes de toda a residência explodir.

— Ele foi espancado ontem — alerto a equipe médica que está atendendo Davis.

Um deles levanta o rosto e sorrio. Nunca poderia esquecer o rosto do homem que salvou a vida do Atticus.

— Travis Carrigton. Achei que você já estaria longe disso aqui.

— Bom vê-lo, tenente-coronel.

— Bom vê-lo também, capitão.

Encosto contra a parede de metal e respiro fundo, finalmente me permitindo relaxar, por saber que o sargento está em boas mãos.

Entro na tenda em tempo de flagrar uma discussão entre os oficiais responsáveis.

Fomos transportados para a Base Aérea de *Al Udeid*, localizada a oeste de Doha, no Catar. Além de ser a maior instalação militar dos Estados Unidos no Oriente Médio, também não fica tão afastada do Afeganistão, mesmo que tenha todo o território do Irã, entre os dois países.

— Qual o problema? — questiono, mas sou ignorado.

— Não podemos invadir o Afeganistão. Temos um acordo de paz — um dos oficiais alega.

— Eles romperam no momento em que sequestraram três dos nossos militares — o outro rebate.

— Não temos como provar que o Talibã está envolvido. Ao que tudo indica, o governo também é um alvo dos objetivos de Al'Sabir.

— Por que estamos discutindo isso?! — questiono, fazendo-me ser ouvido.

Todos me encaram, surpresos pela forma agressiva com que gritei.

— É óbvio que não está em nossas mãos definir se podemos ou não agir. É uma decisão do Presidente — pondero.

— Foi exatamente o que eu falei! — um dos majores mais conservadores exclama.

— Eu não terminei de falar. Não podemos agir contra o governo Talibã. Mas um oficial das Forças Armadas sequestrou meus homens e eu e foi responsável pela morte do sargento Smith. Não precisamos de autorização para pegar esse desgraçado e arrastar até a América para ser julgado como traidor.

O silêncio que se faz é interrompido apenas por uma voz que conheço a vida toda. Na confusão, eu não tinha notado que a minha tia Gail estava em videoconferência com os demais.

— Bem notado, tenente-coronel. Alguma ideia de como localizá-lo?

Aceno para a tela, verdadeiramente feliz em ver seu rosto rígido. Consigo identificar o minúsculo sorriso que ela dirige a mim, então explico meu plano.

Insistiram para que eu não participasse da incursão, afinal ainda estava sob os efeitos da desidratação e dos ferimentos causados pela tortura. Mas simplesmente não havia a menor chance de eu não participar da captura do desgraçado do caralho responsável pela morte de dois dos meus homens, Wyatt e agora Smith.

Quando desembarcamos em *Kandahar*, dessa vez com um grupo de combate formado por doze soldados de elite, não usamos nenhuma identificação oficial. Afinal, essa não é uma missão autorizada pela Casa Branca, sim, uma incursão clandestina para prisão de um traidor da pátria.

Chegamos ao condomínio popular onde nossos informantes disseram que Dixon e sua equipe estavam escondidos, depois de serem descobertos.

Em uma ação coordenada, invadimos por vários pontos para diminuir as chances de resistência. Os soldados entram em combate no térreo, mas eu vou direto ao segundo andar, onde meu instinto diz que ele está escondido.

Dixon tenta me acertar com um tiro, mas eu me esquivo e consigo atingi-lo no ombro, fazendo-o derrubar a arma. Quando ele me encara, parece ter visto um fantasma.

Preciso de todo o meu autocontrole para não enfiar uma bala na testa desse merda. Mas a verdade é que essa seria uma morte indolor demais. Quero que ele apodreça em Guantánamo, onde descobrirá exatamente o que acontece com um traidor.

No entanto, não matá-lo, não significa não vingar as vidas inocentes que ele destruiu. Penduro o fuzil no ombro e parto para cima dele, desferindo um soco por cada um dos meus homens que morreram por sua traição. Finalizo com mais um, dessa vez por mim, por ter me feito pensar que nunca mais veria minha mulher.

No dia seguinte, embarco de volta para casa, sentindo um alívio crescente à medida que saímos do espaço aéreo do Oriente Médio.

— E o K9, tenente-coronel? — TC, o médico militar, pergunta, sentado na poltrona do outro lado do bimotor.

— Atticus. Ele está muito bem.

— Bom saber. Não sabia se a cirurgia daria certo. Nunca tinha operado um cachorro antes.

— Deu tão certo que uns meses atrás ele arrancou uma estrutura de ferro da calçada para defender a minha mulher de um filho da puta que tentou machucá-la.

— Sério?

— Quase matou o sujeito, mas a protegeu — conto, orgulhoso.

— Achei que o senhor tinha se divorciado da sargento Reed — TC comenta.

— Ah, sim. Hailey está bem, reencontrou o namorado da adolescência.

O cara dá um sorriso e acena com a cabeça.

— Então, finalmente o senhor encontrou?

— O quê, capitão?

— A mulher que vai fazê-lo dar adeus a isso aqui — diz, abrindo os braços para mostrar o avião militar, entulhado de armas e homens exaustos com suas fardas empoeiradas.

Penso por um instante, então aceno.

— É. Encontrei, sim.

Quando desembarcamos na Base Aérea de Nellis, situada em Nevada, despeço-me do médico.

— E você, TC? Quando vai dar adeus a isso aqui?

— Não tenho planos para isso, tenente-coronel. A minha única paixão é o Exército — responde, rindo, e se afasta.

— Eu já pensei assim também, capitão — murmuro para mim mesmo.

E finalmente volto para os braços do amor da minha vida.

CAPÍTULO 43

Hailey parecia muito misteriosa quando me buscou na base, dizendo para eu preparar meu "coração idoso". Apesar do alerta, jamais poderia imaginar o motivo.

Quando Lilian abre a porta do sobrado, vestindo uma das minhas camisetas camufladas, e com uma barriga que não deixa dúvidas sobre o que seria a tal surpresa, a minha reação é cair de joelhos aos seus pés.

Ela começa a chorar e se joga nos meus braços, sem se preocupar que acabamos ambos no chão, enquanto Atticus late agitado ao nosso redor, também emocionado.

Seguro a mulher da minha vida com cuidado, beijando cada uma de suas lágrimas, enquanto toco a barriga inchada, sem nem saber o que dizer. Começo com o básico:

— Perdão por demorar, Meu Lírio.

— Você voltou, você voltou — ela murmura, colando nossos lábios.

Eu a abraço mais apertado, acariciando suas costas por cima da camiseta e beijando sua boca com devoção.

Quando paramos, para buscar ar, encosto nossas testas, admirando os olhos verdes que eu tanto amo. Atticus aproveita o momento para lamber meu rosto, fazendo-me rir.

— Também senti sua falta, amigão.

Abro um dos braços e ele entra no casulo com Lily e eu.

— Parece que você teve que cuidar de mais alguém além do Nosso Lírio.

Ele late, lambendo-me novamente, então se acalma um pouco e começa a nos chamar para dentro de casa, apontando com o focinho.

Ainda sem soltá-la, firmo uma das pernas no chão e levanto nós dois de uma só vez, puxando-a mais para cima no meu colo. Minha garota enrosca as coxas ao redor do meu quadril e eu a levo para dentro da casa, com o cachorro nos seguindo de perto.

Fecho a porta com o pé e ando direto até a mesa da sala de jantar, onde a coloco sentada para poder olhá-la melhor.

— Isso é real, Meu Lírio? — pergunto, ainda embasbacado com a barriga de gestante.

Ela ri baixinho, então puxa a camiseta para cima, jogando-a para trás. Observo os seios lindos que eu tanto amo e que agora parecem ainda maiores. Eu já tinha percebido que eles tinham crescido. Como não imaginei?

Mas o que capta mesmo a minha atenção é a barriga redonda que se molda no corpo da minha garota e onde se forma uma vida que tem um pedaço dela e um pedaço meu.

Um soluço escapa da minha garganta e sinto meu rosto molhar conforme lágrimas grossas escorrem dos meus olhos. Abaixo e beijo a barriga da minha linda grávida, com amor e devoção.

— Você está ainda mais linda, Meu Lírio — sussurro. — Me desculpa por ir.

— O que importa é que você voltou para nós — responde, posando a mão sobre o ventre. — Mas juro que se você for embora de novo...

— Nunca. Eu nunca mais vou deixar vocês dois.

Atticus late, repreendendo-me.

— Desculpa, amigão. Vocês três.

Lilian ri e acaricia meu rosto com a palma macia.

— Ótimo, porque agora você tem duas garotas para tomar conta.

Choro ainda mais ao saber que há uma pequena Lilian crescendo dentro do Meu Lírio.

Beijo o ventre estufado com carinho e sussurro:

— Bem-vinda, Minha Rosa!

Sim. Eu terei meu próprio jardim.

— O papai ama muito você, sua mãe e Atticus — incluo o cachorro, que roça nas minhas pernas, aplacando as saudades.

Lily Nevill

Um mês depois...

Acordo sentindo o braço do meu homem ao redor do meu corpo, mantendo-me colada ao seu peito. Acaricio sua mão, mais feliz do que nunca.

Mason conseguiu sua transferência para o setor administrativo e ficará responsável pelo treinamento militar em *Fort Irwin* quando voltar da licença de três meses, que ganhou para se recuperar da última missão.

Ele não quis me contar tudo o que aconteceu no Afeganistão, implorou que eu não perguntasse, pois não queria ter de omitir detalhes que só me deixariam triste.

Eu entendo. Não deve ser fácil ir ao inferno e voltar.

Nas noites que se seguiram após seu retorno, ele costumava acordar de supetão, gritando e tendo suado muito durante seus pesadelos. Todas as vezes que isso acontecia, bastava eu sussurrar a frase que ele costuma dizer para mim nos meus momentos de crise, e o terror noturno ia embora.

Eu peguei você.

Isso se tornou a frase que representa o nosso relacionamento. Um pegou o outro em seus piores momentos e o fez se reerguer.

Eu peguei você.

E eu continuarei pegando por todos os dias da nossa vida.

Sinto seus lábios roçarem a minha nuca e sua ereção se esfregar na minha bunda, demonstrando que ele acordou.

— Amo seu cheiro, Meu Lírio — sussurra, beijando a curva do meu pescoço, enquanto apalpa meus seios inchados.

— Será que dá azar transar com a noiva antes do casamento? — pergunto, esfregando meu quadril contra seu membro inchado.

— Não tem a menor chance de algo tão perfeito quanto fazer amor com a mulher da minha vida e mãe da minha filha dar azar — decreta, mergulhando seus dedos na minha boceta.

Solto um gemido e me esfrego ainda mais contra seu pau. Ele se encaixa na minha fenda, ainda me segurando por trás, e me penetra de uma só vez, fazendo-me gemer ainda mais alto.

— Estou machucando vocês? — pergunta, tentando ser mais delicado.

Choco meu quadril contra o dele, exigindo mais.

— Não, mas agora pode começar a me foder de verdade — respondo.

Mason gargalha, incrédulo, mas obedece, dando-me tudo o que eu quero ao me comer com a mesma intensidade com que venera meu corpo com beijos e carícias.

Mason Reed

— Mase? — Hailey chama, enquanto andamos de braços dados pela areia da praia, rumo ao gazebo montado com véus e muitos lírios.

— Sim, Raio de Sol? — respondo, acariciando a mão da minha melhor amiga.

— Eu estou muito orgulhosa de você.

Sorrio com carinho, lembrando que sete anos atrás não tínhamos absolutamente ninguém e decidimos ser uma família. Hoje estou aqui, prestes a dizer "sim" para minha Lilian, cercado por pessoas que nos querem bem, e sabendo que Hailey também reencontrou o amor da sua vida.

Paramos diante do altar improvisado em uma praia particular e beijo a testa dela.

— Amo você, Raio de Sol. Obrigado por tudo!

— Amo você, tenente-coronel!

Ela se posiciona à minha esquerda, bem no momento em que a música da noiva começa a tocar.

Olho para trás, sentindo como se o ar tivesse sumido dos meus pulmões ao ver a minha garota em um vestido branco esvoaçante, que marca bem a barriga de sete meses de gestação.

Logo teremos nossa pequena Rose nos braços.

Lilian caminha de braço dado com o pai, que tinha se desculpado por tudo o que aconteceu.

Sua irmã estava sentada na primeira fileira, ao lado de sua mãe, que não parecia tão à vontade quanto o marido e a filha, mas que estava se esforçando para mudar.

Até mesmo a mãe de Jason, Shannon Porter, fez questão de voar de Augusta para cá duas semanas atrás para se desculpar pessoalmente por tudo o que fez minha garota passar no último ano.

Nossos amigos nos cercam, vibrando pela nossa felicidade, mas toda a minha atenção está nos olhos da minha mulher, que brilham intensamente.

Um dia chamaram a minha atenção por serem os olhos mais tristes que eu já tinha visto. Hoje, eles são os olhos mais felizes de todo o Universo.

Ela finalmente alcança o gazebo e eu me coloco de joelhos para beijar sua barriga antes de nós selarmos nossa união.

— Eu amo vocês, Meu Lírio e Minha Rosa — sussurro, sentindo que a vida me trouxe exatamente para onde eu deveria estar.

Pouco depois, Atticus entra, carregando a caixinha com as nossas alianças entre os dentes, e finalmente Lilian se torna a senhora Reed.

EPÍLOGO

Lilian Reed

Sete anos depois...

— Não sei o que pedir, mamãe — Rose choraminga, olhando mais uma vez todas as opções do cardápio.

Nossa filha está aprendendo a ler, então já entende todos os sabores que estão escritos ali. O problema é que há dezenas deles. Opções demais para uma pequena indecisa.

— Que tal *milk-shake* de morango? — sugiro, apontando um copo todo decorado com granulado colorido.

— Não — resmunga, fazendo bico.

— E chocolate? Você adora tomar leite com chocolate.

— Não! — nega, balançando a cabeça cada vez mais emburrada.

Olho ao redor, procurando meu marido. Que bela hora para ele desaparecer e me deixar com nossa encrenqueirinha.

Todos dizem que Rose é a minha cara. Mas a personalidade? Ah, essa é todinha de Mason.

Voluntariosa nem começa a descrevê-la.

Porém, ainda que esteja nos seus dias mais irritadiços, antes de dormir ela segura meu rosto e diz que eu sou o Lírio mais bonito do jardim e que me ama como se eu fosse o sol, a lua e as estrelas. Do jeitinho que o pai ensinou.

Ela sempre me conquista com isso.

— O que acha de baunilha?

— *Nãoooo*! — choraminga e eu fecho os olhos, tentando atrair meu marido com a força do pensamento.

Como se tivesse ouvido meu apelo, ele surge ao nosso lado com uma bandeja enorme de *milk-shakes*.

— *Uau*! — Rose exclama, colocando as mãozinhas sobre a boca.

— O que é tudo isso, amor? — sussurro.

— Confia em mim, Meu Lírio — diz, beijando minha mão. — Ouvi dizer que tem uma mocinha aqui com dificuldade para escolher seu *milk-shake* favorito. É verdade?

— *Simmmm...* — ela ecoa, fazendo-me rir.

— Então eu trouxe algumas opções para você experimentar.

— Oba!

Vinte minutos e dez sabores diferentes depois, Rose continua com uma careta.

— O que foi, filhinha? Não gostou de nenhum?

Ela cruza os braços e afunda na cadeira, toda chateada. Mason e eu nos entreolhamos, sem entender o que estava havendo. Ele se inclina sobre a mesa e a levanta, sentando-a em seu colo.

— Conta para o papai porque você está chateada, Minha Rosa?

Adoro como ele nos apelidou. Eu sou o Lírio, ela a Rosa. E nunca faltam vasos com essas flores na nossa casa.

Rose, que não cansa de nos surpreender, solta a seguinte pérola:

— Como eu vou escolher um só, se todos são gostosos?!

O comentário nos faz rir, deixando-a extremamente ofendida.

— Não ri *de eu!*

— Não estamos rindo, querida — afirmo, enchendo-a de beijinhos pelo rosto rosado.

— Estão, sim!

— Nunca, Minha Rosa.

Olho para a dezena de copos de *milk-shake* das quais ela bebericou apenas um ou dois golinhos. A imagem me lembra de uma conversa que eu tive mais de dez anos atrás, dentro de uma sorveteria.

— Sabe, filha. Um grande amigo da mamãe ensinou que temos a vida toda para experimentar todos os sabores de *milk-shake* possíveis. Você não precisa escolher um favorito agora.

Ela parece ponderar, intrigada.

— Que amigo? É o tio Bry? — pergunta.

Sorrio, fazendo carinho em seu rosto angelical.

— Infelizmente, você não o conheceu, querida. O tio Jay foi morar no céu há muito tempo.

— Com o Caticus?

Atticus. Ainda me dói lembrar que ele não está mais aqui. Mas me acalenta saber que ele viu nossa Rose se tornar uma mocinha e foi amado até o último dia de sua vida.

Apesar de nunca terem encontrado o corpo do Jay, acho que após oito anos é possível assumir que realmente esteja morto. Mas meu marido não me faz ter de reviver essa dor e, beijando o topo da cabeça de nossa filha, em meu lugar sussurra:

— Isso, Minha Rosa. Com Atticus.

Depois de pensar mais um pouco, ela parece se conformar com a solução.

A princípio ela sorri e até toma mais um golinho de um dos copos, então, como se tivesse pensado em algo terrível, faz uma cara de horror, tapando a boca com as mãos.

— E se eu nunca conseguir escolher um só?!

Abro e fecho a boca, sem saber o que dizer. Mason, no entanto, nem parece se abalar.

— Você ama a mamãe e o papai do mesmo jeito, não é?

— Sim? — responde, mais uma vez intrigada.

Não posso culpá-la. Também não entendi a analogia.

— E você gosta da tia Hailey, do tio Chase, da tia Mel, do tio Dylan...

— Do tio Bry! — exclama, interrompendo-o.

— Isso. E da tia Emma, Paige, Cathy. Você gosta de todos eles, não é?

— Sim.

— E você não precisa escolher o seu favorito entre eles, certo?

— O tio Bry!

Gargalho antes mesmo de ouvir a resposta da pequena. Era óbvio que escolheria ele. Meu amigo mais insano é também o favorito de todas as crianças.

Mason faz uma careta, tentando retomar o controle da história. Decido ajudá-lo, finalmente captando sua intenção.

— Mas dentre seus outros tios você gosta de todos igualmente, não é?

— *Hummm*... Tio Chase é *quackback*... — murmura, referindo-se ao fato de que ele é um dos *quarterbacks* mais famosos do mundo, atualmente.

Rio, enquanto meu marido esfrega o rosto, frustrado por sua analogia estar indo por água abaixo.

— Então depois do tio Bry e do tio Chase, você ama todos igualmente. Certo? — arrisco, praticamente implorando para ser verdade.

— Sim!

Ufa!

— Viu só? Você não precisa escolher.

Ela ainda não parece convencida, então meu marido retoma o raciocínio.

— Você pode gostar de todos os sabores, Minha Rosa. Não precisa de um favorito.

Rose olha para o pai, depois para mim e então para os *milk-shakes.* Depois de um instante, dispara outra dúvida.

— E Violet? Ela também pode gostar de todos os sabores? — pergunta, apontando para minha barriga.

Estou no sexto mês de gestação da nossa nova florzinha.

Demoramos a tentar ter outro bebê, para que pudéssemos aproveitar os primeiros anos de Rose. Esse período também foi importante para que meu estúdio de balé ganhasse um nome.

Hoje tenho centenas de alunos e algumas funcionárias que me ajudam a dar conta de tudo. Além, claro, de um marido incrível que reduziu suas horas de trabalho pela metade para cuidar da nossa filha enquanto eu realizo meu sonho de ensinar crianças a paixão pela dança.

— Sim, Minha Rosa. Nossa Violet também poderá gostar de todos os sabores de *milk-shake* — Mason responde, beijando a testa da pequena.

Rose finalmente parece convencida.

— Gostei! — exclama, deitando no peito do pai.

Sorrio como boba observando o amor da minha vida fazer carinho nas costas da nossa filha, nosso presente, enquanto responde com toda a paciência do mundo alguma pergunta completamente descabida que ela acabou de inventar.

Enxugo uma pequena lágrima que teima em escorrer ao notar quão sortuda eu fui por ter tido tantas pessoas incríveis que passaram pela minha vida.

Desde o dono do sorriso mais bonito do mundo, que escolhia os piores sabores de *milk-shake*, até o ser encantado que Mason e eu geramos juntos; fruto do nosso amor. E agora essa nova pequena flor, que cresce em meu ventre.

Nem sempre o caminho é indolor. Às vezes machuca tanto que parece que não vamos sair do lugar. Mas tudo faz sentido quando finalmente chegamos ao nosso destino.

Esse era o meu...

Aliás, esse era o nosso.

— Eu te peguei — Mason diz, apenas movendo os lábios.

— Eu te peguei — respondo.

Para sempre.

AGRADECIMENTOS

Obrigada por ficar até aqui!

Espero que Fora do Meu Destino tenha feito você rir, chorar e se emocionar nas horas certas e terminar com um sorriso nos lábios.

Agradeço à minha revisora querida (da versão digital), Raquel Moreno, por ter me acompanhado na doce loucura que foi essa história. E à Heloísa Batistini por ter captado exatamente a aura de Fora do Meu Destino na capa original feita por ela.

Um beijo,
Cá R.

*Obs.: não deixe de me seguir no **@autoracarinareis** para ficar por dentro das novidades*

www.lereditorial.com

@lereditorial